Dass Magie existiert, davon war *Marion Meister* schon immer überzeugt. Schon als Jugendliche bastelte sie Schmuck und fragte sich, welche magischen Kräfte die Stücke haben könnten. Und so hatte sie Ohrringe für besonders verrückte Unternehmungen oder einen Türkis-Anhänger für die anstehende Prüfung in Latein. Leider reichte ihr Talent nicht für echte Magie aus, doch in ihren Geschichten werden alle ihre Träume wahr! Und ihren Schmuck, den trägt sie natürlich immer noch – man kann nie wissen!

Weitere Informationen zum Kinder- und Jugendbuchprogramm der S. Fischer Verlage finden sich auf *www.fischerverlage.de*

Marion Meister

Julie Jewels

Mondscheinlicht & Glücksmagie

Band 3

KJB

Alle Bände der ›Julie Jewels‹-Trilogie:

Band 1: *Perlenschein & Wahrheitszauber*
Band 2: *Silberglanz & Liebesbann*
Band 3: *Mondsteinlicht & Glücksmagie*

Die Hörbücher zur Trilogie sind bei D›A‹V erschienen
und im Buchhandel erhältlich.

Für Duckie.
Und endlich das richtige Happy End!

Erschienen bei FISCHER KJB

© 2019 S. Fischer Verlag GmbH,
Hedderichstr. 114, D-60596 Frankfurt am Main
Dieses Werk wurde vermittelt durch die Literarische
Agentur Thomas Schlück GmbH, Hannover
Umschlaggestaltung: ZERO Werbeagentur, München
Lektorat: Carla Felgentreff
Satz: Dörlemann Satz, Lemförde
Druck und Bindung: CPI books GmbH, Leck
Printed in Germany
ISBN 978-3-7373-4092-2

1

Obwohl der Wecker mich schon dreimal ermahnt hatte aufzustehen, rührte ich mich nicht. Sonnenlicht flirrte durchs Fenster, und die Vögel sangen von einem wundervollen Tag.

Mir egal.

Ich lag im Bett und starrte mit versteinerter Miene auf meinen unberingten Finger. Da war kein Abdruck, nicht einmal ein Streifen blasser Haut – rein gar nichts wies darauf hin, dass dort wochenlang ein Ring gesteckt hatte. Tag und Nacht hatte ich ihn getragen. Und nun war er fort. Es gab keine Spuren *an* mir – und irgendwie auch nicht *in* mir. Ich fühlte mich nur schrecklich leer. Wie gelähmt.

(Schmuckmagieentzugserscheinung?)

Es war unmöglich, aufzustehen.

Absolut undenkbar, in die Schule zu gehen!

Die Blicke der anderen ... Sie hatten bestimmt Noahs Ausraster mitbekommen. Sicher waren wir Gesprächsthema Nummer eins. Und allein die Vorstellung, Noah gegenüberzutreten, ließ mich erstarren.

Ein viertes Mal dudelte der Wecker los. Kaum hatte ich ihn zum Schweigen gebracht, rief Mom: »Julie? Wo bleibst du? Beeil dich!«

»Ja!«, brüllte ich zurück und zog mir die Bettdecke über den Kopf. Wenn ich mich nicht bewegte, würde dieser Tag mich vergessen. Mit etwas Glück würde sogar mein Leben mich vergessen.

Ob Noah mich über Nacht vergessen hatte?

»Julie?« Mom riss die Tür auf. »Du hast keine Zeit mehr fürs Frühstück. Ich hab dir was eingepackt.«

Danke, Mom.

Wie oft war sie um diese Zeit schon in ihre Arbeit vergraben? Oder los zu einem Kundengespräch – aber heute natürlich nicht. Ausgerechnet heute gab es kein Entrinnen vor ihrer mütterlichen Kontrolle.

»Los jetzt«, sagte sie gehetzt. »Raus aus den Federn. Ab in die Schule.« Schwungvoll wollte sie mir die Decke wegziehen, doch ich war vorbereitet und krallte mich eisern daran fest. Mom hatte keine Chance.

»Julie!«, zischte sie sauer. »Sei nicht albern.«

»Ich bin krank!« Mit Armen und Beinen umschlang ich die schützende Decke.

»Krank sieht anders aus.« Sie überraschte mich mit einem flinken, aber dennoch kräftigen Ausfallschritt, und ich saß – wenn auch in meine Decke gekuschelt – auf dem Boden. »Siehst du. Geht doch. Jetzt, wo du es aus dem Bett geschafft hast, kannst du auch zur Schule.« Sie schenkte mir ein pseudo-liebes Lächeln und huschte wieder nach unten, während ich mich frustriert aus der Decke kämpfte. Sie hatte gewonnen.

Als ich auf den Schulhof bog, trieb eine angenehme Brise Dünensand zu den Fahrradständern. Es hatte sich bereits eine kleine Sandwehe an der Schuppenwand gesammelt. (Der Schulhausmeister freute sich sicherlich schon auf diese Sisyphusarbeit.) Für die nächsten Tage war bestes Sommerwetter angekündigt, und die Schüler um mich herum strotzten alle vor guter Laune. Mir jedoch erschien das Schulgebäude trotz Sonnenschein heute besonders abweisend und düster. So wie eigentlich der ganze Tag.

Hastig schloss ich mein Rad an und versuchte, mich ungesehen ins Gebäude zu schleichen. Bloß keinen Kontakt zu diesen fröhlichen Menschen mit ihren fröhlichen Leben.

»Juuuliiieee!«, brüllte es hinter mir. (*Ungesehen* hatte sich damit schon mal erledigt.) Merle kam wild winkend zu mir gerannt.

»Wie geht es dir?«, fragte sie und musterte mich skeptisch von Kopf bis Fuß. »Meine Güte! Ist es so schlimm? Tut es weh? Du siehst irgendwie krank aus!«

»Sag das Mom. Sie findet mich fit genug für die Schule.«

»Hat sie dich angeguckt? Du bist doch dreimal durch den Wolf gedreht und ausgespuckt worden.«

»Vielen Dank auch.« Genau diese Worte hatten noch gefehlt, um mich für den Schultag zu motivieren. Unsicher sah ich mich um und fing den einen oder anderen fragenden Blick auf. »Ist der Gossip-Alarm schon losgegangen? Noah und ich? Haben wir es auf Platz eins geschafft?«

Merle wiegte den Kopf. »Abwarten. Noch ist nichts entschieden. Es gibt auch Gerüchte, dass Martin den Schulserver gehackt hat.«

»Wer ist Martin?«, fragte ich zweifelnd.

»Ist doch egal.« Merle zuckte die Schultern und hakte sich bei mir ein. »Die Story ist echt heiß. Sei nicht enttäuscht, wenn keiner über euch redet.« Sie grinste.

»Guter Schachzug«, murmelte ich anerkennend. »Du hast Martin erfunden. Haben wir überhaupt einen Martin an der Schule?«

»Falls ja, ist er jetzt berühmt.«

»Danke.«

»Kein Thema.«

Sie sah unglaublich selbstbewusst aus. Ich hingegen hatte mein Selbstwertgefühl mit meinem Liebesring ins Meer geschleudert. Keine Ahnung, welche Konsequenz das Erlöschen des Liebesbanns nun für Noah und mich hatte. Gab es überhaupt noch ein *Noah und ich*?

Wollte ich ein *Noah und ich*?

Bei unserem letzten Treffen hatte er mir vorgeworfen, ich würde ihn nicht lieben.

»Hey, Jewels! Hey, Merle!«, schallte schon wieder ein Ruf hinter mir.

Mit langen Schritten holte Ben zu uns auf und brachte seinen typischen Duft nach Meer und Strand mit.

Unsere Blicke trafen sich. Zum Glück war mir wegen Noah so kodderig zumute, dass mein Blut anderswo gebraucht wurde und ich nicht komplett rot anlief, als Ben mir dieses Lächeln zuwarf.

Er schlüpfte zwischen Merle und mich. »Ich hab was für euch.«

»Eis?«, fragte ich tonlos. Am liebsten hätte ich mich in mein Bett gehext, mit einem gigantischen Schoko-Karamell-Eis und drei Staffeln *Gossip Girl*. Aber so funktionierte meine Magie nun mal nicht. Schmuckmagie brauchte einen Wunsch, der in ein Schmuckstück gebunden wurde und sich beim Tragen des Stücks erfüllte.

»Nee, viel besser.« Ben griff in seine Hosentasche und warf etwas in die Luft. Papierschnipsel regneten auf uns herab.

Ich zupfte mir eines aus den Haaren und versuchte zu entziffern, was draufgestanden hatte.

»O Mann!« Merle war mal wieder schneller. »Ist das etwa deine Anmeldung für das Internat?«

Nervös beobachtete ich, wie sie Ben ziemlich ungeschickt um den Hals fallen wollte. Er wich ihr allerdings gekonnt aus, und sie zog eine beleidigte Schnute.

»Mein Vater hat die dämliche Anmeldung endlich zerrissen.« Wieder warf er Schnipsel in die Luft.»Und ich hab Konfetti draus gemacht.«

Erleichtert lächelte ich ihn an.»Glückwunsch. Jetzt darfst du den Sommer mit uns zweien verbringen und nächstes Jahr unser Gejammer über all die Kurse, den Druck und die Studienwahl aushalten.«

»Du weißt doch, Jewels. Ich liebe euer Gejammer.« Galant hielt er uns die Tür zum Schulgebäude auf, und wir schritten wie Prinzessinnen hindurch. Uns gegenseitig foppend gingen wir den Flur hinunter. Für einen Moment fühlte sich alles ganz normal an – bis mir wieder bewusst wurde, dass Noah jederzeit auftauchen könnte, und ich mich eilig hinter Merle duckte.

»Meinst du, er ist immer noch sauer? Du musst unbedingt mit ihm reden.« Merle hielt nach Noah Ausschau.

»Als ob er nicht wüsste, dass er dich bei Merle suchen muss«, murmelte Ben und warf mir einen genervten Blick zu.

»Ist ja gut«, pampte ich ihn an. »Ich bin aber noch nicht so weit.«

»Na ja. Immerhin warst du weit genug, um den Ring abzulegen.« Es klang, als sei er ziemlich glücklich darüber.

»Ablegen?«, mischte sich Merle ein. »Sie hat ihn in den Wellen versenkt. Einen Liebesring. Wie idiotisch!«

»Ja«, meinte ich. »Einen Liebesring. Und es war höchste Zeit, ihn für immer loszuwerden.«

Merle verdrehte die Augen. »Sie ist auf Liebesentzug. Sie

gehört in Noahs Arme«, belehrte sie Ben.»Julie wird schon wieder zur Vernunft kommen.«

»Vernunft?« Verständnislos sah Ben sie an.»Sie ist doch jetzt endlich wieder vernünftig. Ohne Noah.«

»Nein«, beharrte Merle.»Was soll daran vernünftig sein, die Liebe ihres Lebens zu verlassen?«

»Vielleicht war er nicht die *Liebe ihres Lebens*, so wie er sich aufgeführt hat.« Trotzig verschränkte Ben die Arme und sah mich auffordernd an.

Merle kniff die Augen zusammen, und ihr Blick schnellte ebenfalls zu mir.

»Macht ruhig weiter. Ich bin gar nicht da.« Ich suchte Deckung hinter einer der Säulen und sah mich nach Noah um.

»Nein, sag Ben, dass er keine Ahnung hat«, forderte Merle mich auf.»Noah ist die Liebe deines Lebens. Er oder keiner.«

Mit versteinerter Miene wartete Ben auf meine Antwort.

»Ich … also … na ja …«

Merles Augenbrauen wanderten nach oben.

»Ach, Merle! Kann ich in die Zukunft sehen? Woher soll ich denn das wissen? Ich war verknallt, ja, aber … keine Ahnung. Jetzt stör mich nicht weiter beim Verstecken!«

»Geistig verwirrt«, sagte Merle triumphierend.

»Bis auf das Verstecken erscheint sie mir sehr klar.«

Genervt verließ ich meine Deckung.»Streitet ruhig weiter über Gefühle, die gar nicht eure sind. Ich geh schon mal.«

Schüler strömten zu ihren Klassenzimmern. Noah entdeckte

ich nicht, also eilte ich geduckt vorwärts und verschwand möglichst schnell in unseren Klassenraum.

Merle und Ben übertrieben, aber ich hatte mir die ganze Nacht die gleiche Frage gestellt: War es dumm von mir, Noah einfach gehen zu lassen? Oder war es das einzig Vernünftige, weil die Liebe zwischen Noah und mir erloschen war? Eine Liebe, die vielleicht nur wegen des Liebesrings existiert hatte.

Hinter mir hörte ich Ben und Merle immer noch über meine Gefühle streiten.

»Du kannst dich nicht drücken, Jewels«, wandte Ben sich wieder an mich. »Das zählt nicht. Du musst dich entscheiden.«

Seufzend duckte ich mich hinter mein Heft.

Und blieb dort.

Mein Bedarf an Ratschlägen jeglicher Art war gedeckt.

Gefühlt eine Minute später klingelte es zur Pause. (Warum hatte ich die Zeit nicht genutzt, um einen perfekten Wie-verhalte-ich-mich-gegenüber-Noah-Plan zu schmieden?)

Meine Gedanken waren stattdessen ständig zu unserem Strandkorb abgedriftet, zu Noahs Lachen, das er nach und nach durch den Liebesbann verloren hatte. Ich hatte mich an unsere Samstagabende erinnert, an all die Rosen. Und an Noahs Selbstaufgabe, wie besessen er von mir gewesen war.

Ich wusste, dass er nun, da der Ring nicht mehr auf ihn wirkte, wieder zu dem Noah werden würde, in den ich mich verliebt hatte.

Aber war dieser Noah auch in mich verliebt?

»Julie! Schläfst du?« Merle wartete mit Ben an der Tür, doch ich konnte nicht rausgehen. Außerhalb des Klassenraums war die Gefahr, Noah über den Weg zu laufen, viel zu groß. Ich zog meine Schultasche auf den Schoß und tat so, als würde ich mein Pausenbrot suchen.

»Das ist albern«, meinte Merle, die mich natürlich durchschaute.

»Wenn du Noah triffst, sagst du ihm ganz schlicht, dass es aus ist. Und fertig«, meinte Ben.

»Nichts da. Julie muss ihn bitten, ihrer Liebe eine zweite Chance zu geben.« Merle nickte mir aufmunternd zu.

»Was? Quatsch!«, brauste Ben auf. »Schlussmachen!«

»Eine zweite Chance!«

»Schluss!«

»Chance!«

»Schluss!!!«, fuhr ich dazwischen. »Streitet euch gefälligst woanders über den Zustand meines Herzens. Ich hab zu tun.« Meine Schultasche musste dringend gereinigt werden. Wirklich! Es ist unglaublich, wie viel Dreck sich da am Boden sammelt. Anspitzerkrümel, Papierfetzen, drei versteinerte Gummibärchen, Kaugummipapiere, Büroklammern ...

In den nächsten Tagen perfektionierte ich meine Hideouts und sah Noah tatsächlich kein einziges Mal. Doch am Freitag reichte es Merle, und sie zerrte mich zusammen mit Ben unsanft zu unserem Stammplatz auf dem Pausenhof. (Ich fragte mich nicht das erste Mal, ob es ein Fehler gewesen war, ihr das Sportlichkeitsbändchen zu schenken.) Nervös scannte ich die anderen Schüler und suchte nach Noah.

»Wir zwei«, erklärte Ben, »haben Noah bisher nicht gesichtet.«

»Wirklich?«, fragte ich hoffnungsvoll. Aber zugleich begann ich, mir Sorgen zu machen. Was, wenn es ihm ohne Ring doch nicht besser ging? Eben noch hatte er nur für mich gelebt, und plötzlich – quasi über Nacht – war dieses Gefühl weg gewesen. Einfach so. Bestimmt fragte er sich, warum er überhaupt mit mir zusammen gewesen war.

»Das ist nicht gut«, murmelte ich mehr zu mir selbst als an Ben und Merle gerichtet. »Wieso kommt er nicht? Ist er krank? Hat der Ring ihm doch Schaden zugefügt?«

»Oder er ist auf den Geschmack gekommen und findet Schwänzen irgendwie cool.« Ben streckte sich und schien es ganz okay zu finden, dass Noah verschwunden war.

»Vielleicht solltest du ihn suchen?«, schlug Merle vor. »Das bist du ihm schuldig. Fahr doch zu ihm nach Hause.«

Schon bei der Vorstellung fühlte sich mein Magen an, als würde unsere Sportlehrerin Frau Mimers ein Brennball-Turnier darin veranstalten. Ich musste tief durchatmen. Noah zu Hause besuchen? Und wenn er mich hasste?

»Keine gute Idee«, mischte Ben sich ein. »Trefft euch auf neutralem Boden.«

»Guter Vorschlag«, stimmte ich sofort zu. Wenn es zu schrecklich werden würde, könnte ich einfach fliehen.

Ohne mich zu fragen, zog Merle mein Handy aus meiner Tasche und hielt es mir hin. »Schreib ihm am besten gleich. Sag, dass du ihn nach der Schule sehen willst.«

Zögernd griff ich nach dem Handy. Wollte ich ihn wirklich sehen? *Ja*, denn es machte mich verrückt nicht zu wissen, wie es ihm ging. *Nein*, weil ich nicht von ihm hören wollte, dass unsere Liebe nur ein großer Irrtum gewesen war.

Mein Zögern dauerte offenbar einen Wimpernschlag zu lang für Merle. »Ach, ich mach schon.« Ihre Finger tippten flink eine Nachricht.

»Was! Nein! Das ist –« Ein pfeifender Ton verkündete, dass die Nachricht bereits zu Noah flog. »Merle!« Sauer rupfte ich ihr das Handy aus der Hand. »Du bist mir echt 'ne Freundin! Was hast du geschrieben?«

> Hey, Noah, muss dich unbedingt sehen.
> Treffen uns um zwei am Lorenzo.

Besser als ich befürchtet hatte. Immerhin hatte sie nichts von *Vermissen* und *Liebe* geschrieben. Dennoch hätte ich sie am liebsten auf den Mond geschossen.

2

In Zeitlupe fuhr ich durch die engen Gassen der Altstadt, während meine Gedanken in Lichtgeschwindigkeit in meinem Kopf herumrasten, so dass ich gar keinen richtig zu fassen bekam. Ich fuhr noch nicht einmal Schrittgeschwindigkeit und kippte deshalb mehrmals fast um. (Vermutlich wäre ich schneller da gewesen, wenn ich mein Rad geschoben hätte.) Mich hatte der Mut verlassen – falls er je da gewesen war. Einerseits wollte ich Noah wirklich sehen, wollte wissen, ob es ihm gutging. Und andererseits hatte ich Angst vor peinlicher Stille und verletzenden Worten.

Wie sollte ich mich verhalten, wenn wir uns gegenüberstanden? Was würde Noah tun? Was *sollte* er tun?

Obwohl ich mich dem *Lorenzo* so langsam wie nur möglich näherte, stand ich doch irgendwann vor dem Café an der Promenade. Hektisch suchte mein Blick nach Noah. Am Strand tummelten sich etliche Familien, ein paar Jogger liefen an den Wellen entlang, ein Kind heulte über ein verlorenes Eis – und dann entdeckte ich ihn.

Noah wartete am Durchgang zu den Liegestühlen auf mich.

Er sah gut aus. Ausgeglichen. Entspannt.

Keine Ahnung, ob ich (dank Merle ungeduscht und direkt aus der Schule) auf irgendeine Weise gut aussah. Auf jeden Fall war ich weder ausgeglichen noch entspannt.

»Hey, Julie«, begrüßte Noah mich. Er klang irgendwie zögernd.

»Hey, Noah.«

Wir blieben gute zwei Schritt voneinander entfernt stehen. Wie Fremde. Unsicher, ob eine Umarmung angebracht war.

»Wie geht es dir?«, murmelte ich schließlich. Wo war der Schmuckzauber, der mich augenblicklich verschwinden ließ? Ich fühlte mich so schrecklich falsch hier. Es war genau, wie ich es mir in meinen übelsten Albträumen vorgestellt hatte: Noah und ich hatten uns nichts mehr zu sagen. Zwischen uns war nur noch unangenehme, peinliche Stille.

Noah vergrub die Hände tief in seinen Jeanstaschen. »Ich wollte dich die ganze Zeit anrufen. Aber … also, ich war echt neben der Spur.«

»Und geht es dir jetzt wieder gut?« In meinem Magen rumpelte es, Frau Mimers schleuderte gleich zwei Bälle. Hatte mein Liebesbann ihn etwa für immer verändert?

Er nickte. »Ja, ich denke schon. Jedenfalls bin ich niemandem mehr an die Gurgel gegangen.« Er lächelte schief.

Ich versuchte zurückzulächeln, doch es misslang.

»Fühlt sich seltsam an.« Er deutete zwischen uns hin und her.

Erleichtert lachte ich auf. »Schräg, oder? Ich wäre gerade am liebsten im Erdboden versunken!«

»Das ist albern. Ich meine, wir zwei ... Okay, pass auf, was hältst du davon, wenn ich uns erst mal eine Schokolade besorge?«

»Sehr gerne!« Ich wollte mich wieder leicht fühlen, so wie immer, wenn ich mit Noah zusammen war, aber irgendwie hörte das Ziehen in meinem Magen nicht auf. Eine Schokolade würde da sicher helfen.

Lächelnd verschwand er im Café.

Kaum war er außer Sicht, atmete ich tief durch und schüttelte meine Arme und Beine aus. Sie hatten sich völlig verkrampft.

Noah kam strahlend wie eh und je zurück, zwei Pappbecher mit Schokolade in den Händen. »Double-XXL-Schokolade, stimmt doch?«

Dankbar nickte ich und nahm ihm den Riesenbecher ab. Sofort trank ich einen Schluck, weil ich hoffte, die Schokolade würde das Brennballspiel in meinem Magen beenden – doch ich verbrannte mir nur heftig die Zunge.

»Ich glaub, sie ist noch heiß«, meinte er zu spät.

»Ein biwchen«, nuschelte ich und versuchte, meine Zungenspitze zu kühlen.

»Lass uns unten am Strand langgehen.«

»Klaw«, murmelte ich.

Wir schlängelten uns durch die Reihen von Liegestühlen, die zum *Lorenzo* gehörten, und ein Feld von Handtüchern und Sandburgen bis zum Meer. Ich zog meine Schuhe aus, und wir schlenderten die Wasserkante entlang.

»Super Wetter«, stellte Noah etwas hilflos fest.

»Ja. Hoffentlich ist es auch in den Ferien so.« Himmel. Wir redeten über das Wetter? Gab es nichts anderes, über das wir hätten sprechen müssen?

Wir erreichten den Abschnitt mit den Strandkörben. Nur wenige waren belegt.

Gleich vorne saß lesend eine junge Mutter, während ihre Tochter vor dem Strandkorb mit einem Wasserball spielte. Eine Windböe trieb den Ball direkt auf uns zu. Noah stoppte ihn, bevor er ins Wasser kullerte. Er gab ihn ihr zurück, und das Mädchen strahlte ihn an, als wäre er ein Held aus einem Märchen.

Noahs Haar glänzte in der Sonne, seine grauen Augen, in denen sich jetzt das leuchtende Meeresblau spiegelte, zwinkerten ihr verschmitzt zu.

Und ich hielt die Luft an. Fühlte in mich hinein. Lauschte auf meine Gefühle.

Schlief mein Herz? Warum begann es bei seinem Anblick nicht, wild herumzuspringen? Noch vor ein paar Wochen hätte jemand einen Notarzt rufen müssen, weil ich bei seinem süßen Lächeln einfach umgefallen wäre.

Das Mädchen hüpfte glücklich, den Ball fest mit beiden Armen umschlungen, zu seiner Mutter zurück.

Wir gingen weiter, und eine neuerliche Welle des peinlichen Schweigens überrollte uns. Sie erwischte mich volle Breitseite und ertränkte mich. Himmel, ich hatte keine Ahnung, wie ich mit ihm reden sollte. Ich konnte mich nicht entschuldigen, konnte ihm nicht verraten, was geschehen war. *Hör mal, Noah! Das war so: Ich hab dich verzaubert, damit du dich unsterblich in mich verliebst. Tja, da ist wohl was schiefgelaufen. Ich mag dich. Echt. Immer noch. Glaube ich. Aber nicht mehr so wie am Anfang ... Du verstehst?*

Vielleicht sollte ich einfach sagen, wie schön das Wetter ... Mist. Das Thema war ja schon durch.

Ihn weiterhin anzusehen brauchte all meine Entschlossenheit. Ich starrte regelrecht – um in ihn hineinzusehen. Nicht nur sein Äußeres (diese wunderbaren Augen, sein süßes Lächeln, seine lässige Haltung), sondern all die Dinge, die ihn ausmachten und dazu geführt hatten, dass ich mich in ihn verliebt hatte. Vergeblich versuchte ich, meine Liebe zu ihm zu spüren. Aber ich fühlte nichts. (Außer Panik darüber, dass ich nichts fühlte.)

»Julie«, brach er schließlich das Schweigen. »Ich bin dir in der Schule aus dem Weg gegangen.«

Erstaunt hob ich die Augenbrauen. »Du warst in der Schule? Ich dachte, du bist krank, und hab mir Sorgen gemacht.«

»Wirklich? Ich hab mir auch Sorgen gemacht, weil du jede

Pause auf der Mädchentoilette gehockt hast ...« Er warf mir einen amüsierten Blick zu. »Ich hatte den Verdacht, du versteckst dich.«

»Ähm ... *verstecken* ist vielleicht etwas übertrieben. Die ... die Tür hat geklemmt.«

Er blieb stehen. »Ich hab dir Angst gemacht, und das tut mir unendlich leid. Ich weiß nicht, was an dem Tag mit mir los war. Ich bin nicht so, ich hoffe, das weißt du.«

»Natürlich!«

»Das kommt nie wieder vor. Versprochen.«

»Ja, versprochen«, antwortete ich prompt, weshalb er mich kurz verwirrt ansah. Ängstlich forschte ich in seinem verunsicherten Blick nach unserer Liebe.

Wo war sie? War sie nur eine Illusion gewesen, die der Zauber bewirkt hatte? Schmuckmagie verändert Wahrnehmung, Denken, Gefühle ...

Nein!, schrie ich mich innerlich an.

Wir waren verliebt gewesen! Schon bevor ich den dummen Ring geschmiedet hatte. Doch der Zauber hatte die Liebe zerstört.

»Noah. Wollen wir diesen schrecklichen Tag nicht einfach vergessen?« Zögernd streckte ich meine Hand nach der seinen aus.

Gedankenverloren beobachtete er meine Finger, wie sie sich seiner Hand näherten, aber wenige Zentimeter vor der Berührung verharrten.

Jetzt hämmerte mein Herz doch. Aber nicht vor Freude und Erwartung – es warnte mich. Es wäre ein Fehler. Denn wir waren nicht mehr *Noah & Julie.*

Meine Hand zog sich wieder zurück.

»Können wir es denn vergessen?«, fragte Noah.

»Natürlich! Wir ...« *Lieben uns doch.* Ich sprach es nicht aus. Meine Zunge schaffte es nicht. Hastig würgte ich die aufsteigenden Tränen herunter.

Betreten wandte er sich den Wellen zu. »Es fühlt sich alles so seltsam an«, meinte er leise. »Bis vor kurzem konnte ich mir nicht vorstellen, je ohne dich zu sein.«

Meine Finger tasteten nach dem Ring, der nicht mehr da war. Es gab keine Schmetterlinge. Keine schwitzigen Hände. Kein Honigkuchenpferdgrinsen. Ich fühlte mich leer.

Ein unbestimmtes Gefühl lag bleischwer in mir. Ich trank meine Schokolade aus. Nicht mal sie konnte mir helfen. Außerdem war sie inzwischen kalt, ein zäher Sirup, der nur in Zeitlupe aus dem Becher tropfte.

Nach ein paar weiteren schweigsamen Metern blieb Noah stehen. Vor uns, am Fuß der Dünen, stand unser Strandkorb. Nervös starrten wir ihn an. Vermutlich schossen ihm ähnliche Erinnerungen durch den Kopf wie mir.

»Ich muss los«, meinte er plötzlich hastig, den Blick noch immer auf den Strandkorb gerichtet.

»Ja, klar. Kein Thema.« Ich biss mir auf die Lippen. »Ich ... ich hab auch noch was für die Schule zu erledigen.«

Er beugte sich zu mir und gab mir einen flüchtigen Kuss auf die Wange. So flüchtig, dass er mich nicht einmal streifte.

Erstarrt blieb ich zurück und sah ihm nach, wie er mit großen Schritten davoneilte, bis er nur noch ein flimmernder Schatten zwischen den Touristen war.

Das Ziehen im Magen war vorüber, jetzt war mir schlecht. Mit Schwung krachte plötzlich eine Welle Schmerz auf mich nieder und riss mein Herz mit sich. Das war's. Ich hatte meine große Liebe verspielt, weil ich zu ungeduldig gewesen war. Weil ich eine Macht, die ich nicht beherrschte, genutzt hatte, um mir meinen Traum zu erfüllen, ohne darauf zu achten, ob Noah sich das Gleiche wünschte. Es fühlte sich an, als zerfiele ein Stück meines Herzens zu Staub.

(Nicht blinzeln, Julie! Wenn du blinzelst, rollt dir diese verfluchte Träne über die Wange!)

Ich gab mir einen Ruck und rannte zu unserem Strandkorb hinüber. Natürlich war er verschlossen. Noah hatte den Schlüssel.

Schluchzend kauerte ich mich in den warmen Sand, lehnte mich an die Korbwand und weinte, weinte um die schöne Zeit mit Noah.

3

»Nun erzähl doch endlich mal! Er ist doch immer noch verliebt, stimmts?«

Merle hing mir fast auf dem Schoß und bedrängte mich mit Fragen. Sie hatte nach meinem Treffen mit Noah schon in unserem Garten auf mich gewartet.

»Wollen wir nicht einfach zusammen abhängen?« Ich versetzte der Hollywoodschaukel einen Stoß, legte den Kopf in den Nacken und beobachtete das Licht, das durch das Laub über mir flirrte. Es tat weh, an das Ende meiner Liebe zu denken, und ich wollte diesen Schmerz nicht unnötig aufwühlen. »Lass uns lieber überlegen, was wir in den Sommerferien anstellen.«

Schmollend schlürfte Merle ihre Limonade durch den Strohhalm. »Was sollen wir schon groß machen – du hängst mit Noah in eurem Strandkorb rum – «

»Merle!« Ich stoppte die Schaukel und sah sie wütend an. »Hör auf, über Noah zu reden. Es tut weh. Verstehst du?«

Für einen Moment sah sie betroffen aus, dann umarmte sie

mich stürmisch. »Entschuldige. Lass uns über andere Sachen quatschen. Gibt ja noch ein Leben neben Noah.«

Ohne Noah, korrigierte ich sie in Gedanken. Sein Kuss auf die Wange hatte mich noch nicht mal gestreift.

Sie füllte sich Limonade nach, die Eiswürfel klirrten gegen das Glas. Ein typisches Sommergeräusch, und für einen Moment freute ich mich auf die Ferien, auf die Sonnentage, das Meer und Ben, Merle und ... Lesen.

»Aber du weißt, dass du deinem Schicksal nicht davonlaufen kannst.«

»Ach, Merle!«, raunzte ich sie genervt an. »Ich werde mich so lange vor ihm verstecken, bis mein blödes Schicksal keine Lust mehr hat und mich in Ruhe lässt. Wäre schön, wenn du das jetzt auch mal versuchen könntest.«

Sie lehnte sich neben mir in der Schaukel zurück und gab erneut Anschwung. »Wenn du es so sehr bereust, dann hättest du wohl mal besser auf den Rat deiner treuen Freundin gehört.«

»Ich bereue es ja gar nicht. Aber es fühlt sich einfach scheiße an.«

»Weil du es bereust.«

»Nein. Weil ... weil ich nicht weiß, was ich sagen soll, wenn wir uns wieder über den Weg laufen. Das vorhin war absolut grässlich. Er ist einfach abgehauen. Wir konnten null miteinander reden! Die meiste Zeit haben wir übers Wetter gesprochen. Das brauche ich nicht noch mal. Schon gar nicht in der

Schule, vor aller Augen. Da hilft mir dann auch kein erfundener Martin mehr.«

Merle grumpfte irgendetwas in sich hinein. Endlich widersprach sie mal nicht. (Fast hätte ich mich bedankt.)

Eine sehr angenehme Weile lang klirrten nur die Eiswürfel in unseren Gläsern, und die Hollywoodschaukel knarzte rhythmisch.

»Nächste Woche soll es richtig heiß werden«, meinte Merle irgendwann. »Der beste Start in die Ferien.«

Dankbar nahm ich den Themenwechsel an. »Also: Welche Pläne haben wir denn jetzt für die Ferien?« In meinem Planer hatte ich schon vor Wochen eine Liste begonnen. In Rot und Pink geschrieben. Eine Sommerwunsch-Hitliste. Allerdings hatte ich mit vielen Herzchen so etwas notiert wie: *Mit Noah zelten, mit Noah segeln, mit Noah ins Freiluftkino, mit Noah … mit Noah …* Es gab noch andere Want-To-Dos, die aber auch nicht besser waren. *Mit Daria üben, von Daria lernen …* Ich musste diese Liste dringend überarbeiten.

»Natürlich haben wir Pläne«, antwortete Merle hoch wichtig und begann, an den Fingern abzuzählen. »Jeden Tag ein Eis.«

Ich nickte zustimmend.

»Keine Strandparty versäumen.«

Wieder nickte ich.

»Dich und Noah wieder zusammenbringen.«

Sauer verpasste ich ihr einen Knuff an die Schulter, doch sie war schon bei ihrem nächsten Punkt und strahlte mich derart glücklich an, dass ich nichts zu sagen wusste.

»Ben und meinen ersten Kuss feiern.« Ihre Augen funkelten schwärmerisch. »Heute Abend küsst er mich, Julie.«

»Heute sind noch keine Sommerferien«, antwortete ich etwas zu harsch. »Das ist kein Sommerferienplanungspunkt.« War ich sauer wegen ihrem blöden Genöle über Noah und mich? Oder zwickte es in meiner Brust, weil sie von Ben als ihrem Freund sprach?

Für eine Sekunde musterte sie mich mit schiefgelegtem Kopf. Ein Zeichen, dass sie nicht wusste, ob ich es scherzhaft meinte oder nicht.

»Heute Abend ist das Konzert der Seagulls«, erinnerte sie mich. »Während du wieder mit Noah zusammenkommst, werde ich mir Ben schnappen.«

In mir blitzte die Erinnerung von Ben und mir am Strand auf, wie er versucht hatte, mich zu küssen. Hastig vertrieb ich seinen Blick aus meinen Gedanken. »Weiß er schon davon?«

Der Gedanke, dass heute Abend die von der ganzen Schule herbeigesehnte Party am Bandhaus stattfand, auf der die Drunken Seagulls irgendwelche Neuigkeiten verkünden wollten, startete das nächste Brennball-Turnier in meinem Magen. Noah war zurück in der Band. Das freute mich zwar, aber ich würde ihn zwangsweise auf der Feier treffen – und dann würden wir uns, umringt von hundert Schülern, schweigend anstarren.

»Du könntest mich ein wenig mehr unterstützen«, blaffte Merle mich an.

»Was soll ich denn tun? Ben festhalten?«

Entgeistert starrte sie mich an.

»Tschuldigung«, nuschelte ich. »Ich will nicht zu diesem Konzert. Die ganze Schule ist da. Alle wissen, dass wir nicht mehr zusammen sind.«

Ruppig sprang Merle auf, und die Schaukel geriet ins Schlingern. »Festhalten! Weil er sich sonst nicht von mir küssen lässt? Du bist echt fies.« Sie schnappte sich ihre Tasche und wollte gehen.

»Komm schon, Merle!« Ich stand auf und hielt sie zurück. »Das meinte ich doch nicht so. Ich hab einfach nicht den Eindruck, dass …« Ich brach lieber ab.

»Dass was?« Sie funkelte mich an.

»Ich weiß nicht, ist nur …«

»Sag schon.«

Ich seufzte. »Na ja, ich bin mir nicht sicher, ob Ben auf einen Kuss von dir wartet.«

Sie schwieg einen Augenblick, und kurz dachte ich, sie würde gleich zugeben, dass Ben nicht in sie verknallt war. Doch weit gefehlt.

»Wir werden zusammenkommen! Und du wirst da heute Abend auftauchen und dich mit Noah vertragen«, befahl sie mir. »Meine Sommerpläne sind Doppeldates mit euch. Pärchenaktionen. Und natürlich werde ich ganz oft mit Ben al-

28

leine abhängen. Wir übernachten am Strand, machen einen Strandritt – «

»Du kannst nicht reiten, Merle.«

»Das macht nichts. Das wird so was von romantisch!« Sie warf mir einen drohenden Blick zu. »Heute Abend: *Drunken Seagulls*. Und du wirst da sein! Verstanden, Julie?«

Schweren Herzens hob ich die Hand, und sie klatschte mich ab. Dann nickte sie zufrieden und ging auf die Straße zu ihrem Fahrrad.

Merle und Ben.

Ich strengte mich wirklich an, ihr Glück zu wünschen. Aber gleichzeitig merkte ich, wie sich bei diesem Gedanken alles in mir sträubte. Konnte ich ihn mit Merle teilen?

Seufzend trug ich unsere Gläser in die Küche. Als ich zurück im Garten war, um meine Schulsachen reinzuholen, hörte ich, wie jemand einen Ball prellte.

Wenn man vom Teufel spricht … Ich schlenderte durch den Rosenbogen auf die Straße.

Ben spielte in seiner Auffahrt Basketball. Mit einem eleganten Wurf versenkte er den Ball im Korb über dem Garagentor.

»Hey, Jewels!« Er winkte mir fröhlich zu. »Sieht man dich auch mal wieder im Freien.«

»Es ist Wochenende.« Ich ging zu ihm hinüber.

Er lachte und dribbelte den Ball vor sich. »Schon klar, Miss Unsichtbar. Hast du dich mit Noah ausgesprochen?«

»Ich weiß nicht. Es fühlt sich nicht so an, als wäre es vorbei.«

»Ihr seid wieder zusammen?« Fast wirkte er geschockt.

»Nein. Aber … Ich weiß auch nicht. Es war einfach nur unangenehm. Er war so verwirrt. Wir haben nicht darüber gesprochen, was wir jetzt sind.«

»Tja. Da hilft wohl alles nichts, Julie. Du musst aus deinem Versteck raus und mit ihm Schluss machen«, meinte er entschieden.

»Fang du nicht auch noch damit an!«, maulte ich und versuchte, ihm den Ball wegzuschlagen.

Er wich mir gekonnt aus. »Womit anfangen?«

»Mir kluge Ratschläge zu geben. Merle nervt tierisch. *Du musst wieder mit Noah zusammenkommen*«, äffte ich sie nach.

Er fing den Ball und hielt inne. »Willst du das denn?«

Etwas in seinem Tonfall jagte mir ein Kribbeln über die Haut. Ich sah ihn an, und sein wacher, forschender Blick machte mich schwindelig. Eilig betrachtete ich meine Zehen – ob ich sie vielleicht mal in Meeresblau lackieren sollte? Oder besser in Pink? Wie beiläufig prüfte ich, ob Ben inzwischen dieses Anstarren beendet hatte. *Bam!* Natürlich nicht. Ben wartete geduldig auf eine Antwort, und sein Blick bohrte sich wieder in meine Seele.

»Nein«, murmelte ich schließlich. »Noah ist toll. Aber …«

»Aber?« Er kam näher und senkte den Kopf, um mir in die Augen zu schauen.

Ich zählte hastig meine Zehen durch und stellte sie mir mit orangefarbenem Glitzerlack vor.

Ben konnte ich alles erzählen. Es gab quasi keine Geheimnisse zwischen uns. Er wusste sogar von meiner Magie. Im Gegensatz zu Noah.

Er wusste von meiner Mutprobe, damals mit elf im Kiosk an der Promenade. Mit ihm war ich das erste Mal (Hand in Hand) vom Dreimeterbrett im Schwimmbad gesprungen. Und jetzt konnte ich ihn nicht ansehen, wenn es um Noah ging? (Sei nicht albern, Julie. Er hat dir immer geholfen, immer zu dir gestanden, während du diesen Zaubermist verbockt hast.) Ich atmete durch und zwang mich, den Kopf zu heben, ihm endlich in die Augen zu sehen. »Lass uns nicht von Noah sprechen, okay?«

Er zögerte. »Okay. Aber sprechen wir nicht von ihm, weil du versuchst, ihn zu vergessen? Oder weil du – «

»Weißt du was, Ben«, stoppte ich ihn. Schmunzelnd rempelte ich ihn an und erwischte den Ball. »Ich glaube, es wird Zeit, dass du dir 'ne Freundin suchst. Dann musst du mich nicht immer über meine Beziehungen ausfragen.« Ich begann zu dribbeln und versuchte, zum Korb durchzubrechen.

Ben versperrte mir den Weg. »Ich hab verstanden!«, meinte er forsch. »Das heißt, du willst lieber über mich sprechen als über diesen ollen Noah!«

»Idiot!« Ich täuschte einen Ausfall nach rechts an, drehte nach links, sprang und versenkte den Ball im Netz. »Schönen Tag noch!« Ich zwinkerte ihm zu und marschierte über die

Straße zurück nach Hause. Natürlich wusste ich, dass er mir grinsend nachsah. Und ich fühlte mich das erste Mal seit langem wieder richtig gut.

Ich fühlte mich auch noch ziemlich gut, als ich wenig später die Schultasche unter den Schreibtisch schleuderte und mich aufs Bett fallen ließ.

Doch schon ein paar Minuten danach sackte meine Laune ab. Ich hatte dämlicherweise einen Blick in meinen Planer geworfen. Und zwar auf die Pixel-Seite, in der ich jedem Tag des Jahres eine Farbe gab. Von Lila für *sehr glücklich*, über Gelb für *ausgeglichen*, bis zu Blau für *traurig* und *unglücklich*. Was soll ich sagen? Während die Kästchen Anfang des Jahres wie eine bunte Perlenkette aussahen, waren die Tage nach meinem Geburtstag allesamt strahlend lila. Bis sie dann auf Blau switchten. Und die blaue Strecke war lang. Ziemlich lang. Ziemlich sehr lang. Kein Lila zu sehen.

Und heute?

Mit Grauen dachte ich an die Party und zog mir die Bettdecke über den Kopf.

Ich geh nicht hin.

Du hast es Merle versprochen.

Egal. Ich geh nicht hin.

Sie wird Ben küssen.

Mit Schwung setzte ich mich auf. Verdammt.

4

Die Sonne ließ die Schatten der Kiefern bereits länger werden, als ich das Bandhaus in den Dünen erreichte. Der Gig, zu dem die *Drunken Seagulls* eingeladen hatten, würde erst in einer Stunde beginnen. Vor meinem Spiegel hatte ich unzählige Outfits durchprobiert, um den richtigen Look für diesen Abend zu finden. Trotzdem war ich viel zu früh dran.

Mein Rad lehnte ich an einen Baum und ging zögernd auf den ehemaligen Bootsschuppen zu, in dem unsere Schulband ihren Proberaum hatte. Ich hatte beschlossen, unseren Beziehungsstatus endgültig zu klären. Kein Davonlaufen mehr.

Ich wollte mich nicht den ganzen Sommer über fragen, ob ich Noah anrufen sollte oder besser nicht. Ich musste mit ihm sprechen. Deshalb war ich jetzt schon hergefahren. In der Hoffnung, dieses unangenehme Gespräch quasi unter vier Augen führen zu können. Auf keinen Fall sollte mir die gesamte Schule dabei zusehen.

Urplötzlich waren meine Sandalen aus Blei, und meine Hände zerflossen wie Wachs.

(Na wunderbar, Julie. Hattest du dir nicht vorgenommen, das hier total entspannt über die Bühne zu bringen?)

Immer schwerer wurden meine Schritte, während mein Herz davonzusprinten versuchte.

Innerlich hin und her gerissen blieb ich vor dem ehemaligen Bootshaus stehen. Das Tor stand nur einen Spaltbreit offen, von drinnen konnte ich Stimmen hören.

In diesem Augenblick wurden die Torflügel ganz aufgedrückt. Nick, der Drummer der Band, hakte sie an der Wand ein, damit der Seewind sie nicht wieder zuknallen konnte. Als er mich bemerkte, winkte er. »Hey, Julie! So früh schon da! Super, dass du auch kommst.«

»Ist doch klaro. Bin ja euer größter –« Das Wort *Fan* konnte ich nur noch kieksen, denn Noah trat aus dem Schatten.

»Julie!« Er klang überrascht, aber immerhin lag in seiner Stimme auch Freude. Lässig kam er zu mir herüber und nickte Nick kurz zu, als wolle er sagen: *Keine Panik, ich regle das.*

Was auch immer man genau regelte, wenn eine Beziehung, die nur auf Grund von Magie Bestand gehabt hatte, zerbrochen war.

»Schön, dass du da bist.«

Wir lächelten uns an, und diese schrecklich peinliche Stille senkte sich wieder über uns.

Verlegen wandte ich den Blick ab. »Ich hoffe, ich störe dich nicht beim Soundcheck oder so«, nuschelte ich in Richtung seiner Sneakers.

»Alles erledigt. Wir müssen nur noch die Bar aufbauen.«
Ich sah an ihm vorbei zu den Sesseln und Sofas, die schon
vor dem Schuppen für Zuhörer aufgestellt waren, und weiter
zum Tapeziertisch, auf dem Flo, der Bassist, nun Colaflaschen
aufreihte. »Wenn ich was helfen kann …?«

»Du kannst nachher applaudieren.« Noah grinste, und ich
grinste zurück.

»Es ist so …«, begann ich. (Komm schon, Julie. Du schaffst
das. Sag ihm, dass es aus ist.)

»Ja?«

»Also …« Okay, ich hatte keine, aber auch gar keine Ahnung, wie ich aussprechen sollte, was ich für ihn empfand –
oder eben nicht mehr. Verfluchtes Gefühlschaos. Zu Hause
hatte ich dramatische Sätze mit noch dramatischeren Gesten
einstudiert, doch jetzt konnte ich mich an nichts mehr erinnern.

»Es tut mir wirklich leid«, unterbrach er mich, bevor ich
irgendwelche weiteren Worte rausstammeln konnte. »Ich bin
vorhin so schnell weg, weil …«

»Ja?« Würde er etwa aussprechen, was ich mich nicht traute?

»Keine Ahnung. Ich bin mir nicht sicher, Julie. Wenn
ich an dich – wenn ich an *uns* denke, dann gerate ich völlig
durcheinander. Du bist so großartig. Und ich war so mies zu
dir.«

»Noah, nein. *Ich* war mies zu *dir*.« *Ich habe dich mit einem
Liebesbann belegt.* Es musste scheußlich sein, wochenlang mit

einem Mädchen zu knutschen, für das man dann plötzlich gar nichts mehr fühlte.

»Du?« Verständnislos schüttelte Noah den Kopf. »Wie schrecklich, wenn ich dir dieses Gefühl gegeben hab.« Unvermittelt nahm er meine Hände, und ein Schauer durchzuckte mich. Anders als früher, als wir ein verliebtes Paar gewesen waren. Das Honigpferdgrinsen-Kribbeln war zu einem unguten Ziehen im Magen mutiert. Traurig sah ich ihn an.

»Es tut mir leid, Julie. Ich hab alles vermasselt.« Noch immer hielt er meine Hände.

»Nein. Es ist meine Schuld. Und wir ... wir passen vielleicht doch nicht so gut zusammen, wie ich dachte.« (Wow! Hatte *ich* das gesagt? Innerlich klopfte ich mir auf die Schulter.) Ich hatte die Worte schnell und hektisch herausgefeuert – aber ich hatte es getan. Klare Verhältnisse. Endlich!

Oder ... Nein! Noah wich einen Schritt zurück und starrte mich erschrocken an.

Verdammt. Liebte er mich etwa noch? Wollte er gar nicht Schluss machen? Das war doch nicht möglich!

»Oookaaay«, sagte er. »Ich seh das richtig, ja? Du machst hier gerade Schluss mit mir?«

Dieser Satz fühlte sich wie ein Dolchstoß an. »Na, also, ich dachte ...« Meine Zunge verhedderte sich. »Ich meine, ich dachte, *wir* machen Schluss. Also wir zwei. Du und ich. Ganz offiziell. Damit wir uns nicht mehr so ... ähm ... mies fühlen müssen. Geht's dir etwa nicht so?«

Er überlegte einen langen Moment. »Ich weiß es nicht, Julie. Bis vor ein paar Tagen warst du noch einfach alles für mich.«

»Und jetzt?«

»Versteh mich nicht falsch, Liebe verpufft doch nicht von jetzt auf gleich … aber …«

»Vielleicht doch? Ich weiß nicht, was passiert ist, Noah«, log ich ihn an. »Aber unsere Liebe … Ich hab das Gefühl, sie ist zerplatzt. Wir haben sie immer weiter und weiter aufgepustet, und dann plötzlich, als sie so groß und schön war … *Boom.*«

Er zog die Augenbrauen hoch und musterte mich unschlüssig. »Vergleichst du unsere Liebe etwa mit einem Luftballon?«

»Seifenblase. Die schimmern und … und sind sehr zerbrechlich. Passt doch irgendwie.« Ich nahm seine Hand. »Ich will nicht, dass du aus meinem Leben verschwindest. Aber ich bin mir nicht mehr sicher, was ich fühle.«

Bitter lächelnd senkte er den Blick. »Ich weiß.«

»Dir geht es doch auch so, oder?«

Er schwieg, zuckte nur leicht mit den Schultern und sah mich nicht an. Stattdessen starrte er auf meine Hand. Ich wollte sie wegziehen, doch er hielt sie fest.

»Wo ist dein Ring?«

Schnappatmung. »Oh, der … der ist mir ins Meer gefallen.«

Vorwurfsvoll musterte er mich. »Ich hab dir gesagt, du wirst ihn im kalten Wasser noch verlieren!«

»Ja, ich weiß.« Getroffen senkte ich den Blick. Der Zauber hatte ihm jeden Tag direkt vor der Nase gelegen. Mein schlechtes Gewissen ließ mich gequält seufzen. Ob unsere Beziehung anders verlaufen wäre, wenn ich mehr Geduld gehabt hätte? Ohne Zauber?

Nachdenklich sah er meine Finger an, die er weiter festhielt. »Na ja, darf ich ehrlich sein? Ich hab mich immer gefragt, warum du das Teil so geliebt hast. Ich fand, der Ring passte nicht wirklich zu dir. Viel zu mächtig.«

Zu mächtig? Ich erstarrte. Meine Stimme krächzte trocken. »Ähm ... Es ist irgendwie ganz gut, dass ich ihn ... ähm ... verloren hab.« Er hatte keine Ahnung, wie nah er der Wahrheit gekommen war. *Zu mächtig.*

Er ließ meine Hände los, und sie klatschten wie nasse Fische gegen meine Beine. »Julie, die Zeit mit dir – ich war wirklich glücklich. Du bist etwas Besonderes. Von dir geht so ein Strahlen aus.« Amüsiert schüttelte er den Kopf. »Ich hab dich nie zeichnen können. Dieses Strahlen. Ich hab's nie begriffen, obwohl ich's gesehen hab.«

Die Zeichnungen, die er von mir angefertigt hatte, waren allesamt wundervoll. Doch er war nie zufrieden gewesen. *Dieses Strahlen* – mir lief erneut ein Schauer über den Rücken. Vielleicht war es meine Magie, die er gesehen hatte, die Magie des Rings, mit dem ich versucht hatte, ihn an mich zu binden.

Mit einem tiefen Atemzug zerrte ich mein Herz aus seinem Versteck und zwang es, seine Arbeit wieder aufzunehmen. Auch wenn nun ein kleines Stück fehlte. »Es ... Ich ...

Du …« Ich blinzelte. (Julie! Verdammt, jetzt weinte ich doch.) Eine Träne kullerte hinunter, ich wischte sie hastig fort. »Die Sonne.« Ich lachte nervös. »Hab die Sonnenbrille vergessen.«

Sein Lächeln verriet, dass er meine Lüge so was von durchschaute.

»Es tut mir leid, Noah. Wir … Es ging alles zu schnell.« Eine weitere Träne lief meine Wange hinab.

Er wischte sie weg und nahm mich bei den Schultern. »Das mag jetzt kitschig klingen«, begann er, »aber du wirst immer einen ganz besonderen Platz in meinem Herzen haben.«

Ich konnte ihn nicht ansehen. Hätte ich zu ihm aufgeblickt, wäre ein Sturzbach über meinen Wangen geflutet.

Sanft gab er mir einen Kuss auf die Stirn. »Wehe, du gehst mir weiter aus dem Weg, Julie!«

Ich nickte. Hastig begann ich, in meiner Tasche zu kramen, aber Noah war schneller. Er hielt mir ein Taschentuch hin, das ich dankbar annahm.

Das war's also? Das war das offizielle Ende meiner ersten Liebe? Um nicht erneut loszuschniefen, wechselte ich das Thema. »Cooles Shirt übrigens.«

»Danke. Hab ich für die Band noch mal neu designt.« Er zog die Zeichnung auf dem Stoff glatt, damit ich sie besser sehen konnte. Es war immer noch eine betrunkene Möwe, die in einen Fisch sang, doch jetzt mit blauen Federn.

»Das Blau kommt gut.« Es erinnerte mich an etwas, aber es wollte mir nicht einfallen, woran.

Inzwischen waren ein paar Schüler eingetrudelt, und der Platz vor der Bühne begann, sich merklich zu füllen.

»Ich sollte dann mal.« Noah schob die Hände tief in seine Jeans und lächelte mich an. »Wir sehen uns, versprochen?«

»Na klar«, sagte ich und versuchte ein tapferes Lächeln.

»Und jetzt lass es rocken!«

Er nickte und schlenderte zurück, begrüßte ein paar Jungs und verschwand schließlich hinter der Bühne.

Irgendwie fühlte ich mich leichter. Das miese Ziehen im Bauch war verschwunden. Dafür fehlte mir ein Stück meines Herzens. Aber ich war froh, dass endlich Klarheit zwischen mir und Noah herrschte.

Tschüss, Gefühlschaos.

Ich tastete nach dem Ring, fühlte die leere Stelle. Wenn ich mich jemals wieder verlieben würde, musste derjenige sofort von meiner Magie erfahren. Noah meine magischen Fähigkeiten zu verschweigen war ein Riesenfehler gewesen.

»Hey, Jewels.« Merle kam auf mich zu und weckte mich aus meiner Starre. Sie hatte sich ganz schön in Schale geworfen. (Wo war eigentlich dieses verträumte Mädchen mit den weiten Pullis geblieben?) Glitzernder blauer Lidschatten ließ ihre Augen leuchten, und sie trug Shorts, Ankle Boots und ein lässiges T-Shirt mit einem Surfer drauf. Ich schmunzelte. *Sehr unauffällig, Merle.*

»Hey.«

»Du hast endlich mit Noah geredet.« Sie musterte mich mit

scharfem Blick. »Hm. Ein paar Tränen. Sonst wieder alles im Lot? Habt ihr euch versöhnt?«

»*Ausgesprochen* trifft es wohl besser.« Ich wollte mich bei ihr einhaken, doch sie wich mir aus.

»Was? Das klingt, als hättest du euer Happy End verpatzt.«

»Es gibt kein Happy End, Merle. Ich will das nicht.«

»Doch. Natürlich willst du das.«

»Nein!« Um dieses dämliche Gespräch zu beenden, schlenderte ich zur Bar.

Was trieb Merle dazu, mir ständig einzureden, dass ich mit Noah zusammenbleiben musste? Als beste Freundin hätte sie mit mir Schokoeiscreme teilen und die Jungs aus *Gossip Girl* anschmachten sollen. Solange sie das nicht tat, hatte ich auch keine Lust mehr, mit ihr zu quatschen.

Inzwischen waren sicher schon an die vierzig Leute da, und es wurde unübersichtlich auf dem Platz vor dem Bandhaus.

Merle drängelte sich hinter mir durch die Menge. Sie war ehrlich erschüttert. »Ihr müsst wieder zusammenkommen! Ihr seid doch Seelenverwandte.«

»Das glaube ich tatsächlich immer noch. Aber – na ja, vielleicht ist ein Seelenverwandter nicht unbedingt auch die Liebe des Lebens.«

»Was?« Entsetzt packte sie mich, als hätte ich den größten Verrat ever begangen.

»Ach, Merle, es hat nicht sollen sein. Oder ich hab's durch die Magie verbockt. Oder durch meine unzähligen Geheimnisse. Wir können so nicht weitermachen. Nicht als Paar. Noah und ich bleiben Freunde. Punkt.«

Merle schob ihre Brille auf die Nasenspitze und sah mich tadelnd an. »*Freunde?*«

Ich nahm zwei Colaflaschen vom Tresen und drückte dem Typen das Geld in die Hand.

»Männer und Frauen können keine Freunde sein.«

Meine Güte. Sie sagte das, als sei es ein unumstößliches Naturgesetz.

»Das ist doch Quatsch, Merle!«, brauste ich auf. »Ben und ich sind seit der Krabbelgruppe befreundet!«

Sie zischte irgendetwas in ihre Cola.

Merle war besessen von mir und Noah. Warum lag sie mir ständig damit in den Ohren, dass wir füreinander bestimmt wären? Ich verstand nicht, warum sie sich so sehr in mein Liebesleben hineinsteigerte. Sie hatte doch selbst gesehen, was der Ring Noah angetan hatte. Es war offensichtlich, dass wir uns trennen mussten. Vielleicht würde uns das Schicksal irgendwann wieder zueinanderführen – ganz unmagisch. Aber jetzt musste ich erst mal mit meiner Magie klarkommen, mit meinem Erbe, meiner doofen Großmutter, meiner Mom ... Und über all das konnte ich nicht mit Noah reden.

Mit Merle anscheinend auch nicht.

Aber ich wollte mich durch ihr Generve nicht runterziehen lassen. Ich hatte eben Schluss gemacht. Und obwohl es mir weh tat, war ich auch erleichtert.

»Ich such mir einen Platz«, meinte ich und schlängelte mich durch die Leute, ohne auf Merle zu warten.

Dieser Tag würde mindestens Gelb bekommen. Ich konnte kein Blau mehr sehen.

5

Die heutige Feier war sozusagen die Generalprobe für den Auftritt der *Drunken Seagulls* zum Ferienstart beim Hafenfest. Das war natürlich obercool. Kein Schulclub-Gig. Ein richtiger Auftritt! Damit waren sie jetzt irgendwie eine echte Band. Die Gerüchteküche flüsterte etwas von einem *neuen Sound*.

Die Sonne stippte bereits die Spitzen des Strandhafers auf den Dünen in goldenes Licht, und jemand hatte die bunten Lichterketten am Haus und in den Bäumen angeknipst. Sogar um eines der Sofas waren Lichter drapiert. Die Leute standen dicht an dicht, und lautes Gemurmel und Lachen schwebte über den Köpfen.

Auf einem der Sofas saß Leonie, doch neben ihr waren noch Plätze frei. Wir waren eigentlich keine Freundinnen, und ich wusste nicht viel von ihr, außer dass sie inzwischen die beste Freundin meiner ehemals besten Freundin Chrissy war. (Meine Freundschaft zu Chrissy hatte ein jähes Ende gefunden, als sie – lange vor mir – ihr Interesse an Jungs entdeckte.

Seitdem ging sie mir mit ihrem affektierten Balzgehabe mächtig auf die Nerven.)

»Hey, Leonie. Ist da neben dir noch frei?«

»Ja, klar. Wir müssen nur Chrissy einen Platz freihalten.«

»Sie ist noch nicht da?« Ich war ehrlich überrascht. Seit sie von meinem Interesse an Noah wusste, hatte Chrissy kaum eine Gelegenheit ausgelassen, um ihn anzubaggern. Vor meinen Augen. Jetzt war er doch ein doppelt heißer Typ, wo die *Seagulls* ihren Durchbruch hatten. Wo war sie also?

»Sie hat mich extra herbestellt. Wahrscheinlich ist sie noch bei –« Erschrocken sah Leonie mich an. »Oh. Sorry.«

Tatsächlich war ich zusammengezuckt und hatte mir deshalb Cola auf die Shorts geschüttet. »Redest du von Chrissy und –« Noah.

»Nein!«, versuchte Leonie hilflos, ihre Worte ungeschehen zu machen. »Ach, keine Ahnung. Sie telefoniert oft mit ihm. Hat unsere Schoko-Time im *Lorenzo* abgesagt, weil sie wegmusste.« Sie sah verlegen zu Boden. »Ich denke, sie ist stattdessen zu ihm.«

Na wunderbar. Kaum hatte ich den Ring weggeworfen, stürzte Chrissy sich auf meinen Freund. Ähm, nein, *Exfreund*.

Und dann wurde mir schlagartig klar, woran mich das Blau der Federn auf dem Kopf der Möwe erinnerte: Chrissys blaue Haarsträhnen!

Geschockt sah ich zur Bühne, konnte aber weder Noah noch Chrissy entdecken. Dafür entdeckte mich jemand.

»Da bist du ja!« Schwungvoll ließ Ben sich neben mich aufs Sofa fallen. Leonie schien er gar nicht wahrzunehmen.

Seine Haare fielen ihm über die Augen, und er roch wie immer nach Strand. Vermutlich hatte er den Nachmittag mit Surfen verbracht.

»Hast du schon wieder irgendwelche Geheimnisse?« Sein Blick traf meinen, und mein Herz geriet vor Überraschung aus dem Takt.

»Quatsch. Alles gut«, maulte ich und lehnte mich mit verschränkten Armen zurück. Ich wollte gar nicht zickig zu Ben sein. Vermutlich waren es noch Nachwirkungen von meinem Streit mit Merle. Wo war die eigentlich abgeblieben? Kurz war ich versucht, mich nach ihr umzusehen. Doch dann – mit einem Seitenblick auf Ben – fand ich es gar nicht so schlecht, dass sie nicht bei uns war. Mit ihrem Glitzerlidschatten und dem Surfershirt.

»Oh, hey, hallo. Hab dich gar nicht gesehen«, begrüßte Ben endlich Leonie.

»Kann ich mir vorstellen«, meinte sie mit einem unpassend amüsierten Grinsen.

Stirnrunzelnd musterte ich sie. Was sollte das denn nun schon wieder? Egal wie Ben auch grinsen mochte: Wir waren Freunde. Die besten.

»Warum steht ihr nicht in der ersten Reihe?«, fragte Ben.

»Geh doch vor«, schlug Leonie ihm vor. »Der Platz ist sowieso für Chrissy reserviert. Tut mir leid.«

»Chrissy? Ich glaube, die hat schon einen Platz gefunden«, meinte er und grinste dieses Ben-Besserwisser-Grinsen.

»Hast du sie gesehen?« Leonie richtete sich auf und blickte sich suchend um.

Bens dunkle Augen blitzten amüsiert, und mit einem lässigen Fingerzeig deutete er zum Bandhaus.

Tatsächlich. Chrissy stand *auf* der Bühne. Bei Noah! Und jeder konnte sie sehen! Sie hatte dem Publikum den Rücken zugewandt – aber ihr flirtendes Lachen konnte ich bis hierher hören. Ihre blau gesträhnten Haare schimmerten in der späten Sonne wie Tinte. Das weiße T-Shirt war ihr halb über die Schulter gerutscht und ihr Rock wie immer viel zu kurz.

Bis eben war ich glücklich darüber gewesen, mit Noah nur noch befreundet zu sein. Mir nicht ständig Vorwürfe machen zu müssen, wieso ich ihm nicht die Wahrheit über mich sagte. Wieso ich ihm nicht so vertraute, wie ich Ben vertraute. Wieso er nicht derjenige war, den ich als Ersten anrufen wollte, wenn es mir schlechtging. Und jetzt war ich sauer, weil er mit Chrissy zusammen war?

Plötzlich stand Merle vor uns. »Ben.« Sie klang ein wenig enttäuscht. »Wieso bist du hier? Ich dachte, wir treffen uns am Eingang.«

»Entschuldige. Ich hab Julie gesehen und gedacht, wo sie ist, bist du nicht weit.«

Sie legte den Kopf schief.

»Komm, setz dich doch«, beeilte ich mich zu sagen. Bevor

sie eine Antwort auf Bens Verhalten fand, die ihr vielleicht nicht gefiel. Mir war klar, weshalb sie Ben vor dem Trubel hatte abfangen wollen. Sie wollte ihren ersten Kuss.

Tja, aber Ben spielte einfach nicht mit.

Um des lieben Friedens willen fügte ich noch schnell hinzu: »Neben Ben ist noch Platz!«

Allerdings verfehlte mein Wink mit diesem prächtigen Zaunpfahl irgendwie sein Ziel.

»Jewels, du musst was unternehmen!«, fuhr Merle mich an. »Du darfst Chrissy nicht gewinnen lassen!«

Gewinnen lassen.

Ich drückte mich tiefer ins Sofa. »Hier gewinnt niemand, wenn du dich weiter so aufführst.«

»Merle …«, wollte Ben sie beschwichtigen. »Sie hat kein Interesse mehr an einer Beziehung mit Noah.«

»Julie ist total verwirrt. Das ist ein Fehler! Die beiden sind ein Traumpaar!«

Blöderweise regte Merles hysterisches Gefasel Ben maßlos auf. »Sie liebt ihn aber nicht. Punkt! Aus!«

Ertappt biss ich mir auf die Lippe. *Sie liebt ihn aber nicht!* Er war sich da so sicher. Seit wann wusste er das? Ich selbst hatte es erst vor einer guten Woche zu ahnen begonnen, als – *Bling!* Meine Gesichtsfarbe schaltete auf Rot. Danke auch.

»Woher willst *du* denn das wissen!«, blaffte Merle Ben an. »Du bist doch völlig blind für die Liebe!«

Ben runzelte die Stirn, dann wandte er sich zu mir um.

Unsere Blicke trafen sich. Ertappt sah ich lieber weg und versuchte, meine rotleuchtenden Wangen zu verstecken.

»Wow«, murmelte Leonie, die uns drei die ganze Zeit über staunend beobachtet hatte. »Ihr seid ja besser als jede Soap!« Wenn sie wüsste! Wenn Ben wüsste! Wenn Merle wüsste! In der Hoffnung, meine Wangen würden davon wieder blass werden, fächelte ich mir mit der Hand Luft zu.

»Ach was.« Spitzbübisch lächelte Ben Leonie an. »Es ist nur Vollmond. Da flippen die beiden immer total aus.«

»Und wie ich ausflippe!« Merle machte einen Satz auf mich zu, packte meine Hand und zerrte mich vom Sofa. »Geh zu Noah und schubs diese dämliche Tusse von der Bühne! Bring das endlich in Ordnung!«

»Merle! Jetzt komm mal runter. Kapier es endlich, ich bin nicht mehr mit Noah zusammen. Aus. Es ist aus. Und das schon seit dreißig, nein, zweiundvierzig Minuten!« Ich wand mich aus ihrem Griff. Und bevor sie mich erneut packen konnte, schob Ben sich zwischen uns.

»Das ist sicher keine gute Idee«, sagte er zu Merle. »Julie kann doch keinen einzigen Song der *Seagulls*.« Er grinste, aber sein Tonfall stachelte Merle nur weiter an.

»Misch dich nicht ein!«, blaffte sie ihn an. »Was geht dich Julies Beziehung zu Noah an?«

(Und was, verflucht nochmal, ging es Merle an!)

Ben atmete durch. »Ich bin hier, um das Konzert zu hören«, erwiderte er. »Und wenn du dich jetzt nicht gleich beruhigst, hole ich Gaffertape! Das extra starke Klebeband.« Er drückte Merle aufs Sofa, setzte sich ebenfalls und klopfte auffordernd neben sich, damit ich auch wieder Platz nahm. »Ich bleib mal als Puffer zwischen euch Kampfhennen.«

»Was macht sie denn da nur so lange?« Angespannt beobachtete ich, wie Chrissy und Noah vor aller Augen tuschelten. Inzwischen hatte ich beschlossen, es einfach hinzunehmen, wenn er sich sofort eine andere Freundin zulegte. Meine Liebe zu Noah war nicht erst mit dem Untergang des Rings verschwunden. Ich musste nicht eifersüchtig sein.

Überhaupt gar nicht.

(Ja sicher, Julie.)

Na gut. Es tat weh, dass er mich einfach so abhakte, aber das hatte ich wohl verdient. Mein Zauber hatte eben nur die Illusion von Liebe geschaffen.

In diesem Moment drehte sich Chrissy zum Publikum um. Von ihrem T-Shirt grinste mich die blaugefiederte betrunkene Möwe an.

Sie trug das Bandshirt!

»Was soll das denn werden?« Leonie war ebenso überrascht wie ich.

»Zwei, drei … Hallo, Leute!«, echote jetzt Noahs Stimme zu uns rüber. »Schön, dass ihr alle da seid!« Cool baumelte die Gitarre um seine Schulter, und er hielt den Mikrophonständer nach guter, alter Rockstar-Tradition. (Nein, ich schmachtete ihn nicht an. Dazu war ich viel zu enttäuscht von ihm.)

»Wir freuen uns, euch unseren neuen Sound zu präsentieren«, verkündete Noah. »Neue Songs und …« Er drehte sich zu Chrissy. »Und unsere neue Stimme! Einen Willkommensapplaus bitte für unsere Leadsängerin!«

»Nein!«, hörte ich mich fassungslos rufen.

Leadsängerin?

Zum Glück hörten mich nur meine Sofanachbarn, denn alles applaudierte lautstark, als Chrissy ihre blauen Haare nach hinten warf und ein *Hey, Folks* ins Mikro hauchte.

»Wusstest du davon?«, fragte Merle Leonie, doch die schüttelte erstaunt den Kopf.

»Nein«, antwortete sie. »Ich dachte, Chrissy wäre scharf auf Noah und würde deshalb immer bei der Band abhängen.«

»Ich auch.« Fassungslos beobachtete ich, wie Chrissy mit einem flirtenden Lächeln das Mikro von Noah entgegennahm und dann ihr Publikum anstrahlte.

Neben mir brach Ben in schallendes Gelächter aus. »Ihr Mädels seid echt großartig! Hat sie denn keiner mal gefragt?«

Argwöhnisch sah ich ihn an. »Erzähl mir nicht, du hast die ganze Zeit *gewusst*, dass sie Sängerin bei den *Seagulls* werden will.«

Er funkelte mich schelmisch an. »Ich hab sie einfach darauf angesprochen. Schließlich war da ein Aushang am Schwarzen Brett.«

»Nein!« Fassungslos musterte ich ihn.

»Klaro. ›Hey, Chrissy‹, hab ich gesagt. ›Baggerst du Julies Freund an oder geht es dir um den Job als Sängerin?‹«

»...«, sagte ich. Mir klappte die Kinnlade runter. »...«, verbesserte ich mich, und Ben genoss es, mich mal wieder komplett sprachlos zu sehen. (Etwas, das nur ihm gelang.)

»Das hast du sie nicht wirklich gefragt«, murmelte Merle schockiert.

»Warum nicht? Ich muss auf Julie aufpassen. Sie war doch völlig blind, wegen ...« Er hielt seine Hand hoch, und es war klar, dass er auf den Ring anspielte.

Merles Nasenflügel bebten, als ihr Blick von Ben, der sehr dicht neben mir saß, zu mir glitt. Instinktiv rutschte ich ganz an die Sofakante, möglichst weit weg von ihm.

Merle zitterte vor Wut – auf mich, auf meinen verpatzten Zauber, auf mein Aus mit Noah, auf meine Nähe zu Ben.

Ben – meinen besten Freund.

Männer und Frauen können keine Freunde sein, Julie!

Doch, Merle! Ben ist nur mein Freund. Allerdings ein sehr guter. Bloß weil du dich in ihn verknallt hast, bedeutet das nicht, dass ich es auch bin!

Der Drummer zählte ein, und die *Drunken Seagulls* begannen ihr erstes Lied. Bisher hatten sie Rock gespielt, jedenfalls etwas, das schnell und laut war. Dieser Song war viel gefühlvoller. Und als Chrissy zu singen anfing, blieb mir erneut der Mund offen stehen. Die blöde Kuh hatte eine Wahnsinnsstimme!

Sprachlos starrten wir drei sie an und lauschten einem melancholischen Liebeslied, das sich grandios steigerte und schließlich eine furiose Rache beschwor. Durch Chrissy waren die *Drunken Seagulls* definitiv eine Klasse aufgestiegen. Bisher hatten sie Klang und Charme einer Schulband versprüht, aber Chrissys Stimme ... damit waren sie nun irgendwie erwachsen. Noahs Finger tanzten über die Saiten, seine Gitarre sang mit Chrissy im Chor – und er grinste dabei wie ein Honigkuchenpferd. Er hatte allen Grund dazu, denn der neue Sound war absolut fesselnd. Man musste einfach mitgehen.

Nachdem der letzte Akkord verklungen war, herrschte für eine Sekunde Stille in den Dünen, dann applaudierten alle mit großem Gejohle.

6

Es war ein großartiges Konzert. Die Band spielte eine komplett neue Setlist. Inzwischen war es schon dunkel, doch die Windlichter und Lichterketten tauchten das ehemalige Bootshaus in romantisches Licht.

Wieso hatte ich Chrissy nie gefragt, warum sie um Noah herumschlich? Wie hatte ich nur so blind vor Eifersucht sein können!

Ich ging zu Chrissy, die mit roten Wangen und fiebrig glänzenden Augen bei den Mädels aus unserer Klasse stand und Komplimente einsammelte.

Von mir bekam sie ebenfalls eines. »Hey, Chrissy. Du warst absolut phantastisch.«

»Danke, Julie.« Sie meinte es aufrichtig. Und irgendwie war es da wieder, dieses Gefühl, dass wir Freundinnen sein könnten. Das Gefühl, das wir wegen dieser ganzen *Ich-hab-nen-Freund-und-du-nicht*-Sache verloren hatten.

Erst jetzt bemerkte ich, dass sie die Ohrringe trug, die ich ihr vor einigen Jahren geschenkt hatte. Es waren Ohrringe ohne

Magie. Knallblaue Federn, die bis zu den Schultern reichten.

»Du hättest etwas sagen können. Ich meine, dass du singen willst.«

»Ach, es war zu süß, wie du immer gleich vor Eifersucht in die Luft gegangen bist.« Sie lachte, und Billy und ihre Minions kicherten ebenfalls.

Vermutlich hatte ich ihren Spott verdient. Ein Gespräch mit ihr hätte zweifelsohne manches verändert. Ich blickte (total unauffällig) in Richtung Sofa, wo ich Ben und Merle vermutete. Aber es standen zu viele Leute davor. Ob Merle sich endlich ihren Kuss geholt hatte?

»Noah und ich, wir sind nicht mehr zusammen.« Dieses Geständnis kam selbst für mich überraschend. *Bam!* Das war's. Nun hatte ich es ganz offiziell ausgesprochen. Hätte sich jetzt nicht irgendetwas in mir zusammenziehen müssen? Oder ein schwarzes Loch in mir auftun? Doch da war nichts. Nur gefühllose Leere. (Und mein Blick suchte noch immer meine Freunde.)

»Oh!« Chrissy sah mich mitleidig an.

»Ach, schon gut«, murmelte ich und wünschte, ich hätte nichts gesagt. Denn die Mädels setzten alle diesen betroffenen Blick auf und seufzten übertrieben mitfühlend.

»Oh, du Arme!«

»Ihr wart so süß zusammen.«

»Er ist so ein Romantiker gewesen.«

»Mir geht's gut«, unterbrach ich ihre Beileidsbekundungen.

»Wir bleiben Freunde.« Ja, wirklich. Tief in mir war ich davon überzeugt. Von beidem, dass es mir gutging und wir Freunde bleiben würden.

Aber Chrissy kicherte und tätschelte mir die Schulter. »Na sicher, Julie.«

Grummelnd verabschiedete ich mich und murmelte, dass Merle auf mich warten würde.

Na sicher, Julie.

Die hatten doch alle keinen Plan! Natürlich konnte ich mit Noah befreundet sein. Genauso wie mit Ben!

Und ich fühlte mich gut! Es war richtig, Noah loszulassen. Ich hatte ihn schon lange genug gezwungen, bei mir zu sein.

Das Sofa war inzwischen von Mädels aus der Neunten besetzt. Wo war Ben? Vergeblich versuchte ich, ihn in der Menge zu entdecken. Hatte Merle ihn tatsächlich abgeschleppt? (Hoffentlich nicht.)

Kurz stellte ich mir vor, was wohl passieren würde, wenn sie ihn küsste. Würde Ben das überhaupt zulassen?

In der Hoffnung, die beiden an der Bar zu finden, schob ich mich durch die Menge, konnte dort aber weder sein Grinsen noch ihre Lockenmähne ausmachen. Dafür traf ich Leonie.

»Hast du Ben und Merle gesehen?«

»Sie hat gesagt, dass sie nach Hause muss. Aber Ben sucht dich.« Sie deutete vage über die Schulter zum Radweg.

»Alles klar. Danke.«

Ich sah auf die Uhr. Inzwischen war es kurz vor Mitternacht. Merles Eltern verlangten von ihr auch an Wochenenden, pünktlich um elf zu Hause zu sein. Bisher hatte es Merle nie gestört, so früh heim zu müssen. Sie war nicht der Typ, der gerne bis in die Morgenstunden auf Partys tanzte. Aber da war sie ja noch nicht verliebt gewesen. Jetzt sah die Sache anders aus, und sie hatte ihre Sperrstunde schon längst überschritten.

Wieder ließ ich meinen Blick über die Feiernden gleiten, aber ich konnte Ben nirgends entdecken. Ob Merle ihn überredet hatte, sie nach Hause zu begleiten? Ein Kuss zum Abschied an der Haustür im Sternenlicht? Das würde ihr gefallen. Ganz wie in einem Hollywoodschinken.

Bei der Vorstellung wurde mir seltsam übel. An Ben und Merle zu denken verursachte ein unentwirrbares Gefühlschaos in mir.

Allerdings war es auch für mich Zeit, nach Hause zu fahren. Mit der Taschenlampenfunktion des Handys bewaffnet machte ich mich auf die Suche nach meinem Fahrrad.

Ratlos marschierte ich die lange Reihe Räder ab, die den Weg zum Bandhaus säumten. Ich konnte mich beim besten Willen nicht erinnern, auf welcher Höhe des Wegs ich es abgestellt hatte.

Ich hätte Merles Angebot annehmen sollen, als sie mein Fahrrad individualisieren wollte. So wie ihres, das sie nicht nur mit lila Farbe verschönert hatte, sondern auch mit einer Ranke aus Plastiksonnenblumen. Aber ich musste ja unbedingt ein völlig austauschbares langweiliges Rad fahren.

Seufzend ging ich weiter – und erschrak. Vor mir auf dem Dünenweg stand jemand. Wolken hatten sich vor den Mond geschoben, und ich konnte nur einen dunklen Schatten ausmachen. Ein flatternder Mantel umspielte die Beine. Beobachtete der Kerl mich etwa? Ich blieb stocksteif stehen, nicht fähig, mich zu bewegen oder den Blick abzuwenden. Etwas blitzte auf – hatte er eine Waffe? Fast hätte ich geschrien, doch ich brachte keinen Ton heraus.

Ich wusste, ich konnte regelrecht fühlen, dass er mich anstarrte.

Da legte sich plötzlich eine Hand auf meine Schulter.

Ich kreischte auf.

»Meine Güte – Julie!« Ebenso erschrocken wie ich stand Ben vor mir. »Ich bin's nur.«

Zittrig deutete ich auf den Weg, zu dem unheimlichen Schatten – doch er war fort.

»Lass mich raten.« Ben tätschelte mir die Schulter. »Du hast mal wieder keine Ahnung, wo du dein Rad abgestellt hast.«

»Da war ein Typ. Der hat mich angestarrt.«

»Was? Wo?« Sein Blick suchte den Weg ab. »Da ist niemand.«

»Er ist ja jetzt auch weg. Ziemlich unheimlich. Mit wehendem Mantel …«

Ben leuchtete die Räder mit dem Licht seines Handys ab. Ein amüsiertes Lächeln umspielte seine Lippen. In der Dunkelheit konnte ich es zwar nicht sehen, aber ich hörte es. Ich kannte Ben einfach zu gut. »Lass das Grinsen.«

»Sorry, Julie. Dass diese Gespenstergeschichten bei dir immer noch so herrlich funktionieren.«

Verärgert knuffte ich ihn. In der Grundschule hatte er mich einmal grässlich erschreckt. Mit seiner Taschenlampe unter einem Bettlaken war er nachts in unseren Garten geschlichen. Er hatte so grauenvoll gespenstisch geheult, dass ich voller Panik die Polizei angerufen hatte.

»Hier, ich glaub, ich hab's.« Ben winkte mich zu sich und zeigte auf ein unscheinbares silbernes Rad.

Erleichtert zog ich es aus dem Sand. »Danke für deine Hilfe.«

»Kein Thema. Meins ist da hinten. An der Kiefer.«

Nach der Begegnung mit der seltsamen Gestalt war ich sehr froh, dass Ben noch da war und ich nicht alleine nach Hause musste.

Unauffällig musterte ich ihn. Mit Ben an meiner Seite konnte ich durch jeden Gespensterwald. Er war ... (Julie! Stopp!)

Na was? Ben war mein bester Freund!

Bester Freund!

Nichts anderes.

Ehrlich.

»Ist Merle schon weg?«, fragte ich möglichst unschuldig.

Genervt verdrehte er die Augen. »Bitte versöhn dich mit ihr.«

»Ich? Wieso? Hat sie gesagt, wir haben Streit?« Na wunderbar. Merle würde Ben also nicht nur vor meinen Augen abknutschen, nun lästerte sie auch bei ihm über mich.

»Nein. Nicht direkt. Aber es muss ja einen Grund geben, warum ihr nicht wie siamesische Zwillinge aneinanderklebt.«

»Ist der Grund denn nicht offensichtlich?« *Merkst du gar nicht, wie sie dich anbaggert?*

Er hielt kurz inne, als müsse er darüber nachdenken. »Ihr habt Streit«, stellte er dann erneut fest. »Und es geht um irgendwelche komischen Mädchensachen, die kein normal denkender Mensch kapiert.«

»Nah dran.« *Meine Güte, hast du das Surfershirt nicht gesehen?*

»Na, dann ist ja gut. Ich hab nämlich keine Lust, dass sie ständig bei mir anruft.«

Ein paarmal klappte ich den Mund auf und wieder zu. Merles Plan war zum Scheitern verurteilt. Ben würde sie nie küssen. Weder sah er sie an (er hatte doch dieses Shirt nicht übersehen können!), noch wollte er am Telefon mit ihr quatschen. Großartig. Merle würde toben. Und vermutlich würde sie mir die Schuld geben.

Ben schob sein Rad neben mich. »Können wir los?«

Gedankenverloren betrachtete ich ihn. Die Wolken hatten sich verzogen, und das Mondlicht verlieh ihm einen fast magischen Schimmer. Ich musste plötzlich an Märchen denken, an stattliche Prinzen in glänzender Rüstung.

»Ja, klar«, antwortete ich. (Und klang dabei leicht verträumt.)

Er knipste meinen Dynamo an. »Weißt du noch, wie man Gespenster vertreibt?«

Schmunzelnd nickte ich. Vor einigen Jahren hatten wir einen Zeichentrickfilm gesehen, in denen Kinder in ein altes Haus ziehen. Sie haben Sorge, dass dort Gespenster sind. Zusammen mit ihrem Vater lachen sie die Wesen dann einfach aus dem Haus.

Lauthals lachend und singend und kichernd fuhren wir nebeneinander durch die Dünen, vorbei an den alten, geduckten Fischerhäusern, die einsamen, verwinkelten Straßen entlang, und hörten gar nicht auf, ausgelassen Unsinn zu rufen und zu lachen.

Es war herrlich.

Die Fahrt war viel zu kurz.

Ich fühlte mich schlichtweg glücklich. Mit Ben war alles einfach. Ich war ich, und er war er. Wir konnten jeden Quatsch sagen oder auch nicht – es fühlte sich immer gut an. Nie gezwungen. Nie verstellt.

Und so standen wir irgendwann vor unseren Häusern, mitten auf der Straße, schweigend, und blickten zu den Sternen. Ich konnte deutlich spüren, dass auch er diesen wundervollen Abend nicht enden lassen wollte.

Bilder aus Hollywoodfilmen, wie Merle sie so liebte, drängten sich mir auf, doch ich vertrieb sie. Dieser Moment war zu gut, ich wollte Merle nicht dabei haben.

Schließlich murmelten wir uns einen Gute-Nacht-Gruß zu. In meinem Zimmer fiel ich sehr happy ins Bett.

7

Am nächsten Morgen umfing mich mein Bett warm und weich, und die letzten Bilder eines angenehmen Traums lullten mich in ein behagliches Alles-ist-wunderbar-Gefühl, so dass ich für immer so liegenbleiben wollte.

Aber natürlich beginnt in solchen Momenten die Nase grässlich zu jucken, und man muss sich doch bewegen. Und *husch* ist der angenehme Schlafzauber davon.

Die Augen öffnete ich deshalb aber noch lange nicht!

Als die Wohligkeit des Traums nicht zurückkehren wollte, tastete ich schließlich blind nach meinem Planer, der irgendwo neben meinem Bett liegen musste. Mit einem kleinen Seufzer öffnete ich die Augen und setzte mich auf.

Ich schlug mein *Year in Pixels* auf und überlegte, welche Farbe sich der gestrige Tag verdient hatte. Zeitweise hätte ich ihn tief blau koloriert, doch die Heimfahrt mit Ben war so wunderbar gewesen ... Schließlich einigte ich mich mit mir auf Orange. Ziemlich happy.

Nachdem ich das Tagesquadrat eingefärbt hatte, blätterte

ich zu meiner Sommerwunsch-Hitliste. Noch immer leuchteten mir da in verliebtem Rot all die Pläne mit Noah und Daria entgegen.

Die Seite raustrennen wollte ich nicht, also angelte ich mir die Box mit den bunten Klebebändern und ein leeres Blatt, das ich mit ein paar breiten Tapes mit bunten Sommermotiven auf der Seite befestigte. Meine Träume von Noah waren überklebt. Verschwunden. Vergessen. Ebenso meine Hoffnung, von Daria mehr über Schmuckmagie zu lernen.

Kurz flog mein Blick zum Schmuckkasten, der inzwischen seinen festen Platz auf dem Schreibtisch hatte. Seit ich erkannt hatte, wie schrecklich ein Zauber wirken konnte, wenn er gegen den Willen eines Menschen eingesetzt wurde, hatte ich ihn nicht mehr geöffnet. Dennoch wollte ich mehr über Magie lernen. Merles Sportlichkeitskettchen und Bens Chemie-Armband waren der Beweis, dass ein Zauber gut sein konnte.

Aber zu Daria wollte ich nicht. Für sie war Manipulation ein einträgliches Geschäft.

Seufzend strich ich über die nun wieder leere Seite meiner Sommerwunsch-Hitliste.

Auf Merles Liste stand Ben ganz oben.

Allerdings war es offensichtlich, dass er für Merle keine Gefühle hegte. Die beiden mussten das klären. Und zwar schnell. Es zerriss unsere Freundschaft – und würde gemeinsame Sommeraktionen zur Hölle machen.

Ob es so etwas wie ein magisches Freundschaftsarmband

gab? Eines, das nicht manipulierte und den Menschen veränderte?

Sehnsüchtig dachte ich an Darias Werkstatt, die mit so vielen zauberhaften Dingen vollgestopft war. Unzählige Geheimnisse, die ich entdecken wollte. Doch ich hatte mir geschworen, nie mehr zu ihr zu gehen. Sie missbrauchte die Magie. Daria half nicht, sie manipulierte, verkaufte Zauber an den Meistbietenden. Ihr war es egal gewesen, was mit Noah passierte. Nicht einmal gewarnt hatte sie mich, nur gelobt, wie mächtig mein Ring sei.

Meine Mutter zu fragen, ob sie mir mehr über Schmuckmagie verriet, war zwecklos. Aus einem Grund, den ich noch immer nicht kannte, hatte Mom die Magie aus ihrem Leben verbannt. Vermutlich trug Daria mit ihrer Gier nach Geld und Macht die Schuld. Was immer damals passiert war, belastete Mom so sehr, dass sie nicht darüber sprechen konnte. Und wahrscheinlich war es weit mehr als nur ein verpatzter Zauber.

Ein Zauber darf nie gegen den Willen eines Menschen wirken.

Inzwischen hatte ich mir diesen Ratschlag meiner Mutter wirklich zu Herzen genommen.

Gedankenverloren malte ich Sternchen für die einzelnen Want-To-Dos und nummerierte sie.

Doch welche Aktionen sollte ich eintragen?

Radtour mit Merle würde wohl nicht klappen, wenn sie die Sache mit Ben nicht hinbekam.

Jeden Tag ins *Lorenzo*? Allein?

Ach herrje! Plötzlich hellwach, schnellte ich hoch, und sämtliche Klebebänder prasselten zu Boden. Alarmiert sah ich auf die Uhr. Es war schon fast Mittag! In zwei Stunden war ich mit Ben und Merle im *Lorenzo* verabredet. Ben wollte uns als Dankeschön für die Hilfe mit seinem Chemie-Desaster auf eine Schokolade einladen.

Mein Magen knurrte nach einem Frühstück. Also huschte ich ins Bad und machte mich fertig für den Tag.

Ich rechnete damit, allein zu frühstücken, doch Paps saß noch mit seiner Zeitung am Tisch. Moms Platz war abgeräumt, während für meinen Bruder Mike ein unbenutzter Teller an seinem Platz stand. Wir deckten aus reiner Nostalgie für ihn mit. Mike litt unter heftiger Handysucht. Mehr als *Mmh-uff* konnte man in einem Gespräch nicht von ihm erwarten, Sonnenlicht schien sein Feind zu sein, und regelmäßige soziale Kontakte oder gar frische Luft versprachen anscheinend den sicheren Tod. Jedenfalls lief Familie ohne ihn.

»Guten Morgen, Prinzessin«, begrüßte Paps mich.

»Morgen. Ist Mom schon weg?«

Er nickte. »Sie wollte zum Blumenmarkt.«

»Blumen? Für ihren Garten?« Ich schnappte mir ein Brötchen und schnitt es auf.

»Für einen Kunden. Sie wollte mir nicht sagen, welches Thema es diesmal ist.« Mit einem tiefen Seufzer nippte er an seinem Kaffee. »Ich bereite mich seelisch auf alles vor«, meinte er sehr ernst.

Ich lachte. »Na, schlimmer als diese Simplify-Typen kann es ja kaum werden.« Mom war Innenarchitektin oder moderner ausgedrückt: Wohnungs-Stylistin. Leider war sie der Meinung, ihren Kunden das neue Wohngefühl direkt erlebbar machen zu müssen, und dekorierte deshalb immer wieder unser Wohnzimmer um. Das letzte Mal war uns nur der Fußboden geblieben (wortwörtlich!), und wir mussten auf dem Boden essen.

Den Raum mit Blumen zu füllen war also keine so schlechte Vorstellung.

»Und was hast du an so einem wunderbaren Samstag vor?«, fragte Paps.

»Ich treff mich mit Merle und Ben – «

»Im *Lorenzo*. Welch Überraschung.« Die Zeitung hob sich wieder und versteckte sein väterliches, weises Lächeln. »Liebe Grüße an die beiden.«

Grummelnd aß ich mein Marmeladenbrötchen auf. Vielleicht war es ja langweilig, dass wir uns immer dort trafen. Aber wenigstens verließ ich das Haus – im Gegensatz zu Muffel-Mike.

Merle vertrat die Ansicht, dass Mike in den letzten Jahren zu einer Art Vampir mutiert sein musste. Aufgrund des dauerhaften Entzugs von Tageslicht würde ihn ein einziger Sonnenstrahl zu Staub zerfallen lassen.

Leider konnten wir diese Theorie nicht überprüfen, denn Muffel-Mike verließ sein Zimmer nur noch, um ins Bad zu schlurfen, bestenfalls zum Kühlschrank. Und ich fragte mich, wann es meinen Eltern wohl zu blöd wurde und sie ihn vor die Tür setzten. (Hoffentlich in eine Umzugskiste verpackt, falls Merle recht hatte.)

Er war achtzehn, und Mom hatte mehrere Versuche unternommen, ihn zu einer Ausbildung zu zwingen. Ohne Erfolg. (Vielleicht konnte er sich irgendwo als Handy-Dauernutzungs-Tester einstellen lassen?)

Als ich zurück in mein Zimmer ging, um meine Strandsachen zusammenzusuchen, lauschte ich kurz an Mikes Tür. Zu meinem Erstaunen vernahm ich keinen Laut. Das konnte doch nicht sein. Mein Bruder kannte seit einer Ewigkeit nur noch zwei, na gut, drei Zustände: Schlafen, Daddeln (Computerspiel oder Handy) und Essen. Ich presste mein Ohr gegen die Tür: Kein Schnarchen. Keine Schießerei oder Dudel-Musik von seinen Computerspielen, kein Schmatzen.

Ich klopfte, aber es blieb still. Also öffnete ich beherzt die Tür. »Mike?«

Im Zimmer war alles in bester Ordnung – also Unordnung: Wäscheberge, leere Pizzaschachteln, Kabelwust gekrönt von DVD Hüllen.

Aber von Mike war nur das Müffeln im Zimmer. Wo steckte er?

Irritiert ging ich einen Schritt hinein, trat aber auf irgendetwas Weiches, das ein schmatzendes Geräusch von sich gab. Angeekelt wich ich zurück. »Mike?«, fragte ich noch mal, doch sein Zimmer war wirklich verlassen. Muffel-Mike war ausgeflogen.

Das war unheimlich. Sollte ich Paps informieren? Ich sah schon das Haus voll mit Sonderermittlern, die alle Spuren in Mikes Zimmer sicherten. Und mich verhörten – weil ich die Erste war, die den Vermissten vermisst hatte …

Leise schloss ich die Tür wieder. Ich konnte Mike auch heute Abend noch vermissen. Vielleicht war ja etwas mit seinem Handy, und er war in dem kleinen Laden ein paar Straßen weiter. Oder er spielte eins dieser AR-Spiele, für die man draußen rumlaufen musste! Ja, genau! Das musste es sein.

Eine halbe Stunde später schloss ich mein Rad beim *Lorenzo* ab und lief hinunter zu den Liegestühlen. Dort hatten Merle, Ben und ich inzwischen einen Stammplatz. Ich war zu früh dran, also machte ich es mir gemütlich, schlüpfte aus den Schuhen und steckte die Zehen in den warmen Sand.

Eigentlich hätten die Ferien jetzt schon beginnen können. Diese blöde letzte Woche, in der die Noten feststanden und niemand, nicht mal die Lehrer, noch Lust auf Unterricht hatte – die konnte doch getrost abgeschafft werden.

»Hey, Julie!« Ben kam vom Strand herauf.

»Hey, Ben. Ich hab uns Stühle reserviert.«

Er sah sich um, als suche er jemanden. »Ach weißt du, lass uns erst einen Strandspaziergang machen.«

Verdutzt setzte ich mich auf.»Und meine Dankeschön-Schokolade? Willst du etwa wortbrüchig werden?«

»Nein. Ich weiß doch, deine Rache wäre fürchterlich.« Er grinste.

»Aber Merle ist noch nicht da.«

Er sog Luft durch die Zähne und wich meinem fragenden Blick aus.»Ja, das wird wohl noch 'ne Weile dauern, bis sie hier aufschlägt – sie hat mir gesagt, sie kann erst in einer Stunde.« Erstaunt sah ich ihn an. Merle hatte ihm geschrieben? Und mir nicht? Na gut. Sie setzte wohl alles daran, dass Ben sie endlich zu einem Date einlud. Und ich störte nur.

Da nahm Ben mich an der Hand und zog mich vom Liegestuhl.

»Hey – was wird das?«

Doch statt einer Antwort rannte er los, und ich konnte nicht anders, als hinter ihm her zu stolpern.

»Hey, warte!« Ich schnappte mir gerade noch meine Tasche vom Liegestuhl.

Erst als wir das Gedränge der Sonnenanbeter hinter uns gelassen hatten, blieb er stehen und ließ meine Hand los.

Außer Atem sah ich ihn an. Der Wind zauste sein Haar, und seine dunklen Augen blitzten mich wie so oft mit diesem amüsierten Zwinkern an.

»Spielen wir Wellenfangen?«, fragte er aufgekratzt.

Ich musste lachen.»Das habe ich das letzte Mal mit zehn gemacht.«

»Also mit mir. Und ich hab gewonnen.«

»Du? Niemals. Ich war immer viel besser.«

Barfuß stellten wir uns nebeneinander und traten ans Wasser. Schulter an Schulter sprangen wir über jede kleine Welle, die über den Sand auf uns zu leckte – ihren Saum durfte man nicht berühren. Wenn sich die Wellen kreuzten, wurde es schwierig, dann musste man ausweichen, um nicht doch von der Kante erwischt zu werden. Und so schubsten und drängelten wir uns mit den Schultern gegenseitig auf die Wellen zu und brachten uns aus dem Gleichgewicht.

Kichernd und giggelnd versuchte ich, Ben abzuwehren, der mit unlauteren Mitteln kämpfte und mich kitzelte.

»Du hast sie berührt!«, rief ich.

»Gilt nicht«, gab er sofort mit Kinderstimme zurück.

»Gleichstand!« Ich sah eine Kreuzwelle heranschwappen und gab Ben einen herzhaften Stups. Er verlor das Gleichgewicht und saß im Wasser.

Ich bog mich vor Lachen.

»Na warte!« Er sprang auf und rannte auf mich zu. Kreischend flüchtete ich und schlug einen Haken, da packte er mich und schleppte mich zurück zu den Wellen.

»Nein! Ben! Nicht.«

»Nur gegen Lösegeld«, knurrte er, ließ mich aber nicht los.

»Ja doch, ich zahle!« Lachend ließ er mich wieder herunter, und ich suchte den Boden nach einer schönen Muschel ab. Als wir Kinder waren, galt die Herzmuschel als universelles Zahlungsmittel. Fünf große für einen Kaugummi, eine besonders weiße für einmal mit am Eis schlecken.

Aber etwas an der Stille, die plötzlich zwischen uns lag, ließ mich zögern.

Ich sah auf, und unsere Blicke trafen sich.

Mein Herz begann zu tanzen, während ich fast in seinem Blick ertrank.

Was soll das, schrie ich mein Herz in Gedanken an. *Bist du blind? Das ist Ben! Sandkastenkumpel Ben!*

(Sandkastenkumpel Ben, der nach Strand roch, durch das Surfen ziemlich sportlich aussah, der all meine Geheimnisse kannte und auf den ich mich blind verlassen konnte.)

»Welches Lösegeld akzeptierst du?«, fragte ich hastig, damit er nicht merkte, dass seine Nähe mich nervös machte.

»Mach einen Vorschlag.« Etwas in seinem Blick ließ mein Herz aufgeregt schlagen.

Ben und ich waren Freunde!

Männer und Frauen können keine Freunde sein.

Doch! Ich kannte ihn in- und auswendig. Genau wie er mich. Zusammen gingen wir durch dick und dünn. Beste Freunde! Wir konnten die Gedanken des anderen lesen.

Aber seine Gedanken sagten glasklar: *Ich liebe dich.*

Da ich befürchtete, nicht mehr als ein Kieksen herauszubringen, hielt ich ihm schweigend drei Herzmuscheln hin.

Ein Grinsen schlich sich in seinen Blick. »Ach, ich glaube,

ich lass dich gar nicht mehr frei. Du kannst zaubern. Ich behalte dich in meinem Schloss.«

Entsetzt sah ich ihn an. Was tat er denn da? Er flirtete! Nein, nein, nein! Mit einer schnellen Drehung befreite ich mich aus seiner Umarmung und flüchtete. Natürlich setzte er mir nach.

Nein! Ich wollte nicht, dass … wir waren Freunde! Außerdem hatte Merle sich doch in ihn verschossen. Unser Dreierteam drohte von Liebe zerstört zu werden!

Ich schlug einen Haken und entkam ihm knapp. Lachend holte er wieder auf.

»Vergiss es, Ben!«, rief ich.

»Gleich hab ich dich!«

Ich drehte mich im Laufen um. Er war viel zu nah – was würde passieren, wenn er mich fing? Mir wurde heiß. Ich musste das irgendwie beenden.

»Julie!«, rief er plötzlich warnend, doch bevor ich wieder nach vorne sehen konnte, war ich schon volle Lotte in jemanden hineingerannt.

8

»Entschuldigung.« Überrascht fuhr ich herum. »Du!« Voller Entsetzen starrte ich Daria an.

»Hallo, Julie.« Sie sagte es, als wäre es eine große Freude, dass wir uns zufällig trafen.

Ihr knöchellanges Kleid flatterte im Wind. Der leichte Stoff mit üppigen Blumenmustern in Gelb und Orange ließ sie wie ein Leuchtfeuer aussehen, das einem Sturm trotzt.

Sofort war Ben neben mir. Seine Hand griff nach meiner, und ich hielt mich an meinem besten Freund fest.

»Was willst du?«, fragte ich kalt. Hastig flog mein Blick über Darias Schmuck. Die silbrige Schlangenkette, die mir schon einmal Trugbilder vorgegaukelt hatte, konnte ich nicht entdecken. Das Amulett mit dem silbernen Baum lugte unter der Bluse hervor. In ihm lag ein Zauber, ich konnte es spüren. Doch ich wusste nicht, welche Art von Magie darin wohnte. An ihren Handgelenken ringelten sich Wickelarmbänder, und sie trug ein paar auffällige Ringe. Nichts davon – außer dem Amulett – war magisch.

»Ich suche gerade ein paar Steine.« Sie hob eine Tüte, in der tatsächlich eine Handvoll Steine lag.»Und du?«

»Ich … hab Wochenende.«

Sie lächelte.

»Und wir sind verabredet.« Damit wollte ich an ihr vorbei, doch sie legte mir die Hand auf die Schulter, um mich sanft zurückzuhalten.

»Julie? Kannst du nicht noch einen Moment bleiben?«

»Wozu?«

»Es tut mir leid, dass du so ein falsches Bild von mir bekommen hast. Lass uns bitte noch einmal reden.« Sie klang versöhnlich, ein wenig verletzt.

Doch ich würde mich nicht von ihr täuschen lassen.»Ich glaube nicht, dass mein Eindruck über deine *Arbeitsweise* falsch ist.«

Sie seufzte und sah mich traurig an.»Du bist meine Enkelin. Bitte komm noch mal zu mir in die Werkstatt.«

Ben räusperte sich. Ich sah ihm an, dass er Daria nicht über den Weg traute. Er konnte Magie sowieso nicht wirklich leiden.

»Warum sollte ich? Wie du die Magie benutzt, ist nicht meine Art. Ich werde keine Menschen manipulieren. Ihnen Gefühle oder Gedanken aufzwingen, die nicht die ihren sind.« Mein egoistischer Versuch, Noah an mich zu binden, war mir eine Lehre gewesen. Darias Lüge, als ich sie nach Konsequenzen des Liebesrings für Noah gefragt hatte, konnte und wollte ich ihr nicht verzeihen.

Ihr Blick glitt zu Ben. Zu seinem Armband, das er nur noch zum Surfen ablegte. Sie hatte mir geholfen, ihm zu helfen. Natürlich steckte ein Zauber darin – aber es war reines Wissen. Keine Manipulation von Gefühlen. Dieses Armband zwang Ben nichts auf.

Meine Hand fasste seine fester, als wollte ich ihn vor Daria beschützen.

»Wie du meinst, Julie. Ich bitte dich trotzdem. Komm zu mir. Vielleicht können wir einen Weg finden? Du deinen, ich meinen?«

Kurz dachte ich wieder sehnsüchtig an ihre Werkstatt. Ein Kribbeln durchlief mich, als ich all die herrlichen Materialien vor mir sah.

»Sie haben sie gehört. Sie hat nein gesagt«, mischte sich plötzlich Ben ein. Ohne ein weiteres Wort zog er mich von ihr fort. »Halt dich bloß fern von deiner Großmutter, okay? Ich kann sie echt nicht leiden«, murmelte er und meinte es bitterernst.

»Du kannst Magie nicht leiden.« Einzig das Armband war ein Zauber, der ihn überzeugte.

»Ich kann *ihre* Magie nicht leiden.«

»Aber meine.« Ich grinste. »Ich bin schließlich eine gute Fee.«

Abrupt blieb er stehen und sah mich prüfend an. »Wenn du es je wagst, mich zu verzaubern, Julie Jewels …« Er trat einen Schritt näher. »Oder hast du das schon getan?« Seine Stimme

war nur noch ein Flüstern. Und wieder war er viel zu nah …
Mein Herz raste, überschlug sich und tanzte.

Sanft nahm er mein Gesicht in seine Hände.

Ich hielt die Luft an. *Nein! Tu das nicht, Ben!*

»Hey, was macht ihr da?« Es war Merles Schrei, der zu uns herüberwehte. Sie klang ziemlich panisch.

Genauso panisch fuhr ich zurück und starrte meiner besten Freundin entgegen.

Atemlos kam sie angerannt und musterte uns alarmiert.

Ich setzte an, etwas zu sagen, doch ich wusste nicht, was. Mein schlechtes Gewissen zauberte mir eine ziemlich ungesunde Gesichtsfarbe, jedenfalls fühlte ich mich hundeelend.

»Geht es jetzt wieder?« Offensichtlich besorgt betrachtete Ben meine Augen.

Verwirrt sah ich ihn an.

»Das Sandkorn – ist es raus?«, fragte er eindringlich.

Natürlich kapierte ich nicht, wovon er sprach. Klappte nur wie ein Fisch den Mund auf und zu, bis endlich der Groschen fiel. Sofort warf ich ihm einen dankbaren Blick zu. »Ja, danke. Du hast es erwischt.« Zur Probe zwinkerte ich ein paarmal.

Zufrieden nickte er.

»Du hattest Sand im Auge?« Zweifelnd musterte Merle mich.

»Passiert. Blöder Wind.« (Unschuldig lächeln, Julie! Sei überzeugend. Sie kennt deine Tricks.) »Krieg ich jetzt 'ne Schokolade?«, wandte ich mich an Ben.

»Na sicher.« Als ob nichts passiert wäre, stapfte er in seinen nassen und mit Sand panierten Shorts Richtung *Lorenzo*.

Merle hielt mich zurück, als ich zu ihm aufschließen wollte. »Warum sind seine Shorts nass?«

»Wir haben Wellenfangen gespielt, während wir auf dich gewartet haben. Er hat verloren.«

»Auf mich gewartet?«

Hatte Ben Merle etwa absichtlich eine spätere Uhrzeit gesagt, um mit mir alleine zu sein?

Ihr Gesichtsausdruck sprach Bände. Er hatte gelogen! Ich wusste nicht, ob ich wütend auf ihn sein sollte oder … (Nicht rot werden, Julie!)

Natürlich lief ich rot an. »Ich war zu früh«, stammelte ich. (Du bist wirklich mies, Julie! Bieg das grade.) »Bei dem tollen Ferienwetter hatte ich keine Lust zu Hause rumzusitzen. Übrigens«, versuchte ich verzweifelt, das Thema zu wechseln, »Mikes Zimmer war leer.«

Merles Blick war auf Bens Rücken gerichtet, als wollte sie in seine Gedanken eindringen. »Was meinst du damit?«

»Mein Bruder war um 11.46 Uhr an einem Samstag nicht in seinem Zimmer.«

»Hast du das Bad kontrolliert?« Sie sah mich scharf über den Rand ihrer Brille an.

»Äh … nein.«

»Hm.«

Ihr Blick verriet mir, dass sie mir zum einen nicht glaubte, dass Mike ausgeflogen war, und zum anderen meinen Ablenkungsversuch durchschaute.

»Ach, Merle –«, setzte ich an.

»Ach *was*, Julie?« Sie war sauer. Sehr sauer.

»Bitte. Es tut mir leid. Wirklich. Es war … Zufall.«

»Du bist so sauschlecht im Lügen, Julie. Hier!« Sie hielt ein Paar Sandalen hoch. Meine Sandalen. »Die hast du bei den Liegestühlen vergessen.«

»Danke«, murmelte ich und zog sie an. »Wir haben ein Kinderspiel gespielt. Ein *Spiel*. Ich weiß doch, was du für Ben empfindest! Glaubst du ernsthaft, ich würde was mit Sandkasten-Ben anfangen?«

Nachdenklich zuppelte sie an einer Locke, und ihr Blick wanderte zu Ben, der inzwischen bei den Liegestühlen angekommen war und sich nach freien Plätzen umsah.

»Ihr seid so vertraut.«

»Wir kennen uns seit der Geburt, er wohnt gegenüber, unsere Eltern fahren zusammen in den Urlaub. Ja, Merle, ich kenne Ben – wie meinen Bruder!« Hatte sie mein Zögern bei den letzten Worten wahrgenommen? Ich hasste mich für meine Lügen. Aber ich tat es für sie. Außerdem würde ich dafür sorgen, dass diese Lüge die Wahrheit wurde.

Merle seufzte. »Tut mir leid.«

Ein Stein fiel mir vom Herzen, und ich umarmte sie. »Niemals würde ich dich verletzen, Merle. Du bist doch meine Beste!«

Ben winkte uns zu und deutete an, dass wir auf die Terrasse mussten.

Dort fanden wir noch einen freien Tisch. Ben bestellte Doppel-Schoko-Schokoladen für uns.

Und dann saßen wir da. Keiner wusste so recht, was er sagen sollte.

Ben starrte aufs Meer und beobachtete seine Surfkumpels, die vergeblich auf eine gute Welle warteten.

Merle tat ihren Unmut durch lautstarkes Schlürfen und Tassengeklapper kund.

Und ich wagte kaum von meiner Tasse aufzublicken.

Noch nie war es vorgekommen, dass wir drei nichts zum Herumalbern oder Diskutieren hatten.

»Drei Schultage to go«, sagte ich endlich in die unangenehme Stille. »Dann ist die Elfte geschafft.«

»Jepp. Dann fangen die Kurse an«, meinte Merle und ließ die dickflüssige Schokolade vom Löffel in ihre Tasse zurücktropfen. »Du bist jetzt doch nicht im Fotokurs.« Sie warf Ben einen Blick zu.

»Ich hab mich kurzfristig für Chemie eingeschrieben.«

Merle nickte nur.

Na toll. Auch wieder meine Schuld. Sie hatte extra den Fotokurs gewählt, um mit Ben zusammen zu sein, und dank *meines* Armbands hatte er sich nun für Chemie entschieden.

Wieder drückte Schweigen auf unseren Tisch. Es war nicht zum Aushalten. Wie bescheuert war das denn! Wir konnten doch unsere Freundschaft nicht von so blöden Gefühlen zerstören lassen!

Da entdeckte ich Leonie, die am Rand der Terrasse stand und nach einem Platz suchte. Kurz entschlossen winkte ich ihr. Schließlich war bei uns noch ein Stuhl frei, und vielleicht gelang es ihr, diese schreckliche Stimmung zu vertreiben.

»Leonie?«, flüsterte Merle. »Schon wieder? Was soll das?«

»Sie sieht aus, als bräuchte sie eine Schokolade – und es ist sonst nirgends Platz.«

In der Tat sah Leonie nicht sehr glücklich aus. Damit passte sie doch perfekt in unsere übellaunige Runde.

»Hallo, Leute«, begrüßte sie uns. »Danke. Es ist ja heute wirklich extrem voll.«

»Die Ferien. Die Hälfte sind Touristen, wetten?« Ich zog den vierten Stuhl hervor, und sie setzte sich.

Allerdings blieb sie auf der Kante sitzen, als wollte sie gleich wieder gehen. »Störe ich euch?«

»Nein«, beeilte ich mich zu sagen. »Gar nicht. Ich glaube, wir haben nur so etwas wie Schulabschiedsmelancholie.«

Fragend sah sie mich an.

»Na ja. Nächstes Jahr sind wir in der Zwölften – nur noch Kurse. Der Anfang vom Ende der Schulzeit. Welche Kurse hast du?«

»Englisch und Kunst. Und dann hatte ich mich für diesen Modekurs eingetragen, als AG, den Frau Gwenson angeboten hat.«

»Mode?« Natürlich. Leonie war nicht nur in Sachen Make-up immer voll im Trend, auch bei der Wahl ihrer Outfits war sie up to date. »Cool. Ich wusste gar nicht – «

»Schon gut«, unterbrach sie mich. »Wir sind ja auch nicht beste Freundinnen gewesen. Ich liebe Mode. Eigentlich vor allem Make-up.« Sie sah mich traurig an. Ich meinte sogar, eine kleine Träne aufblitzen zu sehen.

»Leonie? Ist alles in Ordnung?« Schon beim Konzert hatte sie irgendwie niedergeschlagen gewirkt.

Tatsächlich wischte sie sich kurz über die Augen und schniefte. »Ich ziehe weg.«

»Was? Wann? Wohin denn?«

»Nach Berlin.« Wie ein Häufchen Elend saß sie vor uns.

»Das soll eine coole Stadt sein«, meinte Merle.

Leonie lachte gequält. »Klar. Ohne Freunde. Ohne Meer.«

Es tat mir sehr leid für sie. Die Vorstellung, hier wegzumüssen, all das zu verlassen, was mein Leben ausmachte, was ich liebte … (Ohne dass ich es wollte, sah ich zu Ben.)

»Man kann aber in diesen Seen und im Fluss baden«, versuchte er, sie aufzumuntern, erntete jedoch nur einen missbilligenden Blick.

»Sagt der Typ, der mit Tricks ein Internat ohne Meer abgewehrt hat.« Leonie lehnte sich mit verschränkten Armen zurück.

Ben seufzte und hob entschuldigend die Hände. »Aber vielleicht helfen dir auch Tricks? Wieso zieht ihr denn überhaupt weg?«

Ich warf Ben einen warnenden Blick zu. Meinte er mit *Tricks* etwa meine Magie?

»Mein Vater hat seinen Job verloren. Die Firma ist verkauft worden, und sie übernehmen ihn nicht.«

»Kann er keinen anderen finden?«, fragte Merle.

Leonie nahm ihre Schokolade von der Bedienung entgegen. »Er hat es versucht. Nichts. Jetzt ist der Umzug beschlossen. In zwei Wochen geht's los.«

Ben warf mir einen fragenden Blick zu.

Er meinte tatsächlich meine Magie. Kaum merklich schüttelte ich den Kopf. Ich konnte doch nicht … oder doch? »Also, dein Vater würde lieber hierbleiben?«, hakte ich vorsichtig nach. Wenn es der Wunsch der gesamten Familie war, wäre es keine Manipulation.

Lachend deutete Leonie auf das Meer. »Du etwa nicht? Er hat seinen Job hier echt gern gemacht. Aber Laborassistenten sind in der Gegend leider nicht sooo gefragt.«

»Wünscht er sich einen Job hier?«

Irritiert sah sie mich an. »Hast du etwa einen für ihn?«

»Nein, ich … also … aber ich kann ja mal die Augen offen halten.« (In meinem Magiebuch zum Beispiel.)

»Wenn du meinst.« Sie nippte an der Schokolade. Natürlich hielt sie es nur für eine nette Floskel. Wie sollte sie auch wissen, dass ich ihr mit Magie tatsächlich helfen konnte.

9

Natürlich sind Sonntage zum Ausschlafen da. Aber sie sind auch dafür gemacht, Zeit mit den liebsten Menschen zu verbringen.

Und einer meiner allerliebsten Menschen war nun mal Merle. Auch wenn sie die Sonntage eigentlich nur im Bett verbrachte – es sei denn, ich hinderte sie daran.

So wie heute.

Nachdem im *Lorenzo* gestern so viel schiefgelaufen war, musste ich dringend zu ihr.

Natürlich nicht ohne Ablasszahlung, damit sie mir den Frevel der sonntäglichen Ruhestörung auch verzieh. Deshalb plünderte ich unseren Süßigkeitenvorrat. Schokokekse und eine Packung Himbeereis wanderten in meine Tasche.

Nachdrücklich klingelte ich an ihrer Haustür, damit sie sich beeilte. Schließlich durfte das Eis nicht schmelzen.

Ihr Vater öffnete mir im Morgenmantel. (War es nicht schon kurz vor zwölf? Na, vermutlich war dieses Sonntags-nicht-Aufstehen Familientradition.)

»Guten Morgen. Und danke«, schmetterte ich ihm entgegen und hastete die Treppe hinauf in Merles Zimmer. Er war wohl noch zu verschlafen, um überhaupt irgendwas zu sagen. Ich meinte, lediglich ein ärgerliches Grummeln zu vernehmen, als ich schon halb die Treppe hoch war. Ohne anzuklopfen (ich hatte ja lange genug geklingelt), betrat ich Merles Reich.

Das Rollo war herabgelassen, und nur die Nachttischlampe, über der bunte Tücher hingen, verbreitete ein dumpfes, aber gemütliches Licht.

»Merle?«

Keine Reaktion.

Ich lehnte meine Tasche an ihr Bett, das eigentlich mehr einem Kissenberg ähnelte, und ging zum Kopfende. Zumindest vermutete ich, dass dort das Kopfende war. Bei der Ansammlung von Kissen aller Art war das schwer zu sagen.

»Merle? Guten Morgen.«

Irgendwo unter den Kissen knurrte etwas.

»Schokokeks-mit-Himbeereis-Lieferung.«

Ein Erdbeben erschütterte den Berg. Erste Kissen purzelten, und schließlich reckte sich, ganz nach guter alter Horrorfilm-Manier, eine Hand aus dem Kissengrab. Zügig gefolgt von Merles heillos verstrubbeltem Lockenkopf.

»Wie kommst du hierher?«, murmelte sie völlig verschlafen.

»Fahrrad, klingeln, Papa macht auf, ich nehm die Treppe, und *Taadaaa*!« Grinsend breitete ich die Arme aus.

»Es ist Sonntag.« Merle drohte wieder in ihr Kissenlager abzurutschen.

Ich sprang auf und hechtete zu ihrem Apothekerschrank. »Oben rechts?«

In der Schublade bunkerte sie eigentlich immer ein paar Löffel – für Notfälle. Ich zog sie auf, und tatsächlich lagen welche darin. Bestens.

»Frühstück, Merle! Eis und Schokolade.«

Mit einem heftigen Seufzer setzte sie sich auf und rieb sich das Gesicht. »Ich weiß nicht, ob ich dich liebe oder hasse«, murmelte sie.

»Du liebst mich.« Ich drückte ihr das Himbeereis in die eine und einen Löffel in die andere Hand. Schließlich krümelte ich noch ein paar Kekse hinein und beobachtete dann, wie Merle einen großen Löffel nahm und sich ihr mürrisches Knurren in ein wohliges Schnurren verwandelte.

»Okay. Ich liebe dich. Obwohl Sonntag ist.«

Grinsend angelte ich mir ebenfalls eine Portion Eis. »Und was stellen wir heute zusammen an?«

»Du klingst, als wäre das eine rhetorische Frage. Du hast schon einen Plan. Also muss ich keine Idee haben.«

»Nein, Quatsch«, nuschelte ich durchs Eis. »Ich will einfach nur mit dir abhängen.«

»Das ist nicht gut. Ich habe schlechte Laune.«

»Dann ist es ja umso besser, dass ich da bin. Was macht dir denn schlechte Laune?«

Statt zu antworten, schob sie sich noch einen Löffel Eis in den Mund.

Ich wäre eine miese Freundin gewesen, wenn ich ihr Schweigen nicht ausgehalten hätte. Wenn ich lang genug mit ihr schwieg, würde sie es mir schon sagen. (Obwohl ich natürlich wusste, warum sie schlechte Laune hatte. Deshalb war ich ja hier.)

»Ben«, murmelte sie schließlich, und ich nickte wissend.

»Hast du gestern noch mit ihm gesprochen?«, fragte ich.

Wieder ein gehäufter Löffel Eis.

Ich schwieg mit ihr.

»Er ist mir ausgewichen«, murmelte Merle durchs Eis. »Ich glaube, er versteckt sich vor mir.«

(Weiter schweigen, Julie.)

»Was, wenn er meine Gefühle nicht erwidert?« Sie klang ziemlich verzweifelt.

(Nichts sagen!)

»Ich kann an nichts anderes mehr denken, Julie. Das muss doch Liebe sein, oder?«

Vorsichtig wiegte ich den Kopf hin und her. Liebe konnte in ganz unterschiedlichen Formen Gestalt annehmen. So viel wusste ich inzwischen.

Genervt stopfte Merle ihren Löffel in die fast leere Eispackung. »Immer nur verständnisvoll schweigen hilft übrigens auf lange Sicht nicht.«

»Ja. Ich weiß. Aber ich weiß leider auch nicht wirklich, was ich sagen soll. Mein Eindruck ist auch, dass Ben dir aus dem Weg geht. Er hat gesagt, du rufst ständig bei ihm an?«

»Hat er das so gesagt? Ist er genervt?« Voller Panik sah sie mich an.

»Na ja … nagel mich jetzt nicht auf den genauen Wortlaut fest, aber … ja?«

»Shit!« Sie kratzte das letzte bisschen Eis zusammen.

»Vergiss ihn. Okay? Wir zwei machen uns eine echt coole Zeit. Das wird unser Sommer!«

Skeptisch musterte sie mich. »Er hat sich bei dir über mich beschwert?«

Seufzend stand ich auf und ging zum Fenster, um das Rollo hochzuziehen. Dabei fiel mein Blick auf Merles Planer.

Sie war wahnsinnig kreativ. Während ich die meiste Zeit nur lustige Sticker einklebte, verzierte sie die Seiten mit allem Möglichen. Nicht nur Kinokarten und Keksverpackungen, auch Blätter, Federn, Sand, was auch immer ihr Erlebtes dokumentierte und ihre Stimmung ausdrückte. Neuerdings zeichnete sie kleine Merles, die ihre Emotionen des jeweiligen Tages zeigten.

Auf der Seite der letzten Woche hockten überall winzige Merles und heulten.

»Nicht dein Ernst.« Ich nahm den Planer und hielt ihn ihr vorwurfsvoll unter die Nase. »Was soll das denn bedeuten?«

Erschrocken sprang sie auf und riss mir das Buch aus den Händen. »Das geht dich nichts an.«

»Entschuldige. Aber ich bin doch deine Freundin. Ich hab die Eiscreme. Wenn es dir schlechtgeht, erwarte ich, dass du zu mir kommst und wir Eis futtern und dabei irgendeinen Aniston-Film gucken.«

Sie stopfte den Planer in eine der unzähligen Schubladen des Apothekerschranks.»Vielleicht gehst du jetzt besser.«

Empört stemmte ich die Hände in die Hüften.»Kommt gar nicht in Frage. Wir werden zusammen abhängen. Heute zeichnest du keine heulende Merle in den Planer! Außerdem wird eine blöde Jungsgeschichte nicht unsere Freundschaft kaputtmachen.«

»Ben ist keine blöde Jungsgeschichte.«

»Wenn du heulst, schon!«

Sie seufzte gedehnt und ließ sich zurück in den Kissenberg plumpsen.»Ja. Du hast recht. Was stellen wir an?«

»Wir waren lange nicht mehr auf dem Trödelmarkt.«

Tatsächlich leuchteten ihre Augen kurz auf. Es war eine unserer Lieblingsbeschäftigungen, den Trödelmarkt zu stürmen, der sonntags entlang der Promenade stattfand. Allerdings hatte ich eine ganze Weile die Sonntage immer mit Noah verbracht. Also war es höchste Zeit, unser Stöbern wieder aufzunehmen. Und Ben würde dort sicher nicht auftauchen. Perfekt für Freundinnen-Quality-Time.

»Na los. Bevor die besten Sachen weg sind.« Tatsächlich sprang Merle auf und huschte ins Bad.

Ich sammelte währenddessen den leeren Eisbecher auf und

beförderte ihn in den Müll. Die Kekse steckte ich ein – sicher ist sicher.

Über Merles Bett war die Zimmerdecke mit Tüchern abgehängt, dazwischen hatte sie etliche Spielfiguren angebracht. *Hatte.* Denn als ich jetzt den bunten Tuchhimmel musterte, entdeckte ich keine einzige der Glitzer-Feen. Vermutlich hatte sich der Kleber, oder womit auch immer sie die Figuren befestigt hatte, gelöst. Merle hätte doch niemals absichtlich ihre Feen rausgeworfen. Allerdings konnte ich sie auch nirgends in den Regalen finden.

Ich sagte nichts über meine Beobachtung, als sie aus dem Bad zurückkam. Ihre Locken hatte sie im Nacken zusammengebunden und schlüpfte nur noch schnell in Shorts und T-Shirt. Dann machten wir uns gemeinsam auf den Weg zur Promenade.

Auf der breiten Straße mit den Lädchen und Cafés und den Zugängen zum Strand hatten Händler ihre Tische aufgestellt. Hier konnte man alles finden, billige Asia-Klamotten und Ein-Euro-Tand, endlose Bücher-Kramkisten und Haushaltsauflösungen. Kinder verkauften Kuscheltiere und ihre abgenudelten CDs.

Als Erstes stöberten Merle und ich durch die Auslage eines Buchhändlers, doch dann entdeckte Merle den Stand einer Frau, die alte Fotos und Postkarten anbot. Merle liebte diese

Erinnerungen und Nachrichten von Fremden, vermutlich schon längst verstorbenen Leuten. Eine Weile sah ich ihr zu und erfand mit ihr die Geschichte zu den jeweiligen Bildern. Es machte Spaß. Und ich war glücklich, dass wir wieder beste Freundinnen waren. Keine dunkle Wolke über uns. Kein Ben zwischen uns. Dann wurde es mir allerdings langweilig mit all den Unbekannten, die mich von staubigen Fotos anglotzten, und ein anderer Stand zog mich in seinen Bann.

Ein Mann, ganz in Grün gekleidet, hatte auf dem Tisch vor sich (natürlich auch mit einem grünen Tuch bespannt) einen wahren Schatz an Schmuckstücken ausgelegt. Ich nickte ihm zu und betrachtete die Sammlung. Von selbstgemachten Fimo-Broschen über Strass-Armbänder und Kameen bis zu Granat-schmuck hatte er alles im Angebot. Ein echter Schmucknarr, wie es schien.

Mir fiel besonders eine Brosche auf, die einem Farnwedel nachempfunden war. Sie war silbern und so fein gearbeitet, dass ich nicht anders konnte, als sie mir genauer anzusehen.

»Schönes Stück«, kommentierte der Verkäufer meine Wahl. »Steht Ihnen sicher gut.«

»Da hat er recht.« Überrascht sah ich auf und blickte in Bens schmunzelnde Augen.

»Was machst du denn hier?« Ja, ich war fassungslos. Wieso war er auf dem Trödelmarkt? Konnte er nicht wie immer sur-fen? Irgendetwas, nur weit weg von uns?

»Einen Flohmarktbummel?« Er hielt eine Tüte hoch, in der

ein paar Bücher lagen. Ich erkannte eines, das ich auch in der Hand gehabt hatte. Über ein Mädchen, das verschwindet. Nur ihr bester Freund sucht es, folgt ihren Spuren.

Ich tippte es an. »Kann ich mir das dann mal leihen?« Er sah in die Tüte. »Na klar. Hast du schon was vor?« Ich deutete zu Merle hinüber, die noch immer die Postkarten durchstöberte und Ben nicht bemerkt hatte.

»Oh.« Irgendwie klang er alarmiert.

»Wollen Sie die Brosche nun kaufen?«, meldete sich der Händler.

»Oh. Nein, ich weiß nicht.« Hastig legte ich sie zurück, worauf der Mann ein unzufriedenes Knurren von sich gab.

»Wie wäre es mit einem neuen Ring?«, schlug Ben mit schelmischem Grinsen vor.

Lachend schüttelte ich den Kopf. »Ich glaube, Ringe kann ich vorerst nicht mehr sehen.«

Da hatte er jedoch schon einen herausgepickt und hielt ihn mir hin. Es war ein schmaler Ring mit einem funkelnden roten Glasstein. »Was ist mit dem?«

»Rot? Im Ernst?« Ich musste sofort an den Liebesring denken – als der Bann die Perle noch nicht schwarz verfärbt hatte.

»Das ist deine Lieblingsfarbe, oder?« Er nahm meine Hand, um den Ring aufzustecken.

»Was wird das denn, wenn's fertig ist?« Mit entsetztem Blick stand Merle plötzlich neben uns. Sie starrte auf den Ring, den

Ben mir auf den Finger geschoben hatte, dann zu mir, zu Ben und wieder auf den Ring.

»Nichts. Alles gut, Merle. Wir machen nur Witze.« Eilig zog ich den Ring ab. Oder besser gesagt, ich *wollte* ihn abziehen, denn er war etwas zu eng.

»Witze? Seit wann machen wir Witze über Ringe?« Immer noch sah Merle mich fassungslos an.

Ich bemerkte den ziemlich irritierten Blick des Verkäufers und zerrte noch stärker an dem Ring.

»Meine Güte.« Genervt verdrehte Ben die Augen. »Was ist denn los mit dir, Merle! Entspann dich mal. Es ist nur normaler Modeschmuck.«

Normaler Modeschmuck, der mir nicht mehr vom Finger wollte. Nervös drehte ich an dem verfluchten Ding, doch es saß fest.

Außerdem ging es Merle gar nicht darum, ob es ein Liebesring war oder nicht. Ben war bei *mir*. Nicht bei ihr. Und zu allem Überfluss hatte er mir auch noch einen Ring angesteckt!

So hatte ich das nicht geplant!

»Wisst ihr was«, schlug ich vor. »Ihr zwei geht schon mal ins *Lorenzo*, und ich komm dann nach. Sobald ich das hier geregelt hab.«

Flehentlich sah ich Merle an, die zum Glück verstand. Sie nickte dankbar und wollte sich bei Ben einhaken. »Gute Idee. Julie kommt nach. Ich hab gesehen, du hast neue Finnen an deinem Funboard. Hast du die im *Cold Hawaii* gekauft?« Damit wollte sie ihn mit sich ziehen, doch Ben sperrte sich.

»Was weißt *du* denn übers Surfen?«, meinte er genervt.

»Eine Menge!«, patzte sie zurück.

(Na wunderbar. So beginnen romantische Geschichten, oder?)

Bens Blick huschte hilfesuchend zu mir. Noch immer versuchte ich (inzwischen mit den Zähnen), den Ring abzuziehen. Missbilligend knurrte der Verkäufer mich an. »Wenn der Ring nicht runtergeht, will er wohl bei Ihnen bleiben.« Er grinste. »Versuchen Sie's zu Hause mit Öl.« Er streckte mir die Hand hin. »Zehn Euro dann bitte.«

»Nein! Ich will den Ring doch gar nicht.«

»Aber der Ring will Sie. Und Ihr Freund hat ihn schließlich für Sie ausgesucht. Acht. Mein letztes Angebot.«

Bevor ich etwas erwidern konnte, hatte Ben dem Mann das Geld gegeben. »Komm, Jewels.« Er nahm meine Hand. »Im *Lorenzo* bekommen wir sicher auch etwas Öl.« Und damit zog er mich mit sich.

Merle schnaubte. Ich konnte sehen, dass sie kurz davor war zu explodieren. Also streckte ich die Hand nach ihrer aus, doch sie schlug sie weg.

(Toll, Julie! Dieser Plan hat ja bestens funktioniert.)

Die schwarze Wolke der schlechten Laune hing abermals über uns. Es war grässlich. Es war so grässlich, dass am *Lorenzo* keiner von uns Lust hatte, sich dort einen Platz zu suchen.

»Aber –«, begann ich.

»Lass gut sein. Es ist Sonntag. Ich geh wieder ins Bett.« Mit diesen Worten machte Merle auf dem Absatz kehrt und stapfte davon.

Eigentlich hätte ich ihr etwas hinterherrufen müssen. Sie zum Bleiben überreden. Doch mir fehlten die Worte. Ich wusste überhaupt nicht, was ich sagen sollte. Außer vielleicht den längsten und inbrünstigsten Fluch meines Lebens rausschreien.

»Ich fahr auch heim«, verkündete ich schließlich und ließ Ben stehen.

Auf dem Heimweg starrte ich immer wieder auf den dämlichen Ring und ärgerte mich über Ben.

Und irgendwie wunderte es mich gar nicht, dass er neben mir abbremste, als ich vor unserer Garage abstieg.

»Hast du mich die ganze Zeit verfolgt?«

»Erst die letzten fünf Meter. Ich wohne schließlich gegenüber.« Er grinste frech, doch das half ihm jetzt auch nicht mehr.

»Das war superdämlich von dir, Ben«, fuhr ich ihn an.

»Nach Hause zu fahren?«, fragte er unschuldig.

»Mir das Teil hier anzustecken.« Demonstrativ hielt ich ihm den Ring hin. *Zu versuchen, mich zu küssen!*

»Ach, komm schon, Jewels ...«

Ich packte ihn und zerrte ihn über die Straße. »Geh, Ben!« Damit wollte ich ihn stehen lassen, doch nun hielt er mich fest.

»Julie ... ich ... es ...«

»Sag es nicht!«, fuhr ich ihn an. Es tat mir selbst weh, dass ich so schroff war, aber ich wusste, was er sagen wollte. Und es war so was von falsch.

Verletzt sah er mich an.

»Noah und ich sind offiziell noch nicht mal achtundvierzig Stunden getrennt! Und selbst wenn in mir nicht gerade ein Gefühlstornado toben würde – du bist mein *Sandkastenkumpel*! Ich will unsere Freundschaft nicht verlieren. Und Merle auch nicht!«

Ertappt blickte er zu Boden.

Mit gesenkter Stimme, damit die Nachbarschaft nicht jedes meiner Worte mitschreiben konnte, fuhr ich fort: »Liebe ist nichts, das man mal eben aus Lust und Laune fühlt. Ich weiß jetzt, wie es ist, wenn sie weg ist – nämlich scheiße, Ben! Ich werde auf gar keinen Fall zulassen, dass deine dämlichen Hormone unsere Freundschaft zerstören!«

Immer noch starrte Ben auf seine Füße. Wie ein Schuljunge, der eine Strafpredigt über sich ergehen lassen muss.

Und ich war noch nicht fertig. Ich war so wütend auf ihn und seine blöden Gefühle! »Dank meines tollen Rings weiß ich noch nicht mal, ob all das zwischen Noah und mir … ob das überhaupt echt war. Und da kommst du an? Ausgerechnet jetzt? Und willst auch noch die beste und wichtigste Freundschaft aufs Spiel setzen?«

»Julie … Ich …« Kapierte er, worum es hier ging?

»Wir sind Freunde, Ben! Die allerbesten. Und ich will, dass

das so bleibt! Du bist mir wirklich wichtig! Ich kann nicht ohne dich.«

»Das ist es ja«, murmelte er. Hilflos sah er mich an – und jetzt war ich es, die auf ihre Füße starrte. Sein Blick traf mich zu sehr.

»Es ist falsch, Ben«, flüsterte ich. »Wir sind Freunde.«

Stumm nickte er, wandte sich ab und ging ohne ein weiteres Wort ins Haus.

Für einen Augenblick verharrte ich bewegungslos. Ein Teil von mir wollte ihm nach, ihn umarmen, ihn festhalten … Aber ich traute mich nicht, aus Angst, damit seine fixe Idee von Liebe zu befeuern. Super, Ben!

10

Vermutlich hätten ein paar Tropfen Öl gereicht, um Bens Ring von meinem Finger zu bekommen. Doch ich war so sauer auf ihn, weil er unsere Freundschaft für etwas riskierte, das so *vergänglich* war, dass ich die halbe Flasche drüberschüttete.

Jetzt baumelte der Ring an dem kleinen Bäumchen auf meiner Kommode, an dem all mein normaler Schmuck hing. Bevor ich in einen dunklen Schlaf fiel, starrte ich den Ring lange an.

Ich hatte mir so sehr die eine, wahre Liebe gewünscht. So ungeduldig und dringlich war meine Sehnsucht gewesen, dass ich sie herbeizaubern wollte. Hatte ich Liebe mit Verknalltsein verwechselt?

Mein Kuschelhase Herr Ha wusste ebenfalls keine Antwort.

Und Ben?

Sein Licht brannte noch, als ich mich schlafen legte.

Er hatte sich in mich verliebt. Aus seiner Freundschaft war mehr geworden.

Und ich?

Ja ... Nein ... Keine Ahnung. Meine Gefühle stritten sich, mein Verstand wollte sich zu dem Thema nicht äußern. Super.

Ich wünschte mir einfach nur meine Freunde und unser Leben zurück, wie es *vor* meiner Zauberei gewesen war.

Was, wenn die Liebe zu Ben nichts anderes als noch ein Strohfeuer wäre? Wenn eine Beziehung mit ihm nach ein paar Wochen zerbräche ... Ich wollte es mir gar nicht vorstellen. Wenn wir nicht mehr miteinander abhängen könnten. Ich ohne ihn an meiner Seite leben müsste.

Nein!

Bens Freundschaft war mir zu wichtig. Der Gedanke, ohne ihn sein zu müssen, versetzte mich in blanke Panik.

Er musste dringend aufhören sich einzubilden, dass da mehr war als nur die beste Freundschaft der Welt.

Am nächsten Morgen beschloss ich, so zu tun, als sei mein Leben ein Ponyhof. Kein falsch verliebter Ben und keine eifersüchtige Merle, die mir diesen Tag versauten. Deshalb hopste ich besonders laut summend die Treppe hinunter zum Frühstück. Meine Mutter warf mir einen überraschten Blick zu.

»Es ist Montag, Julie.«

»Ja-ha«, trällerte ich und schnappte mir Müsli und Milch vom Tresen. »Der *letzte* Montag. Das letzte Mal, dass ich unter diesem menschenverachtenden Stundenplan leiden muss.« (In diesem Schuljahr waren Montage die reinste Hölle gewesen, denn Frau Mimers hatte uns in der ersten Stunde mit Sport gequält. Endlich war dieses Martyrium ausgestanden – unser Direktor würde es nicht wagen, diesen dämlichen Pflichtkurs wieder auf Montag, erste Stunde, zu legen.)

Ich hatte beschlossen, dass Merle, Ben und ich diesen ganzen Mist besprechen und ad acta legen mussten. Und dann würden wir uns alle wie Erwachsene benehmen.

Und herrliche Ferien zusammen verbringen.

Als Freunde.

Immer noch summend warf ich einen Blick in den Topf, in dem meine Mutter rührte.»Du kochst so früh schon Suppe?« Ich schnüffelte.»Wahnsinn, Mom! Die riecht aber wirklich extrem unlecker.« Angewidert verzog ich das Gesicht.

»Es ist ja auch Wachs und keine Suppe. Ich arbeite.«

Erst jetzt bemerkte ich den Strauß Gerbera neben dem Kochfeld.»O nein! Welchen durchgeknallten Kunden hast du diesmal?«

Sie lächelte verschmitzt.»Einen wildromantischen.«

Seufzend ließ ich mich auf einen Stuhl fallen und füllte Müsli in eine Schüssel.»Werden wir den Tisch behalten?«

»Ich bin noch in der Experimentierphase.«

»Aha.« Das sollte wohl bedeuten, dass wir uns auf alles gefasst machen mussten.

»Apropos Experimente: Hast du deinen Bruder gesehen?«, wollte Mom wissen.

Mein Löffel Müsli verharrte in der Luft. »Er ist wieder nicht in seinem Zimmer?«

Meine Mutter fuhr herum. »*Wieder?*«

»Hast du im Bad nachgesehen?«, fragte ich nach einer Schrecksekunde.

»Nein. Aber du hast recht. Er wird wohl im Bad sein.« Sie wandte sich ihrer Wachssuppe zu, überprüfte die Konsistenz mit dem Kochlöffel und tunkte schließlich eine Blüte ein.

Immer noch summend kam ich in der Schule an.

»Hey, Merle!«, rief ich, als ich sie am Fahrradschuppen entdeckte.

Merle war, seitdem ich ihr den Wunsch nach einem Sportlichkeitskettchen erfüllt hatte, *jeden* Montag gutgelaunt. Überhaupt war sie durch das Fußkettchen viel fitter geworden, hatte plötzlich Spaß an Jogging und Ballsportarten. Eigentlich gruselig, schließlich war Sport immer noch Sport – anstrengend, schweißtreibend, knochenbrechend. Aber ich redete mir ein, Merles Sportleidenschaft wäre ein Beweis dafür, dass Schmuckmagie sehr positiv sein konnte.

Allerdings hatte sie heute (Überraschung!) keine gute Laune. Sie sah aus, als hätte sie die Nacht über nicht geschlafen und ihre Haarbürste wegen der verquollenen Augen nicht gefunden. Ihre sowieso widerspenstigen Locken standen kreuz und quer in alle Richtungen.

»Meine Güte. Was ist denn mit dir passiert? Unfall mit einer Steckdose heute Morgen?«

»Können wir reden?«, erwiderte sie tonlos.

Kapiert. Merle war nicht zu Scherzen aufgelegt. Sie zog mich hinter den Schuppen, auf die Düne, die an den Schulhof grenzte.

In meinem Magen klumpte sich ein ungutes Gefühl zusammen, während ich besorgt die graue Wolke betrachtete, die über ihr hing. Merle hatte so was von miese Laune. Vermutlich wegen gestern. Und vorgestern.

»Du hast mir etwas versprochen, Julie.« Ihrem Gesichtsausdruck nach zu urteilen, hing ihr Leben von diesem Versprechen ab. Leider hatte ich keine Ahnung, worauf sie anspielte. Was ihrem geübten Beste-Freundinnen-kennen-sich-in-und-auswendig-Blick nicht entging. Die Wolke über ihr wurde noch dunkler.

Sie presste die Lippen aufeinander. »Natürlich. Du hast es vergessen!« Ihre maßlose Enttäuschung traf mich hart in den Magen.

»Nein! Ich hab es sicher nicht vergessen – ich komm nur grad nicht drauf ...«

Trotzig verschränkte sie die Arme vor der Brust. »Einen Liebesring. Du hast mir einen Ring versprochen.«

»Was?« Völlig fassungslos starrte ich sie an. Das konnte sie unmöglich ernst meinen! »Hast du nicht mitbekommen, was mit Noah passiert ist? Das geht nicht!«

»Du hast versprochen, mir zu helfen!« Sie packte mich, und ihre Finger gruben sich derart schmerzhaft in meinen Arm, dass keine Zweifel an der Dringlichkeit ihres Wunsches blieben.

»Bitte«, zischte sie.

Ich versuchte, mich aus ihrem Schraubstock-Griff zu winden. (Verfluchtes Sportlichkeits-Kettchen!) »Meine Güte, Merle! Du tust mir weh! Ja, kann sein, dass ich gesagt hab, dass ich dir einen Ring mache … Aber da wussten wir ja auch noch nicht, was der Liebeszauber anrichten kann.«

»Kann«, wiederholte sie schroff. »*Kann*, nicht *muss*.«

»Nein. Merle! Das wäre Wahnsinn! Du weißt, wie gefährlich das ist.« Endlich gelang es mir, mich so zu verdrehen, dass sie loslassen musste. Beleidigt rieb ich mir den Arm. Er war schon jetzt blau.

»Es war dein erster Ring – du hast nicht alle Regeln befolgt«, versuchte sie, mich zu überreden. Sie klang so verzweifelt. »Bitte!«

Bevor sie mich wieder packen konnte, wich ich vor ihr zurück. Zerzauste Haare, dunkle Schatten unter den Augen – und völlig von Sinnen! Meine Freundin hatte sich in einen Magie-Zombie verwandelt!

»Merle, was soll das? Denk doch mal nach!«

Sie schnaubte wütend. »Ich will nicht nachdenken.«

»Pass auf – fahr heim«, schlug ich ihr vor. »Schlaf dich aus, ich komm heute Nachmittag rum, und wir reden in aller Ruhe.«

Doch aufgelöst, wie sie war, verrannte sie sich nur noch weiter in diesen Blödsinn.

»Nein, Julie! Ich habe das Warten satt. Ich mag nicht mehr!«

»Aber –«

»Du bist so eine miese Freundin!«, schnitt sie mir das Wort ab. »Immer nur *ich, ich, ich*!«

Getroffen zuckte ich zusammen. Diesen Vorwurf hatte sie mir schon einmal gemacht – das Wahrheitsarmband hatte sie dazu gebracht. *Die Wahrheit*. Die Erinnerung an Ben am Strand flackerte vor mir auf. Er hatte versucht, mich zu küssen. Schuldbewusst sah ich weg.

»Die Sommerferien stehen vor der Tür, Julie. Und alle sind happy.« Traurig blickte sie auf den Strom Schüler, der unter uns in die Schule flutete. »Ist dir bewusst, dass ich die Einzige aus unserem Jahrgang bin, die noch keinen Freund hat?«

»Öhm, ähm …« (Wieder ein dicker Pluspunkt für dich als super aufmerksame und einfühlsame Freundin, Julie!)

»Aber ich hab auch keinen«, schob ich schnell hinterher. (Genau, Julie! Das macht es sicher besser für Merle.)

»Dass du solo bist, ist deine Schuld!«, giftete sie mich an. »Du hast Noah! Du willst ihn nur nicht.«

»Wir haben uns getrennt.« Viele kleine Stiche prasselten auf mein Herz ein. Natürlich war ich in Noah verliebt gewesen. Aber … wahre Liebe? Der Ring hatte sie jedenfalls weder hervorgebracht noch beschleunigt. Magie konnte keine *wahre* Liebe erschaffen. Das wusste ich jetzt.

Und Merle ignorierte es.

Aus der Ferne hörte ich den Schulgong. Diese letzte Stunde Schulsport durfte gerne ohne mich stattfinden. Hier galt es, eine Katastrophe abzuwenden. Das war wichtiger als Brennball.

»Merle. Hörst du mir überhaupt zu? Das mit Noah und mir – das war … ich weiß nicht«, stammelte ich. »Es hat irgendwie nicht gereicht. Und der Ring hat sowieso nur alles kaputtgemacht.«

»Der Ring trägt keine Schuld! Du bist es, die schuld an eurer Trennung ist.«

»Merle! Das ist Quatsch. Und Noah und ich, wir sind jetzt Freunde.«

»So wie du und Ben, ja?«

Autsch. (Ja, super, Julie! Werd doch noch röter! Vielleicht haben's die Kids auf dem Schulhof noch nicht bemerkt.)

Hilflos versuchte ich, irgendetwas zu sagen, das nicht wie ein Schuldbekenntnis klang. Aber Merles giftiger Blick ließ mich nur nach Luft schnappen.

»Dann will ich mal hoffen, dass du wenigstens eine *ehrliche* Freundin bist«, zischte sie wütend.

Wie eine Furie blitzte sie mich an, eine Rachegöttin, die drauf und dran war, mich zu zerfetzen.

Beschämt wich ich ihrem Blick aus. »Da ist nichts zwischen mir und Ben. Nur Freundschaft.«

»Du hältst dich für so viel besser, nicht wahr? Noch dazu

jetzt, wo du diese *Gabe* hast.« Wütend tippte sie ihren Zeigefinger gegen meinen Brustkorb. »Aber weißt du was, Julie? Du bist arrogant. Du bist um keinen Deut besser als deine blöde Großmutter! *Oh! Magie ist böse!*«, äffte sie mich mit verstellter Stimme nach. »Ja, klar – immer wenn sie nicht zu deinem Nutzen ist.« Sie wandte sich ab und wollte zur Schule, doch dann stob sie noch mal zu mir zurück. »Weißt du was? Du bist keine Freundin. Ich bin dir total egal. Du hilfst lieber ganz großkotzig solchen Zicken wie Leonie, aber nicht deiner angeblich besten Freundin. Du würdest es nicht ertragen, zu sehen, dass ich glücklich bin. Ist es das? Ja?«

Wie konnte sie das sagen! Vor Entsetzen blieb ich stumm.

»Weißt du was – ich kann ohne dich und deinen scheiß Zauber.« Und damit verschwand Merle in einer Sandwolke, als sie die Düne hinabschlitterte und mit ihrem Rad davonraste.

Wie versteinert starrte ich ihr nach. Ich konnte es nicht fassen. *Arrogant? Nicht ertragen, Merle glücklich zu sehen?*

Der Wind trieb mir Tränen in die Augen, und ich wischte sie mit dem Handrücken fort.

11

Unsere Klasse musste alleine durch diesen Montag. Nach Merles Szene war ich absolut nicht in der Lage, mich von meinen Mitschülern abwerfen zu lassen. Also fuhr ich nach Hause. Ich stellte das Fahrrad in unserem Garten ab und schlüpfte leise ins Haus. Als Erstes führte ich anhand der Schuhe eine Anwesenheitskontrolle durch. Moms Sneakers fehlten. Paps' Lederschuhe ebenfalls. Keiner da. Bestens.

Meine Schuhe nahm ich mit hoch. Falls Mom überraschend heimkam, sollte sie nicht gleich sehen, dass ich blaumachte.

Kaum im Zimmer, zog ich das dicke Magiebuch unterm Bett hervor. Es musste etwas geben, das ich Merle statt des Rings anbieten konnte. Ich musste ihr zeigen, dass ich natürlich ihre Freundin war. Dass ich ihr gerne half, damit sich ihre Wünsche erfüllten. Aber nicht auf Kosten anderer.

Nicht auf Bens Kosten.

Ich setzte mich aufs Bett, meinen Plüschhasen Herrn Ha neben mir, falls ich moralischen Zuspruch brauchte, und schlug das Buch auf.

Mir war klar, dass Merle diesen vermaledeiten Ring haben wollte, um endlich mit Ben zusammenzukommen. Den Gefallen konnte ich ihr aber nun wirklich nicht tun. Auch wenn Merle noch so verliebt in Ben war – er fühlte nicht dasselbe für sie.

Bei dem Gedanken wurden meine Handflächen sofort nass. Die Erinnerung an unser Wellenfangen blitzte vor mir auf. Sein Blick gestern, als er aussprechen wollte, was ich nicht zulassen konnte.

Herr Ha musterte mich neugierig.

»Nein!«, belehrte ich ihn. »Ben ist mein Sandkastenkumpel. Wir sind nur Freunde. Das ist keine Liebe. Das ist Freundschaft! Und jetzt Klappe halten. Wir brauchen einen Zauber für Merle.«

Hastig blätterte ich im Buch zur Liste der Symbole.

Die Fächer des Schmuckkastens waren mit diesen Symbolen verziert, von denen jedes für einen Zauber stand. Rasch überflog ich die Auflistung. Weisheit? Fleiß? Bescheidenheit, Stärke oder das dritte Auge für Weitsicht? Wohl kaum. Auch Fledermausgehör oder Pumasprung halfen mir nicht weiter.

Ich musste Ben klarmachen, dass er falsch lag, seine Gefühle für mich missdeutete. Vielleicht konnte ich seine Aufmerksamkeit auf Merle lenken?

Ein Ziehen in meiner Brust gab mir den dezenten Hinweis, dass ich es vielleicht doof finden könnte, wenn die beiden vor meinen Augen rumknutschten.

Quatsch! Wenn damit der Frieden innerhalb unserer Freundschaft wiederhergestellt wäre ...

Es musste eine Lösung für diese Misere geben. Am besten eine, die Bens Herz frei machte.

»Hilf mir suchen, Herr Ha. Wir brauchen etwas, das Ben ...«

Manipuliert.

Ich schlug mir die Hände vors Gesicht. Nein! Ich durfte Bens Gefühle nicht ändern. Auch wenn es unsere Freundschaft sicher gerettet und Merle eine Chance bei ihm gegeben hätte.

Herr Ha kippte um. Etwas harsch packte ich ihn und setzte ihn wieder neben mich. »Hey, du steckst mit mir in diesem Mist. Wir brauchen einen Zauber, der uns hilft, dieses blöde Liebeskuddelmuddel aufzulösen!«

Stöhnend vergrub ich mich in meinem Kissen.

Ich war sechzehn – und hatte mir nichts sehnlicher gewünscht, als dass mein Leben endlich aus dem drögen, langweiligen Alltag auftauchte und außergewöhnlich wurde. Und ich hatte mir *Liebe* gewünscht.

(Kann jemand mal den Schalter zurück auf Normal stellen? Bitte?)

Ich zählte bis zehn. Das soll ja helfen. (Tat es aber nicht.)

Aufgeben und den Kopf ins Kissen stecken kam nicht in Frage. Also setzte ich mich erneut mit dem Magiebuch hin und sah mir die Schmuckstücke an.

»Hier, Herr Ha. Was ist damit? Ein breites Lederarmband für Stärke?«

Stumm blickte er mich an.

»Ja, das hilft wahrscheinlich nur, wenn wir alle in den Boxring steigen.«

Das nächste Schmuckstück würde den Kampfgeist des Trägers verdreifachen. Nope. Mit den Kampfgeist-Perlen hatte ich bei Merle keine guten Erfahrungen gemacht.

Betörende Stimme? Ich betrachtete die Aquarellskizze. Ein wunderschönes nachtblaues Samtband.

»Das würde Merle bestimmt sehr gut stehen«, meinte ich zu Herrn Ha. »Vielleicht könnte sie Ben mit verzauberten Worten betören und …« *Manipulieren*.

Nein! Nein! Nein! Weiter. Da, ein Bauchkettchen – geschmeidiger Tanz –, das würde Merle gefallen. Ich sah sie schon wie Scheherazade vor Ben tanzen, Hüften wiegen und mit Seidentüchern herumwedeln. Er würde sie zu sich hinabziehen und … »Nein. Das ist albern. Ben würde sich vermutlich vor Lachen wegschmeißen.«

Vielleicht sollte ich das Problem von der anderen Seite angehen. Wie wäre es mit einem Zauber für Ben?

Wenn du es je wagst, mich zu verzaubern, Julie Jewels, klangen Bens Worte in mir nach. Nein, das ging auch nicht.

Verzweifelt suchte ich weiter. Halt, was war das? Ich blätterte eine Seite zurück. Dort war eine sehr hübsche Brosche mit einem Blütenbouquet gezeichnet. *Herzenswunsch* stand in geschwungener Handschrift darüber.

»Merles Herzenswunsch ist Ben«, meinte ich zu Herrn Ha.

Ich überflog die Anweisung, der Zauber war nicht schwer. Konnte er mir helfen?

Und Bens Herzenswunsch? Die Antwort kannte ich. *Ein Zauber darf nie gegen den Willen eines Menschen wirken …*

»Vielleicht sollte ich mir die Brosche anstecken?« Ich wünschte mir, dass wir alle wieder unverliebte Freunde wurden. Doch damit hätte ich sowohl Merles als auch Bens Gefühle verändert.

Ich las mir den Zauber noch einmal durch. Ob ich damit Leonie helfen könnte? Sie wünschte sich, hierbleiben zu können. Genau wie ihr Vater, ihre ganze Familie. Wenn ich Leonie so eine Brosche anfertigte, würde niemandem etwas gegen seinen Willen aufgezwungen.

Immerhin. Aber was konnte ich für Merle tun?

Seufzend schlug ich das Buch zu. »Ben ist nicht in Merle verknallt.«

Liebe war nichts, das man herzaubern konnte.

Inzwischen wusste ich das.

Aber würde ich Merle davon überzeugen können? Sie musste doch die Wahrheit erkennen!

Die Wahrheit!

Ich sprang auf und suchte mein Wahrheitsarmband heraus. Weich schmiegte es sich in meine Hand, und die blauen Perlen schimmerten wie der Ozean. War das eine Möglichkeit, Merle die Augen zu öffnen? Ich ließ es in meine Tasche fallen.

12

Eine Eispackung und eine Folge *Gossip Girl* später hatte ich immer noch keinen Plan. Wie wäre Queen B das Problem angegangen?

»Ich weiß nicht, wie ich Merle helfen kann, ohne Ben zu manipulieren. Das Wahrheitsarmband mochte Merle die Wahrheit sagen lassen. Aber eben ihre ganze Wahrheit ...«

Herr Ha verzog keine Miene. Vermutlich war er es leid, immer wieder die gleiche Leier von mir zu hören. Stumm starrte er auf das Zauberbuch.

»Du meinst, ich sollte mich erst mal um Leonies Herzenswunsch kümmern?«

Ich blätterte das Buch an der Markierung auf. *Herzenswunsch*. Ein wenig Draht, Spitzzange, Bleistift und Lack. Vermutlich würde es auch Nagellack tun. Der karmesinrote, den Chrissy mir geschenkt hatte, zum Beispiel. Die Brosche klang simpel. Ich suchte die Materialien zusammen und setzte mich an meinen Schreibtisch.

Das Wichtigste bei der Schmuckmagie ist, sich nur auf den

Zauber zu konzentrieren. Alle anderen Gedanken und (besonders wichtig!) Gefühle mussten aus mir verschwinden, damit ich die Wirkung nicht verdarb.

Also schloss ich die Augen und versuchte, mich von all meinen Gedanken, Sorgen und Ängsten freizumachen. Ich stellte mir Leonie vor, das Glück, wenn sich der größte Wunsch erfüllt – *WRRRRUUUUUUUHHHHH!!!*

Überrascht öffnete ich die Augen.

SCHUUUUUUUUHHHHHHHRRRRMMMMM!!!

Was war denn das? Völlig irritiert lauschte ich auf den Krach.

Er kam aus dem ersten Stock unter mir.

Und es war ein Staubsauger.

Herr Ha und ich warfen uns einen alarmierten Blick zu. Es war erst kurz vor zwölf. Waren Paps oder Mom etwa schon wieder zurück?

Ich öffnete meine Tür und schlich die Stufen hinunter. Das war eigentlich unnötig, denn wer auch immer staubsaugte, konnte meine Schritte sowieso nicht hören. Das Dröhnen kam definitiv aus dem ersten Stock. Doch alle Türen waren zu und … *Mike!*

Hastig sprang ich die letzten Stufen hinab zu seiner Tür und lauschte.

SCHWWWWUUUUAAAAHHHHHHHHHUUUUUU!!!

Mike saugte sein Zimmer!

Da musste ich gar kein Ohr ans Türblatt legen – Zweifel absolut ausgeschlossen. Oder gab es ein Computerspiel, in dem man staubsaugen musste?

Meine Hand lag schon auf der Klinke. Wann war Mikes Zimmer das letzte Mal gereinigt worden? Jura oder Trias? Mom hatte vor Urzeiten aufgegeben, sich ins Kampfgebiet von Muffel-Mike zu begeben. Seitdem vegetierte er in seiner Müllkippe vor sich hin. Abgesehen von meinem kurzen Zauber-Intermezzo vor ein paar Wochen, hatte ich Mike noch nie mit einem Staubwedel, geschweige denn schwerem Reinigungsgerät gesehen.

War das Zauberband etwa wieder aufgetaucht? Ich sollte gleich in Moms Tiefkühltruhe nachsehen.

Plötzlich wurde die Tür aufgerissen, ein Müllsack voller Pizzaschachteln flog mir entgegen und traf mich an der Stirn.

»Oh, Julie. Sorry. Ich ... äh ...« Überrascht sah Mike mich an. Falls das wirklich Mike war. Er trug ein leuchtend blaues T-Shirt und hatte *kein* Handy in der Hand. Er wirkte seltsam sauber. Wo war das dreckige Hoody? Was war mit den ungekämmten Haaren passiert und dem trüben Blick, der stets auf das Handy in seiner Hand fixiert war?

»Ich wusste nicht, dass du vor meiner Tür spionierst.«

»Es ... Ach, ich dachte nur, es wäre niemand zu Hause«, stotterte ich.

Mein Blick fiel an ihm vorbei in sein Zimmer. Ich konnte Fußboden sehen! Sonnenlicht flutete durch saubere Scheiben! (Die Vampir-These war damit erledigt.)

»Verstehe. Von mir erfährt keiner, dass du blaumachst.« Er stellte den Sack neben die Tür und wollte zurück ins Zimmer. Aber ich stellte meinen Fuß in die Tür. »Was wird denn das?«

»Wonach sieht es aus?«

»Ich habe keine Ahnung«, antwortete ich wahrheitsgemäß. »Du hattest Kontakt zu Außerirdischen, und sie haben etwas mit deinem Gehirn angestellt?«

Beleidigt kniff er die Augen zusammen. »Danke auch, Schwesterchen.«

»Na, was! Du hast seit Jahren dein Zimmer nicht gesaugt.«

»Dann wurde es ja Zeit.« Und damit knallte er mir die Tür vor der Nase zu. Eine Sekunde später dröhnte erneut der Staubsauger.

Es lag eindeutig nicht an meinem Harmoniezauber, denn Türenknallen ist nicht harmonisch. Aber was sonst konnte Mike dazu bringen, so gründlich aufzuräumen?

Perplex ging ich die Treppe zu meinem Zimmer hinauf und setzte mich wieder an die Herzenswunsch-Brosche. Doch der Lärm aus Mikes Zimmer – die Tatsache, dass er dort überhaupt solchen Lärm machte – ließ mir keine Ruhe. So konnte ich unmöglich einen funktionierenden Zauber fertigen.

Jetzt wäre eine Werkstatt etwas Feines, dachte ich. Bei Daria würde niemand meine Gedanken stören.

Ratlos starrte ich auf mein Schmuckwerkzeug.

Am Strand hatte sie sich gewünscht, dass wir uns aussprechen. Ein Friedensangebot. Sie war nicht nur meine Großmutter, sie war auch mein Zugang zur Magie. Vermutlich sollte ich mich wirklich mit ihr aussöhnen. Schon allein, um einen Raum zu haben, in dem ich ungestört Schmuckmagie wirken konnte.

Letzten Endes räumte ich die Materialien wieder ein und verließ das Haus.

Unentschlossen fuhr ich mit dem Rad in der Gegend herum, bis ich schließlich bei meinem Leuchtturm landete.

Mein bevorzugter Grübel-Platz.

Ich ließ den Blick über den Horizont schweifen, beobachtete die Wolken, die der Wind vom Meer her auf die Küste zutrieb.

Zu gerne wollte ich Darias Werkstatt nutzen. Nicht nur, dass dort kein Alien-lobotomierter Bruder mit seinem neuen Freund dem Staubsauger meine Konzentration stören konnte – durch all die magischen Objekte, so glaubte ich, wäre es leichter, selbst einen Zauber zu erschaffen. Und garantiert würde Daria mir weitere Verfahren oder Magietricks beibringen.

Allerdings erinnerte ich mich mit Abscheu an ihr Verhalten dem Minenbesitzer gegenüber und den Versuch, mich mit seinem Wagen zu bestechen.

Doch sie hatte mir die Hand gereicht, wollte einen Neustart.

War das nicht ein Pluspunkt?

Seufzend beobachtete ich ein Schiff, das den Horizont entlangzog.

Sie war meine Großmutter. Zu lange hatte ich nichts von ihr gewusst. Schmuckmagie hin oder her – ich sollte sie aufsuchen und mich mit ihr vertragen. Wir hatten eine zweite Chance verdient. Es war falsch, so dickköpfig zu sein wie meine Mom.

13

Die Sommerhitze flirrte über der gekiesten Einfahrt zu Darias Haus. Vom Meer wehte ein erfrischender Wind. Ich stieg ab und stellte mein Rad neben die Haustür. Wie jedes Mal, wenn ich hier war, verzückte mich der romantische Anblick des reetgedeckten Hauses zwischen den Dünen. Lächelnd betätigte ich den Türklopfer und wartete.

Es dauerte nicht lange, bis Daria öffnete.

»Julie!« Sie klang ehrlich überrascht. »Du – ach, Schätzchen! Das ist ja schön.« Zu meiner Überraschung fiel sie mir um den Hals und drückte mich innig. »Komm rein!«

Sie zog mich regelrecht mit sich in die Kühle des Hauses. »Komm mit in die Küche – willst du Limonade?«

Für einen Moment blickte sie an mir vorbei, und als ich mich umsah, meinte ich, einen Schatten zu erkennen, der sich in eine Nische bei einem Regal drückte.

Daria nahm mich am Arm und schob mich zur Küche. »Wie wunderbar, Julie! Ich freue mich, dass du doch noch Interesse an unserer Aufgabe hast!«

Als ich mich noch einmal umdrehte, war der Schatten verschwunden – aber fiel da nicht die Haustür leise ins Schloss?

»Du musst von der Limonade probieren. Ich hab sie selbst gemacht!«

»Ja, gerne.« Hatte sich eben ein Kunde davongestohlen?

Während sie eine Glaskaraffe mit Zitronenlimonade aus dem Kühlschrank holte, ging ich zurück ins Wohnzimmer und sah zur Nische. Hatte ich mir den Schatten eingebildet? (Lass es, Julie! Du bist hier, um Frieden zu schließen.) Ich konnte Daria keine Vorschriften machen, wie sie mit der Magie umzugehen hatte. Ich war auf sie als Lehrerin angewiesen.

Mein Blick wanderte zur Kristalltür. Und als ich die schwitzigen Handflächen an der Shorts abwischte, musste ich zugeben, dass ich der Werkstatt entgegenfieberte.

»Hier, Schätzchen.« Daria reichte mir ein Glas mit trüber Zitronenlimonade, in dem Eiswürfel klirrten. An ihrem Handgelenk klimperten einige goldene Armreifen, und um ihren Hals hingen wie immer mehrere Ketten. Das einzige magische Stück war wieder das Amulett mit dem silbernen Baum. Daria schien es jeden Tag zu tragen.

»Vielen Dank.« Ich nahm ihr die Limonade ab und nippte daran. Zu meiner Überraschung schmeckte sie wirklich gut. (Ihre Schokolade war ja mit Abstand das Grausamste, das ich je hatte trinken müssen.)

Für ein paar Sekunden schwiegen wir verlegen, als wüssten wir nun beide nicht recht, wie es weitergehen sollte. Doch schließlich hakte Daria sich bei mir ein.

»In der Werkstatt ist es zwar ziemlich warm, aber ich denke, du willst dorthin und nicht auf die langweilige Terrasse.« Verschmitzt lächelte ich sie an. »Kannst du mit dem Amulett etwa Gedanken lesen?« Ich deutete auf den Baum.

Lachend zog sie mich mit sich. Es war ein gutes Gefühl, miteinander zu lachen. Großmutter und Enkelin. Ich war froh, dass ich hergefahren war.

»Du meinst unseren Familienbaum?« Sie nahm das Amulett in die Hand und betrachtete es. »Es wird von Generation zu Generation weitergegeben.« Wir hatten die Kristalltür erreicht, und sie hielt das Amulett hoch. Die Ähnlichkeit der Ornamente der Tür und des Amuletts wurde offensichtlich. Meinen Schmuckkasten zierten die gleichen Ranken. Es gehörte alles zusammen. Ob es so etwas wie unser Familienwappen war?

»Wer das Amulett trägt, ist der Hüter der Schmuckwerkstatt«, sagte Daria.

»Ist es so etwas wie der Schlüssel?«

»Ja, so könnte man sagen. Vor allem ist es so etwas wie deine Lizenz, dein Ausweis, dass du die Schmuckmagierin dieser Blutlinie bist.«

Erstaunt blieb ich stehen. »*Dieser Blutlinie?* Wie viele Familien gibt es?«

»Oh, so fünf oder sechs werden es wohl über die Welt verteilt schon sein.«

Der Gedanke, dass da draußen noch andere wie ich und Daria waren und zauberten, machte mich kribbelig. Oder war es die Magie der Werkstatt, die diese angenehmen Schauer über meine Haut schickte?

Daria lachte wieder. »Ich kann sehen, wie die Magie dich willkommen heißt.« Sie stippte mich fröhlich an. »Es kribbelt auf der Haut, nicht wahr?«

Verdattert nickte ich.

Der Geruch von Schwefel, Schwimmhalle, Schmiede und seltsamerweise auch einem Hauch von Pferdestall erfüllte den Raum. Als ich mich umsah, entdeckte ich den Arbeitsplatz, den Daria mir vor ein paar Wochen eingerichtet hatte. Sie hatte ihn nicht abgebaut.

Ich schlenderte darauf zu, die Hände in den Taschen der Shorts vergraben, obwohl ich liebend gern all die magischen Artefakte berührt und gestreichelt hätte. Aber inzwischen wusste ich, dass es ziemlich gefährlich werden konnte, aufgeladene Gegenstände ohne Samthandschuhe anzufassen. »Arbeitest du gerade an einem Auftrag?«, fragte ich vorsichtig.

»Nein. Ich habe so etwas wie Sommerferien. Wenn du später einmal die Werkstatt leitest, wirst du merken, dass die Menschen im Sommer weniger unglücklich sind.«

»Wirklich?«

Daria ging zur Fensterfront und kurbelte ein schmales Oberlicht auf, um wenigstens ein bisschen frische Luft hereinzulassen. »Wirklich. Im Frühjahr entwickeln die Menschen so viele Ideen und Pläne, dass sie dafür Unterstützung suchen. Im Herbst befallen sie Zweifel, und die dunklen Wintermonate sind oft zerfressen von Ärger und Mutlosigkeit. Aber der Sommer – da ruhen die meisten im Hier und Jetzt.« Strahlend drehte sie sich zu mir um.»Wir haben also alle Zeit der Welt, um irgendwas Lustiges auszuprobieren.«

Wieder kribbelte meine Haut, und ein glückliches Lächeln stahl sich auf meine Lippen.»Sehr gerne.«

»Dann komm. Worauf hast du Lust? Optische Illusion? Gedankenspiegelung? Zielfokussierung?« Aus einem Apothekerschrank fischte Daria zwei Paar Handschuhe und reichte mir eines.

»Herzenswunsch?«, fragte ich unsicher.

Daria hob die Augenbrauen.»Oh. Gleich so etwas Schwieriges.«

Prompt wurde ich rot. Schwierig? Die Anfertigung der Drahtblumen war derart simpel, dass ich über die Magie nicht weiter nachgedacht hatte. Ich räusperte mich.»Was genau ist daran so schwierig?«

»Nun ja – Herzenswünsche sind eine vertrackte Sache. Oft kennen wir sie selbst gar nicht wirklich.«

Nachdenklich zupfte ich an den Handschuhen, die ich mir übergezogen hatte.»Ich würde gerne einer Freundin helfen. Was kann denn passieren, wenn ich falschliege?«

»Wieso du?«, fragte Daria irritiert.

»Na, wenn ich von einem falschen Herzenswunsch ausgehe.«

Mit gerunzelter Stirn musterte sie mich. »Welchen Wunsch hat sie dir genannt?«

»So gesehen gar keinen. Aber sie will nicht, dass ihre Familie von hier weg muss. Ihr Vater hat seinen Job verloren und findet keinen anderen.«

Darias Blick bohrte sich noch immer in meine Gedanken. »Welchen Auftrag hat sie dir denn nun gegeben?«

»Auftrag?« Lächelnd schüttelte ich den Kopf. »Ich will ihr helfen. Sie weiß gar nicht, dass ich magischen Schmuck machen kann.«

Verblüfft weiteten sich Darias Augen. »Kein Auftrag?«

Noch breiter lächelnd wiederholte ich es. »Kein Auftrag. Wir sind zwar nicht beste Freunde. Aber sie ist unglücklich, und ich kann das ändern. Das ist großartig.«

Abrupt wandte Daria sich um. Sie räusperte sich mehrmals und schien durchzuatmen. Schließlich sah sie mich wieder an. »Nun, das ist wohl deine Art. Ich muss das irgendwie hinnehmen.« Sie schob sich an mir vorbei zu einem Planschrank und zog die oberste Schublade auf. Fein säuberlich war darin jede Schattierung von roten Farben einsortiert. Kleine Döschen mit Holzlasur, Lacken, Wand- und Ölfarben. »Wenn du in diesem Geschäft Fuß fassen willst, wirst du schon merken, dass es so nicht geht.«

»Was meinst du?«

»Du kannst deine Kunst nicht ungefragt und ohne Gegenleistung verschenken.«

»Warum nicht? Hat das Einfluss auf die Magie?«

Die Armreifen klimperten hektisch, als sie wild in der Luft gestikulierte. »Schätzchen! All das hier, das kostet doch! Du musst dein Material irgendwie besorgen. Du kannst es nicht immer bei Spaziergängen aus irgendwelchen Adlerhorsten aufsammeln. Schmuckmagie ist ein Geschäft! Und wenn du deine Ware verschenkst, dann gehst du pleite.«

Entsetzt starrte ich sie an. »Ein Geschäft?«

Nachdrücklich nickte Daria. »Natürlich. Glaubst du, ich lebe von dem Gehalt, das mir die Stadt für die paar Stunden in der Bücherei zahlt?«

»Nein. Ich dachte, du lebst von den Dingen, die du dir durch manipulative Zauber von fiesen Leuten schenken lässt.« (Julie! Das war nun wirklich nicht nötig!)

Darias gute Laune verpuffte mit einem Schlag. Ihre Gesichtszüge verhärteten sich.

»Tut mir leid«, stammelte ich. »Ich wollte nicht … Aber sollte nicht im Vordergrund stehen, dass wir Menschen helfen?«

»Such dir Farben aus«, sagte sie tonlos und schritt zu einem anderen Schränkchen, in dem sie Schmuckdraht aufbewahrte.

Wahllos griff ich drei Pinktöne und folgte ihr zu meinem Arbeitstisch.

»Die Sache mit den Herzenswünschen«, meinte sie sachlich, »ist, dass man sie nicht genau kennt. Vermutlich ist der

Wunsch, in diesem netten Örtchen wohnhaft zu bleiben, nicht der Herzenswunsch deiner Freundin. Solange sie niemanden aus tiefstem Herzen hasst und demjenigen die Pest an den Hals wünscht, sollte aber keine große Gefahr von dem Zauber ausgehen.«

Sie legte eine Rolle mit dünnem Draht auf die Werkbank. »Dies hier ist ein sehr schwacher Draht. Hat der Zauber den Wunsch erfüllt, wird der Draht porös. Mit diesem Trick kannst du sicherstellen, dass das Schmuckstück nicht ewig eingesetzt wird.«

»Damit ich ein neues verkaufen kann«, murmelte ich. Es war fürchterlich. Wieso stritten wir schon wieder? Es hatte doch so gut angefangen!

»Nein«, blaffte Daria mich an. »Damit diese Person nicht einen Wunsch nach dem anderen erfüllt bekommt. Das wirkt sich nicht nur ziemlich mies auf den Charakter aus, der Zauber wird irgendwann auf normale Wünsche ausweichen müssen, wenn er alle echten Herzenswünsche, von denen jeder Mensch sicherlich nur ein oder zwei im Leben hegt, erfüllt hat. Dann wird deine Freundin sich vor Ponys und tollen Schuhen nicht mehr retten können.«

Ertappt wich ich ihrem Blick aus. »Es tut mir leid. Ich wollte dich nicht angreifen. Die Schmuckmagie als Job zu sehen … Das ist so unvorstellbar für mich. Ich weiß doch erst seit ein paar Wochen, dass Magie überhaupt existiert.«

Daria atmete hörbar durch. »Du hast recht. Es tut mir auch

leid. Ich bin zu ungeduldig mit dir.« Fast hatte ich den Eindruck, sie würde eine Träne hinunterschlucken. »Deine Mom hat das Erbe ausgeschlagen. Ich hatte damals alles vorbereitet, um ihr die Schmuckwerkstatt zu übertragen. Ich wollte die Magie nicht mehr als *Job*, wie du es nennst. Doch deine Mutter hatte beschlossen, die Magie aus ihrem Leben zu verbannen. Und mich gleich mit.« Seufzend legte sie eine Spitzzange und einen Seitenschneider neben den Draht. »Ich hoffe, dir irgendwann die Werkstatt überlassen zu können.«

Mein Blick fiel auf das Amulett. »Aber ich bin gerade mal sechzehn.«

»Das weiß ich doch, Schätzchen.« Zu meiner Überraschung nahm sie mich in den Arm.

Ich meinte zu spüren, wie Daria für einen winzigen Moment die Luft anhielt, als hätte sie etwas sagen wollen, es sich jedoch anders überlegt.

»So. Und jetzt zu deinem Herzenswunsch. Die Technik mag einfach erscheinen, aber du musst sehr darauf achten, dass du keine eigene Hoffnung oder gar deinen eigenen Wunsch einarbeitest.«

Ich setzte mich an den Arbeitstisch und nahm den Seitenschneider zur Hand. »Alles klar. Wie reinigst du dich von allem, was dir im Kopf herumgeht?«

»Jahrelange Übung in Meditation.« Aufmunternd klopfte sie mir auf die Schulter. »Ich lass dich jetzt allein. Ich bin draußen, wenn du mich brauchst.«

»Danke.« Ich blickte ihr nach, wie sie zur Kristalltür ging. Und für einen Augenblick kam sie mir alt vor. So alt, wie Großmütter nun mal sind. Dann wandte ich mich der Brosche zu. Ich wollte Leonie helfen. Im *Lorenzo* hatte sie furchtbar niedergeschlagen ausgesehen – ich war überzeugt, sie mit dem Herzenswunsch wieder glücklich machen zu können.

Ich schloss die Augen, und befahl meinen Gedanken, schlafen zu gehen. Merle und Ben schickte ich fort. Mom sperrte ich ein und Staubsauger-Alien-Mike gleich mit. Meinen Sommerferienfrust atmete ich weg, und auch die Meinungsverschiedenheit mit Daria ließ ich los. Es dauerte allerdings, bis sich endlich kein *Aber* mehr in meinen Gedanken regte.

Dann erst schnitt ich Stücke vom Nur-ein-Wunsch-Draht und formte mit Hilfe der Spitzzange Blüten.

Vor meinem geistigen Auge ließ ich ein Bild von Leonie und ihrer Familie entstehen. Wie sie lachend beim Frühstück zusammensaßen und sich anschließend jeder glücklich zu seinem Job oder in die Schule aufmachte.

Es fühlte sich schön an, etwas zu fertigen, das gleich einer ganzen Familie helfen würde. Leonies Herzenswunsch war sicherlich auch der ihres Vaters und ihrer Mutter. Leonie war zwar niemand, den ich zu meinen besten Freunden gezählt hätte (aber mit besten Freunden hatte ich zurzeit ja sowieso massive Schwierigkeiten), doch ich wünschte ihr wirklich, dass sie glücklich war. (Wenigstens eine von uns.) Sie musste diese Brosche nur am Herzen tragen, und ihr Herzenswunsch würde sich erfüllen.

In kurzer Zeit hatte ich fünf Blüten geformt und tauchte nun die Blätterschlaufen in den Lack. Bald leuchtete das kleine Sträußchen in hellem Rosa, Pink und abgedunkeltem Karmesinrot. Während die Blüten trockneten, ging ich hinaus zu Daria.

»Schon fertig?«, fragte sie überrascht.

»Die Blüten müssen trocknen. Hast du vielleicht noch ein Band, mit dem ich sie zu einem Strauß binden kann?«

»Aber sicher, Schätzchen.« Sie erhob sich aus dem Liegestuhl, in dem sie ein Sonnenbad genommen hatte, und hakte sich wieder bei mir ein.

Heimlich musterte ich sie und bemerkte den silberweißen Haaransatz. Auch wurden mir zum ersten Mal all die Altersflecken auf ihren Händen bewusst. Sie war mir schon immer alt vorgekommen, aber nun wirkte sie weniger frisch und lebensfroh.

In der Werkstatt zeigte Daria mir einen Korb, randvoll mit Bändern aller Art. Ich suchte mir ein schmales orangefarbenes heraus und umwickelte damit den Strauß. Zu Hause würde ich ihn auf eine Broschennadel kleben und dann Leonie bringen.

»Es ist hübsch geworden«, lobte mich Daria. Mit ihrer Lupe betrachtete sie die Blumen. »Sehr sauber gearbeitet. Du bist ein Naturtalent!«

»Danke!« Ich freute mich über ihr Lob. »Also besteht noch Hoffnung, dass aus mir eine passable Schmuckmagierin wird?«

»Du bist schon eine hervorragende Schmuckmagierin, Schätzchen. Nur dein Geschäftssinn lässt zu wünschen übrig.« Sie zwinkerte mir zu.

»Musst du unsere Gabe wirklich als Geschäft bezeichnen? Ich finde, das klingt so kalt und berechnend.«

Daria schloss kurz die Augen und atmete erneut durch.

»Ach, Oma –« Ich biss mir auf die Lippen. Daria hatte mich gebeten, sie nicht so zu nennen. Prompt funkelte sie mich an. »Tschuldigung. Aber du hast, glaube ich, gar kein Bewusstsein mehr für dieses Wunder. Du siehst immer nur das Geschäft.«

»Schmuckmagie ist ein Geschäft, Kind. Sie ist das teuerste Gut, das es auf der Welt gibt. Wer von ihrer Existenz weiß, will sie besitzen. Denn diese Magie ist pure Macht!«

»Macht?« Während in Darias Augen bei diesem Wort so etwas wie Leidenschaft aufflackerte, empfand ich nur Abneigung. »Das klingt schon wieder so nach Weltherrschaft.«

Daria lachte genervt auf. »Natürlich ist es das! Weder ich noch deine Mutter waren mit sechzehn derart naiv! Mit Magie kannst du die Welt gestalten! Unsere Kontakte reichen in jede wichtige Familie. Aber ich rate dir, dich aus der Politik fernzuhalten. Das führt nirgendwo hin. Am Ende haben wir nur wieder einen Krieg am Hals.« Ihre Augen funkelten mich begeistert an. »Doch ich habe ein Imperium unter den Geschäftsmännern dieser Welt errichtet. Sie werden dir zu Füßen liegen.«

Entsetzt ließ ich ihren Arm los. »So wie der Typ mit seiner Diamantmine?«

»Du solltest deine Einstellung überdenken, Julie«, antwortete sie mahnend.

»Nein! Dieser Typ beutet Menschen aus. Wie kannst du ihn dabei unterstützen?«

»Weil er mich unterstützt. Julie! Unser Leben ist grenzenlos! Warum willst du das nicht verstehen? Du kannst die ganze Welt bereisen, überall wird man dir puren Luxus bieten. Und dafür musst du nur ein wenig Schmuck anfertigen.«

»Ich will keinen Luxus!«

»Natürlich!«

»Nein, gar nicht.«

»Jeder will ein sorgloses Leben.«

»Das ist ein Unterschied!«

»Ist es nicht.«

»Aber so was von.«

Wütend starrte Daria mich an. »Du benimmst dich wie ein Kleinkind. Herzenswünsche zu verschenken. Hast du eine Ahnung, was das Mädchen für die Brosche gezahlt hätte?«

»Ich will ihr helfen – nicht sie ausnehmen.«

Daria schwieg. Unsere Blicke duellierten sich, und es war klar, dass keiner von uns nachgeben wollte. In diesem Punkt gab es keinen Kompromiss.

»Besser, du gehst jetzt.«

»Ja. Danke für die Limonade.« Ohne ein weiteres Wort verließ ich das Haus.

Die Aussöhnung mit ihr hatte ich ja super hinbekommen.

14

Am nächsten Morgen überlegte ich kurz, ob ich Leonie die Brosche in der Schule geben sollte. Aber ich hatte Sorge, dass Chrissy zu viele Fragen stellen würde – schließlich waren Leonie und ich nicht wirklich befreundet. Ich entschloss mich, sie ihr lieber am Nachmittag vorbeizubringen.

Entgegen unserer Tradition wartete ich nicht am Fahrradschuppen auf Merle. Mein untrügliches Bauchgefühl sagte mir, dass ihr Zorn auf mich und meine Zauberverweigerung noch nicht verraucht war. Ich trottete also alleine ins Klassenzimmer, zog wie immer die Tür auf und ... kippte fast um. Bereits jetzt, um acht Uhr morgens, war es draußen ziemlich warm, nur der Seewind machte es erträglich. Aber hier im Klassenraum wehte nicht der Hauch eines Lüftchens. Ich rannte gegen eine glühende Wand aus Luft. (Und üblem Geruch aus Schülerschweiß, Abfragepanik, Stinkesocken und Kreidestaub.)

Langsam kämpfte ich mich zu meinem Platz vor und zerfloss dabei zu einer dampfenden Julie-Pfütze.

»Guten Morgen, Jewels.« Mit einem entspannten Lächeln ließ Ben sich neben mich fallen. Das war eigentlich Merles Platz.

Argwöhnisch musterte ich ihn. Wie es aussah, hatte er meinen Ausbruch von Sonntag inzwischen verarbeitet.

»Ich bin froh, dass du wieder gesund bist.«

Für eine Sekunde blickte ich ihn verwirrt an. Aber ich hatte gestern ja die Schule ausfallen lassen. »Ach«, meinte ich. »Ähm, es war wohl so was wie 'ne Magenverstimmung.«

Verständnisvoll nickte er, musterte mich aber noch immer prüfend.

»Du siehst irgendwie … schwermütig aus. Sag nicht, du bist traurig, dass bald die Sommerferien beginnen?«

Ich schenkte ihm ein mattes Lächeln. »Vielleicht, weil sich so vieles verändern wird.«

»Verändern? Ach was. Das muss doch nichts Negatives sein.« Sein Blick versuchte, meinen einzufangen, aber ich sah weg. Wo blieb Merle?

»Lass es. Ich dachte, ich hätte das geklärt«, maulte ich.

»O ja. Hast du wohl.«

Überrascht zog ich die Brauen hoch. »Wow. Das ist … toll.« Obwohl es sich für eine winzige Sekunde gar nicht so angefühlt hatte.

»Übrigens hat Merle mich heute Morgen angerufen«, wechselte er das Thema. »Sie ist immer noch krank. Natürlich werde ich für sie mitschreiben.«

»Mitschreiben? Die Noten sind durch! Was willst du da mitschreiben?«

»Du kennst doch Merle. Und, hey. Irgendwie ist es süß von ihr, dass mir auch mal diese Ehre zuteil wird. Nicht immer nur dir.« Er beugte sich zu mir und sah mich lächelnd an. Er kam mir so nah, dass ich den Strand riechen konnte. Die Erinnerung an seinen versuchten Kuss flutete meine Gedanken, und ich musste mich schütteln, um sie loszuwerden.

»Glaubst du, Merle hat wie du nur eine Magenverstimmung?«, fragte er, und ich konnte ihm an der Nasenspitze ansehen, dass er Merles Ich-bin-denn-mal-krank-Geschichte keine Sekunde glaubte.

»Mit Sicherheit«, antwortete ich übertrieben theatralisch. Vermutlich bockte Merle. Sie war derart sauer auf mich, dass sie mir aus dem Weg ging.

In diesem Moment rauschte Frau Rieben, unsere Biologielehrerin, ins Klassenzimmer. Sie sah aus, als hätte sie die Sahara durchquert. Zu Fuß. Längs und quer. Hin und zurück. »So, Kinder. Alle raus hier! Es wird heute extrem heiß – deshalb werden wir den Unterricht nach draußen verlegen. Wir machen eine Exkursion.« Sie wedelte mit den Armen, als wären wir Hühner, die sie zusammentreiben muss. »Geordneter Abmarsch. Wir sammeln uns am Leuchtfeuer.«

»Wird das etwa ein Strandbummel?« Begeistert sprang Ben auf. »Na, das ist doch mal nett.«

Gemeinsam mit der Klasse schlenderten wir zum Fahrradschuppen und erklommen die Düne, auf der ein niedriger Leuchtturm aus Holz stand. Von dort führte Frau Rieben uns zum Strand hinab. Hier fühlte sich die Hitze erträglicher an.

»Ich möchte von jedem von euch fünf verschiedene Schnecken und Muscheln sowie fünf unterschiedliche Gesteinsarten. Ihr habt die gesamte Schulstunde Zeit.« Mit diesen Worten zog sie doch tatsächlich ein Snoopy-Handtuch aus ihrer Umhängetasche, breitete es aus und ließ sich erschöpft darauf sinken.

Ungläubig sahen Ben und ich uns an. Holte sie etwa gleich noch Sonnencreme raus?

»Lucy, du stehst mir in der Sonne«, mahnte Frau Rieben. »Los, Kinder! Fünf Steine, fünf Schalentiere.« Ihr Tonfall ließ keinen Zweifel an der Ernsthaftigkeit dieser Aufgabe. Und so verteilten wir uns über den Strand. Der Himmel war strahlend blau, kein Wölkchen am Horizont. Das Thermometer würde heute sicher die Dreißig-Grad-Marke knacken.

Ich zog meine Sandalen aus und schlenderte mit Ben zu den Wellen.

»So lass ich mir eine Bio-Exkursion gefallen«, meinte er.

»Was hat Merle denn genau gesagt?«, fragte ich, nachdem wir eine Weile schweigend Muscheln gesammelt hatten. Ruckzuck hatte ich Herzmuscheln, Miesmuscheln, Teppichmuscheln und sogar eine Schwertmuschel.

»Was soll sie schon gesagt haben? *Ben, schreib für mich mit.*« Er musterte das Bruchstück einer Auster.

Skeptisch sah ich ihn an. »Das ist alles? Mehr nicht?«

»Wieso? Frau Rieben hat nicht gesagt, dass die Muscheln noch vollständig sein müssen.«

»Was? Nein. Ich meine Merle. Mehr hat sie nicht gesagt?« Er ließ die Austernschale in seine Hosentasche gleiten und bückte sich nach einem gelben, halbdurchsichtigen Stein. Blinzelnd musterte er ihn gegen die Sonne. »Merle hat noch erzählt, dass sie beschlossen hat, die Schule zu schmeißen. Es sei Zeit, endlich ihren Träumen zu folgen.« Er hielt mir den Stein hin. »Glaubst du, das ist Bernstein?«

»Wie bitte?« Vermutlich war mir alle Farbe aus dem Gesicht gewichen. Waren Merles Wut und Verzweiflung derart riesig, dass sie von hier wegwollte?

»Na, hin und wieder soll es hier Funde geben. Wie bekomme ich denn raus, ob es Bernstein ist?«

»Du willst mich wohl veräppeln!« Merle würde ihren Schulabschluss doch nicht sausen lassen!

»Na, schau selbst …« Er hielt mir den Stein hin.

»Jetzt hör doch mal mit dem doofen Stein auf. Ich will über Merle reden. Tunk das Ding ins Wasser. Wenn's schwimmt, ist es vielleicht Bernstein.« Sauer schubste ich seine Hand weg.

»Merle hat das doch niemals gesagt! Sie schmeißt die Schule nicht wegen unserem albernen Streit!«

»Ach. Streit? Also doch.« Er grinste triumphierend, und ich rempelte ihn grummelig an.

»Du elender Mistkerl! Sie hat gar nichts von Schuleschmeißen gesagt! Wie kannst du mir nur solche Angst machen.«

Er schubste mich zurück. »Na, anscheinend habt ihr zwei euch so fies gestritten, dass *ich* jetzt zum leibeigenen Stenographen ernannt wurde. Was immer ihr da am Laufen habt, regelt das!« Ben hickste laut. »Ups. Tschuldige.«

Brummelnd bückte ich mich nach einer rosa Muschel, deren Namen ich nicht kannte, und stapfte in Richtung Frau Rieben, die jetzt tatsächlich mit Sonnenbrille auf der Nase tiefenentspannt in einen Roman versunken war.

Der Rest der Klasse hatte sich inzwischen ebenfalls in die Sonne gelegt. Ben und ich waren die Einzigen, die noch artig den Bio-Suchauftrag ausführten.

»Ich hab schon fünf Muscheln.« Schnell bückte ich mich und klaubte fünf Steine auf. Von Steinen hatte ich keinen blassen Schimmer. Es musste reichen, dass sie unterschiedliche Farben hatten. »Komm, wir gehen zu den anderen.«

»*Hicks!*« Ben schlug sich mit der Faust gegen die Brust.

»Okay. So'n blöder Schluckauf.«

»Kalte Füße?«, fragte ich schnippisch.

Er warf mir einen Not-amused-Blick zu und hickste erneut.

»Mann. Schluckauf ist so was von nervig.« Er hielt die Luft an und blähte dabei die Wangen. Glupschäugig sah er mich an.

»Du gibst einen super Kugelfisch ab.« Ich musste lachen.

Er zeigte mir mit den Fingern einen Countdown an. 10 … 9 … Er lief langsam rot an. 8 … 7 … Jetzt wurde er schon leicht lila. … 6 … 5 … 4 …

»Ben?«

Er schüttelte den Kopf, zeigte: 3 … 2 …

Mit einem Mal verdrehte er die Augen und wankte.

»Ben!« Ich stürzte auf ihn zu, um ihn aufzufangen. Da war er bei Null angekommen, atmete erleichtert ein und grinste mich frech an. »So! Ist wieder gut. Wettrennen zur Rieben. Wer zuerst – *hicks*!« Sein Grinsen zerfiel.

»O nein! Da hat das Lilawerden gar nicht geholfen.«

»Himmel – *hicks*! – und eins!«, fluchte er und holte abermals tief Luft, plusterte sich zum Kugelfisch, und – *Hicks*! – zerplatzte. »Ach menno – *hicks* – Das ist jetzt aber – *hicks* – nervig.«

»Was hattest du denn gestern zum Mittagessen?«, fragte ich und hakte mich bei ihm unter.

»Spaghetti – *hicks* – mit Thunfisch.«

»Und vorgestern?«

»Spaghetti mit – *hicks* – Tomatensoße.«

»Und vor-vor-vorgestern?«

»Spaghetti mit – *hicks*!«

»Du kannst doch nicht jeden verdammten Tag Spaghetti essen!«

Wir kamen bei den anderen an, und Chrissy, Pauline und Karim, die sich neben Frau Rieben in den Sand gefläzt hatten, beobachteten uns neugierig.

»*Hicks* – Warum nicht? War Spaghetti-Woche. *Hicks*.«

Hilfsbereit zog ich eine Trinkflasche aus meiner Tasche und

bot sie ihm an. Er nahm sie hicksend und trank mehrere große Schlucke.

Ich wollte sichergehen, dass der Schluckauf nun wirklich verschwand. Deshalb schrie ich ihn an. »Buh!«

Und wie es half! Ben zuckte derart zusammen, dass ihm die Wasserflasche aus der Hand fiel. Er versuchte, sie noch zu erwischen, aber sie kippte, und das Wasser platterte auf Frau Rieben.

Die schrie vor Schreck spitz auf, schlug um sich und traf mit ihrem Roman (ein hübsches Hardcover) Chrissy am Kopf.

Die wiederum kippte stöhnend Karim in den Schoß, der sich so erschrak, dass er panisch wegkrabbelte und dabei Billy von den Füßen riss.

Ben und ich sahen uns an und lachten los. Chrissy rieb sich die Stirn, und Frau Rieben versuchte, ihre Bluse trocken zu fächeln, während Karim von Billy eine Sanddusche abbekam.

»Danke«, meinte Ben fröhlich und gab mir die leere Flasche zurück. »Den Trick merk ich mir.«

»Trick?« Frau Rieben baute sich vor uns auf. Die Bluse klebte ihr am Körper, und ihre Haare waren mit feuchtem Sand paniert.

»Entschuldigung«, stammelte ich. »Das war keine Absicht.«

»Julie hat mich erschreckt«, erklärte Ben. »Weil ich einen

hartnäckigen Schluckauf hatte. Aber es hat – *hicks*!« Er seufzte verzweifelt. »Nicht geholfen. *Hicks.*«

Sauer drehte er sich weg und begann zu hüpfen. Erst linksrum, dann rechtsrum. *Hicks-hicks-hicks.* Wie ein Känguru sprang Ben im Kreis. Aber es half alles nichts. In hübsch regelmäßigem Abstand schallte ein lautes Hicksen über den Strand. Ben wurde immer genervter.

»Der längste Schluckauf aller Zeiten dauerte angeblich neunundsechzig Jahre.« Leonie trat neben mich und beobachtete Ben beim Hüpfen.

»Sehr beruhigend«, murmelte ich.

»Der Mann ist trotz der Hickserei dreiundneunzig geworden. Also keine Panik.«

»Panik?!«, rief Ben und hüpfte konfus weiter herum. »Wer hat – *hicks* – denn hier Panik! *Hicks*! Panik! Pah! *Hicks*! Pah-Panik-Pah-*Hicks*!«

Mittlerweile meinte jeder, bescheuerte Ratschläge beisteuern zu müssen.

»Du musst Grapefruitsaft trinken!«

»Eiskalte Nackenwickel!«

»Steck dir Böller in die Nase!«

»Denk an was Gruseliges, Schönes, Langweiliges, Grünes, Blaues …«

Ben bot ein hervorragendes Unterhaltungsprogramm, und Chrissy begann, Wetten entgegenzunehmen, wie lange er noch Schluckauf haben und welcher Trick ihn heilen würde.

»Ben?«, mischte Frau Rieben sich ein. »Du musst dich entspannen. Komm mal her.«

Hicksend kam Ben zu uns gehüpft, und sie bot ihm ihr (nasses) Handtuch an. Gehorsam legte er sich hin.

»Schließ deine Augen«, säuselte sie, »spür die Sonne auf deinem Gesicht, und denke an nichts. Mit jedem Atemzug verlässt wieder ein Stück Anspannung deinen Körper. Du wirst ganz leicht …«

Ben tat, wie ihm befohlen, während sich so mancher aus der Klasse abwenden musste, um nicht in Gelächter auszubrechen. (Ich gehörte natürlich nicht dazu.) Aber tatsächlich wurde Ben ganz still. Kein Hickser erschütterte ihn mehr.

»Das ist ja unglaublich!«, meinte er schließlich und setzte sich erleichtert auf. »Frau Rieben, Sie sind die Beste! Sie – hicks!«

Frau Rieben stöhnte auf. »Fast hätte es geklappt.«

»Hicks.« Ben lächelte unglücklich.

»Handstand soll helfen«, schlug Chrissy vor.

Einen kurzen Augenblick zögerte Ben, doch dann nahm er Schwung und schaffte tatsächlich einen. Mir blieb für eine Sekunde der Atem weg, als das T-Shirt ihm über den Kopf rutschte und wir alle seinen durchtrainierten Oberkörper zu sehen bekamen. Leonie pfiff leise und zwinkerte mir zu. (Kann mal jemand diese rote Alarmlampe, die eben noch mein Gesicht war, ausknipsen? Danke.)

Johlend applaudierte Chrissy, und Ben (hicks!) verlor das

Gleichgewicht und landet mit dem Gesicht im Sand. Spuckend rappelte er sich auf. »Das darf doch nicht wahr sein!«, schrie er sauer, um dann weiter zu hicksen.

Schließlich schlug Chrissy vor, ihn ins Meer zu werfen. Das half auch nicht.

»Ben?«, meinte Frau Rieben, nachdem Jason und zwei andere Jungs ihn zum achten Mal in die Wellen geschmissen hatten. »Vielleicht gehst du besser nach Hause.«

»Wegen – *hicks*! – Schluck – *hicks*?«

Sie nickte. »Es wird sowieso hitzefrei geben. Du wirst nichts verpassen.«

Sofort meldete sich Chrissy. »Frau *Hicks*? Es ist ansteckend! Ich hab plötzlich – *hicks*! – auch Hicksdings.«

Frau Riebens mahnender Blick ließ sie enttäuscht verstummen. Zusammen mit Ben kletterte ich über die Düne und brachte ihn zum Fahrradschuppen.

»Dass du mir – *hicks* – für Merle alles – *hicks*.«

»Ja, schon gut. Und du gehst zum Arzt! Ich will, dass du dreiundneunzig wirst. Aber ohne Schluckauf!«

Er zog einen Flunsch. »Ja, Mama. *Hicks*!« Dieser Hickser war noch stärker als die anderen.

Sekunde mal! Was war denn das?

Ich kniff die Augen zusammen. Im Moment des Schluckaufs hatte Ben sich … aufgelöst.

Er war unsichtbar geworden!

Ich schüttelte mich. Hatte ich einen Sonnenstich?

Wieder hickste er, während er nach seinem Fahrradschlüssel suchte. Aber diesmal blieb er ganz und gar sichtbar.

Puh. Ich hatte es mir tatsächlich bloß eingebildet. Die Sonne! Es war sicher nur ein Hitzeflirren gewesen, eine optische Täuschung.

15

Schweiß tropfte mir von der Nasenspitze, als ich nach der vierten Stunde mit dem Fahrrad heimsprintete. Natürlich hatten wir hitzefrei. Die Sonne brannte herunter, und der frische Seewind machte heute Urlaub. Trotz der Hitze trat ich in die Pedale, bis ich vor Anstrengung Seitenstechen bekam.

Kaum an Bens Haus angekommen, sprang ich vom Rad. Ich sah hinauf zu seinem Fenster, doch die Gardinen waren zugezogen. Also rannte ich den Weg durch den Vorgarten zur Tür. Stürmisch klingelte ich.

Stille.

Ein Blick in die leere Garage bestätigte mir, dass seine Eltern noch nicht zurück waren.

»Ben?«, brüllte ich zu ihm hinauf. »Mach auf!«

Ich war völlig außer Atem, und das Gefühl, dass etwas nicht stimmte, bauschte sich zu einem dichten Knoten zusammen. Wo war sein Fahrrad? Gehetzt suchte ich den Vorgarten ab. Doch außer adretten Rosenbüschen war da nichts. (Seine Mutter jätete jedes Wochenende und schnitt und besprühte ihre Rosen. Ich hatte nie ganz begriffen, warum unsere Mütter so gut miteinander klarkamen. Denn meine Mom pflegte ihren Garten als wilde Oase. Bei Bens Mom hatte alles in Reih und Glied zu wachsen.)

»Ben!«, brüllte ich erneut.

War da eine Bewegung an den Gardinen gewesen?

»Du!«, zischte es plötzlich hinter mir, und ich fuhr mit einem kleinen Schreckensschrei herum.

Merle.

Ihre dunklen Locken wehten, als wäre sie direkt einer griechischen Sage entsprungen. Vielleicht war es aber auch ihr böser Blick, der mich an Medusa denken ließ.

»Hey. Geht es dir besser?« Ich war ehrlich besorgt. Doch blöderweise klang ich schnippisch.

»Es bessert sich.« Fein. Ihr Tonfall war nicht weniger zickig.

»Was war denn los mit dir? Hattest du auch Schluckauf?«

»Schluckauf?«, fragte sie vorsichtig.

Wieso stand sie eigentlich so steif vor mir? Sie hatte die Hände hinter dem Rücken verschränkt. Völlig untypisch für Merle. Doch ich machte mir weit mehr Sorgen um Ben als über Merles seltsames Verhalten. Erneut sah ich zu seinem Fenster hinauf. Ich hoffte, dass er uns beobachtete, aber ich wurde enttäuscht.

»Ben ist früher nach Hause geschickt worden, weil er einen ziemlich hartnäckigen Schluckauf hatte.«

Merle schüttelte nur den Kopf. In ihrem Blick lag weiterhin diese Wut.

Seufzend wandte ich mich ihr zu. »Ich hab schon kapiert, dass du immer noch sauer bist, weil ich dir keinen Ring mache. Wir müssen dringend darüber reden, Merle. Ich verstehe dich nicht.«

Sie schnaubte genervt.

»Nein«, ruderte ich zurück. »Natürlich verstehe ich *dich*. Du wünschst dir, dass Ben und du, dass ihr ein Paar werdet. Aber ein Liebeszauber – Merle! Das funktioniert nicht! Es kann sogar ziemlich gefährlich werden!«

»Natürlich, Julie!«, fauchte sie. »*Mir kann* ein Liebeszauber nicht helfen. *Du willst* mir nicht helfen. Aber weißt du was? Anscheinend ist es nicht in dein selbstverliebtes Hirn vorgedrungen: Ich hab genug von dir. Du hast mich hängenlassen. Also geh mir jetzt aus dem Weg!« Noch immer hatte sie die Arme auf dem Rücken verschränkt.

»Merle …«, stammelte ich.

»Nee – nix da. Und lass Ben in Ruhe. Er mag dein toller Sandkastenkumpel sein. Aber *ich* liebe ihn!« Ihre Augen verengten sich zu Schlitzen, und sie sandte tödliche Blitze zu mir.

Intuitiv wich ich einige Schritte vor ihr zurück. So wütend hatte ich sie noch nie erlebt. Nicht mal, als so ein Idiot aus der Parallelklasse es gewagt hatte, den Disney-Klassiker *Die Schöne und das Biest* zu dissen. »Ben ist … Himmel! Merle! Ich wollte doch nur wissen, ob es ihm wieder gutgeht!«, entschuldigte ich meine Anwesenheit vor seinem Haus. »Er ist, wie du richtig bemerkst, mein Kumpel!«

»Schluckauf? Dein Ernst?« Merle lachte gezwungen. »Natürlich! Wenn Ben sich den kleinen Finger stößt, bist du sofort zur Stelle, um zu helfen. Deine beste Freundin darf aber gerne an gebrochenem Herzen zugrunde gehen. Das interessiert dich null.« Mit diesen Worten stieß sie mich in einen Rosenbusch und stapfte zur Tür.

»Merle! Komm mal klar!«, schnaubte ich wütend und versuchte, mich aus dem Busch zu befreien. »Ben macht nicht auf.« Mein Blick glitt erneut zu seinem Fenster, während ich mein T-Shirt von den Dornen zupfte. War er da? Hatte er unseren Streit gehört? Warum kam er nicht runter und wusch Merle den Kopf?

Merle klingelte. Und klingelte.

Sie war mir gegenüber taub. Und blind. Ich hätte ihr noch weiter Worte an den Kopf werfen können, aber sie drangen gar nicht zu ihr durch. Erneut wanderte mein Blick zu Bens Fenster. *Mach auf, du Trottel. Sag ihr, dass du nicht in sie verknallt bist. Dann kann ich morgen mit einer Riesenpackung Schoko-Chips-Eis zu ihr fahren. Wir gucken eine Staffel* Gossip Girl, *und alles wird wieder gut.*

Immer wieder drückte Merle die Klingel.

Wenn ich jetzt einfach ging, würde das den Graben zwischen uns nur noch tiefer machen. »Merle …«, versuchte ich es ein letztes Mal.

»Verzieh dich endlich!«, fuhr sie mich an, dass ich zusammenzuckte.

Alles klar. Es hatte keinen Sinn. Sie drehte mir wieder eiskalt den Rücken zu und malträtierte die Klingel.

Gekränkt schnappte ich mir mein Rad und überquerte die Straße.

Kaum in meinem Zimmer, warf ich von dort einen Blick auf Bens Fenster. Noch immer kein Lebenszeichen von ihm. Merle stieg gerade wieder auf ihr Rad. Ich konnte ihren Ärger selbst von hier oben deutlich sehen. Ben hatte also auch ihr nicht aufgemacht. Vermutlich war er beim Arzt, denn ihr Klingel-Stakkato hätte er sicher nicht so lange ausgehalten.

Erschöpft ließ ich mich in mein Bett fallen – es war in meinem Dachgeschosszimmer allerdings viel zu heiß, um sich einzukuscheln. Meine Klamotten klebten mir von meinem Fahrradsprint am Körper. Also genehmigte ich mir erst mal eine Dusche.

Die erfrischte nicht nur, sondern spülte meine Wut auf Merle auch gleich fort.

Wenn es anders herum doch auch so einfach wäre, dachte ich. Wenn ich Merle schlicht unter eine kalte Dusche stellen könnte, damit sie wieder zur Vernunft käme.

Ich kramte mein Handy aus der Schultasche und wollte ihr

schreiben. Doch was hätte ich sagen können? Sie hörte mir schließlich nicht zu! Ihr *Verzieh dich endlich* war unmissverständlich gewesen.

Ich beschloss, ihr und ihrem dummen Anfall noch etwas Zeit zu lassen. Spätestens in den Ferien würde Merles Laune sich bestimmt bessern, und sie müsste einsehen, dass ein Liebesring falsch war.

Dann würden wir zusammen den besten Sommer überhaupt haben.

Basta.

Um mich abzulenken, startete ich meine Gute-Laune-Playlist und tanzte durch mein Zimmer. (Danach hätte ich gut eine zweite Dusche vertragen können.)

Doch ich beschloss, mich ein weiteres Mal hinaus in die Gluthitze zu wagen, um Leonie die Brosche zu bringen. Da draußen konnte es nur angenehmer sein als hier in meinem Backofen. Ich musste nur noch die Drahtblumen auf eine Nadel aufbringen.

Happy mitsummend wühlte ich in meiner Tasche. Schließlich kippte ich den Inhalt auf mein Bett. Wo waren die Blumen? Ich stand auf und sah in den Taschen meiner Shorts nach. Auch keine Blumen. Wo hatte ich … Angestrengt versuchte ich, mir den gestrigen Tag in Erinnerung zu rufen. Der Streit mit Daria, nachdem ich das Band um die Blumen geschlungen hatte. Ich war aufgesprungen und …

Verdammt.

Ich hatte die Blumen bei Daria gelassen.

Na wunderbar.

Ich schob meinen ganzen Kram in die Tasche zurück.

Seufzend textete ich Daria, dass ich gleich zu ihr kommen würde, um die Blumen abzuholen.

16

Das reetgedeckte Ferienhaus in den Dünen wurde von der Sonne zum Leuchten gebracht. Ich betätigte den Schlangen-Türklopfer und wartete. Es dauerte eine Weile, dann hörte ich hektische Schritte. Argwöhnisch starrte ich auf die Tür. Platzte ich etwa schon wieder in ein Kundengespräch?

Die Tür wurde aufgerissen, und Daria lächelte mich an.

»Schätzchen. Ich hab deine Nachricht erhalten. Komm rein.«

»Tut mir leid, dass ich dich störe.«

»Ach was. Nichts, das nicht warten könnte.« Sie bat mich herein und ging voraus zur Kristalltür. »Hast du sie auf dem Tisch liegen lassen? Hoffentlich sind sie noch da.«

»Wieso – wer sollte sie denn …« Ich blieb stehen. Was war denn hier los? Um die spartanische Sitzgruppe stapelten sich Pappkartons. »Was ist das?«, fragte ich und deutete darauf.

»Das sind Pappkartons.«

Ich warf Daria einen drohenden Blick zu. Wenn sie wollte, dass ich wieder mit ihr redete, musste sie ehrlich sein.

»Ach, Schätzchen.« Etwas hilflos zuckte sie mit den Schultern. »Du weißt, was das ist.«

»Du ziehst aus?« Unerwarteterweise hatte ich plötzlich einen Kloß im Hals.

»Ich ziehe weg.«

Ein kurzer Stich schoss durch meine Brust. »Aber … Wieso hast du das gestern mit keinem Wort erwähnt?«

Etwas verlegen zwirbelte sie das Baum-Amulett um ihren Finger. »Ich habe schon länger mit dem Gedanken gespielt, aber … nun ja. Unser *Gespräch* gestern … Ich denke, es ist besser, wenn ich gehe.«

»Was? Nein! Wer bringt mir denn dann alles bei?« Endlich hatte ich meine Großmutter gefunden, und nun sollte ich sie schon wieder verlieren? Eine Großmutter, die so viele Geheimnisse meiner Familie kannte und eigentlich mit mir hatte teilen wollen. Eine Großmutter, von der ich vermutlich mehr geerbt hatte, als ich ahnte. Streitereien hin oder her. »Und das nur, weil wir verschiedene Ansichten haben?«

Daria wiegte den Kopf, als ob sie unschlüssig sei, wie sehr unser Streit von gestern zu ihrer Entscheidung beigetragen hatte. »Du hast deine Position unmissverständlich klargemacht, Schätzchen.« Sie klang traurig. »Du willst mein Erbe nicht.«

»Nein!«, entfuhr es mir, und ich sah so etwas wie Triumph

in Darias Augen blitzen. »Ich möchte alles über Schmuckmagie lernen. Ich möchte nur keine machtgierigen Typen damit unterstützen!«

Seufzend begleitete sie mich zur Kristalltür, die weit offen stand. »Die Welt ist nicht schwarzweiß, Schätzchen.«

»Ich will nicht schon wieder streiten«, murmelte ich, während ich ihr in die Werkstatt folgte.

Eine heftige Traurigkeit überrollte mich, als ich die Kistenstapel an der Fensterseite des Raums musterte. Einige Kartons waren noch leer und warteten mit Stroh gefüllt darauf, dass Daria ihnen ihre magische Sammlung anvertraute.

Die Zimmerdecke hatte sie bereits abgeräumt. Keine Krüge und Kräuter oder Kisten mit Drachenfeuer mehr, die mit ausgetüftelten Seilzügen dort oben ihren Platz gehabt hatten. Auch die exotischen Grünpflanzen waren schon umwickelt und zum Abtransport bereit. Das Becken, in dem die unheimlichen silbernen Götterfunken-Fische umhergeschwommen waren, lag jetzt trocken.

»Hast du ein Umzugsunternehmen angeheuert?«, fragte ich.

Sie lachte kurz auf. »Damit sie Drachenfeuer einpacken? Nein, ich denke, die Werkstatt muss ich weitgehend selbst verpacken.«

Ich steuerte auf meinen Arbeitsplatz zu. Tatsächlich lag das Drahtblumensträußchen noch darauf. Aus meiner Tasche holte ich eine kleine Schachtel und bettete es auf die Watte darin. »Danke.«

»Kein Problem, Julie. Du bist mir immer willkommen. Du bist meine Enkelin.« Sie drückte kurz meine Hand, wandte sich dann jedoch schnell ab, wie um Tränen vor mir zu verbergen.

»Bitte zieh nicht weg«, stammelte ich. Bis gestern war die Luft der Werkstatt mit dem herrlichen Kribbeln der Magie erfüllt gewesen. Jetzt spürte ich es nur noch sehr schwach und vermisste es schrecklich.

»Du möchtest doch nicht wirklich, dass ich bleibe.« Daria sagte es durchaus liebevoll, dennoch hatte ich das Gefühl, dass auch eine Art Drohung darin mitschwang.

»Ich habe aber noch so viele Fragen. Zur Magie, unserer Familie …«

Bei dem Anblick der Umzugskartons kam es mir vor, als rieselte mir meine magische Zukunft wie Sand durch die Finger. »Kann ich dich nicht umstimmen?«, hilflos sah ich mich in der halbverpackten Werkstatt um. »Was muss ich tun, damit du bleibst?«

»Ach, Schätzchen.« Sie umarmte mich. Für einen Moment genoss ich es, dass meine Großmutter mich tröstend im Arm hielt. Es war ihr so wichtig gewesen, mich die Schmuckmagie zu lehren. Sie war so beeindruckt von meinem Talent – und nun ging sie einfach? Nur weil ich nicht die Handlangerin für fragwürdige Geschäftsleute sein wollte.

»Warum versuchen wir es nicht noch einmal?« Ich klopfte auf die Platte des Arbeitstischs. Es hatte sie glücklich gemacht, ihn für mich einzurichten.»Du hast doch selbst gesagt, dass ich eine große Begabung habe. Unterrichte mich!«

»Es ist sinnlos, die Schmuckmagie zu beherrschen, wenn man sie dann nicht anwendet.« Erschöpft fuhr sie sich über die Augen. Wieder wirkte sie, als sei sie kraftlos. Vielleicht quälte unser Streit sie genauso wie mich.»Du hast so großes Talent, Schätzchen, solch eine Macht – natürlich wäre es ein Verbrechen, sie ungenutzt zu lassen.« Sie zog sich den Stuhl heran und setzte sich. Ihr trauriger Blick fuhr mir direkt ins Herz.»So viel Energie habe ich selten gesehen.«

»Und wer zeigt mir jetzt, wie ich sie einsetzen kann?«

Ich glaubte, so etwas wie Wehmut in ihrem Lächeln zu lesen.»Wenn deine Mutter nur nicht so ein bösartiges Bild von unserer Magie zeichnen würde«, meinte sie.»Wenn sie bereit wäre ...« Sie seufzte erneut.

»... mich zu unterrichten?«

Daria lachte bitter auf.»Nein, ich fürchte, sie wäre keine gute Lehrerin. Sie hatte die Gabe, keine Frage. Aber sie war lange nicht so stark wie bei dir. Und inzwischen ist die Magie in ihr wahrscheinlich verkümmert.«

»Die Magie kann verkümmern?«

Daria wischte sich mit dem Handrücken über die Stirn. Sie wirkte erschöpft.»Deine Mutter hat die Magie gebannt. In sich verschlossen. Es ist wie mit einem Pflänzchen, um das man sich nicht kümmert. Es wird welk und kraftlos.«

Geschockt sah ich mich um. Meine Magie würde versiegen,

wenn ich nicht mit ihr arbeitete! Nein. Das wollte ich auf keinen Fall. »Bitte, Daria. Geh nicht. Ich möchte alles lernen! Ich will die Magie nicht verlieren!«

Tatsächlich schien sie zu überlegen. Sie betrachtete mich nachdenklich, blickte sich im Raum um, und ich hätte schwören können, dass sie mit den Tränen rang.

»Ach, Schätzchen. Es ist zu spät. Ich kann nicht bleiben.«

»Wie kann es zu spät sein! Ich bin deine Enkelin!«

Ihr trauriger Seufzer ging mir durch Mark und Bein. »Pass auf, Julie. Ich habe noch ein Stück, das ich fertigstellen möchte. Vielleicht kannst du mir dabei etwas zur Hand gehen.«

»Sehr gerne.« Das war meine Chance. Wenn ich jetzt besonders gut war, würde sie möglicherweise doch bleiben, um mir alles beizubringen. »Was ist es für ein Zauber?«

Lächelnd stand sie auf und schob mir meinen Stuhl hin. »Hast du schon einmal mit Spiegeln gearbeitet?«

»Nein. Worauf muss ich achten?« Kerzengerade saß ich da und lauschte gebannt, um ja nichts zu überhören. Ich musste jetzt perfekt sein!

»Sie müssen rein sein, damit ihre Spiegelung nicht getrübt wird. Das ist die größte Gefahr. Es würde den Effekt verzerren.« Und schon legte sie ein weiches Tuch und einen handtellergroßen, ungerahmten Spiegel vor mich auf den Tisch. »Pass auf, dass du keine Fingerabdrücke hinterlässt.«

»Kein Problem.« Behutsam fasste ich den Spiegel am Rand und betrachtete ihn. Er war klein und oval und ziemlich verstaubt. Außerdem entdeckte ich kleine Spritzer darauf. Also hauchte ich ihn an und polierte seine Oberfläche. Daria suchte inzwischen etwas in einem Schubladenschrank.

»Worauf soll ich meine Gedanken fokussieren?«

»Es reicht, wenn du dir deine Magie bewusst machst. Denk vielleicht nicht unbedingt an den Abwasch.« Sie lachte und kam mit Lötwerkzeug und Silberdraht zu mir. »Erst mal geht es darum, den Spiegel aufnahmebereit zu machen.« Sie sah mir kurz über die Schulter. »Möchtest du eine Schokolade?«

Überrascht sah ich auf und achtete deshalb nicht auf den Spiegel. Prompt rutschte er mir aus den Fingern. »Nein!« Zum Glück hatte ich gute Reflexe und konnte ihn auffangen. Allerdings erwischte ich ihn an der ungeschliffenen Kante und schnitt mir in die Fingerkuppe.

»Verflucht.« Hektisch saugte ich an meinem Zeigefinger, in der Hoffnung, die Blutung damit zu stillen. Es war ein glatter Schnitt, aber blöderweise fiel ein Tropfen auf den Spiegel. (Super gemacht, Julie!)

»Tut mir leid.« Schnell nahm ich das Tuch und wischte ihn fort.

»Kein Problem. Das passiert immer mal wieder, wenn die Spiegel noch keine Fassung haben. Ich hole dir ein Pflaster.« Daria ging hinaus, und ich musterte den Spiegel. Nun zierte ein dunkler Streifen das Glas. Seufzend hauchte ich abermals auf den Spiegel und polierte ihn so lange, bis nichts mehr von meinem Missgeschick zu sehen war.

Da kam Daria auch schon zurück und forderte mich auf, ihr meinen Finger hinzuhalten. Sie versorgte die Wunde mit einem Pflaster und musterte mich stirnrunzelnd.

»Jetzt hab ich es verbockt, oder? Ich bin so ungeschickt.« Sauer sah ich auf das Pflaster. »Wahrscheinlich bist du froh, wenn ich dich nicht mehr überfallen und nerven kann.«

»Ganz im Gegenteil, Schätzchen. Es fällt mir nicht leicht. Vielleicht …« Ihr Blick hielt meinen fest, als suche sie die Antwort auf eine Frage. »Julie«, setzte sie an und klang plötzlich ungemein ernst. »Komm mit mir. Einen Monat nur. Mehr nicht. Begleite mich, lerne die Menschen, für die ich arbeite, besser kennen!«

Sprachlos sah ich sie an. »Ich soll dich begleiten?«

»Ich zeige dir meine Welt. Und dann kannst du entscheiden, welchen Weg du gehen möchtest. Ob du mein Erbe annimmst oder …« Sie seufzte. »Oder ob du es wie deine Mutter handhabst.«

»Nein! Ich will meine Magie nicht verlieren. Ich will besser werden, verstehen, lernen.«

»Dann komm mit mir. Julie! Komm mit mir, und sieh dir die Welt der Magie an!«

Unsicher sah ich mich in der kargen Werkstatt um. Bald waren Sommerferien. Es wäre wie Urlaub. Ich würde nichts verpassen. »Wann … wann willst du denn los?«

»Übermorgen.«

Zweifelnd musterte ich all das Werkzeug und die Möbel um uns herum. Wie wollte sie das denn alles bis übermorgen verpackt haben?

»Das lass mal meine Sorge sein«, meinte Daria, als hätte sie meine Gedanken gelesen. »Du brauchst nur einen Koffer.«

»Und wohin gehst du?«

Sie lächelte geheimnisvoll. »Es ist weder der Nord- noch der Südpol. Du wirst wunderbare Länder sehen. Versprochen.«

Fast hätte ich *ja* gerufen. Doch was war mit Merle? Und Ben? So konnte ich auf keinen Fall gehen. Zuerst musste dieser dämliche Streit beigelegt sein.

»Sag ja«, drängte Daria mich.

»Ich muss erst mit Mom reden.«

Darias Miene verfinsterte sich. »Hältst du das für klug?«

Irritiert blinzelte ich sie an. *Klug?* Es war notwendig. Ich war sechzehn. Natürlich musste ich meine Eltern fragen. Außerdem hätten sie sich wer weiß was für Sorgen gemacht, wenn ich von einem Tag auf den anderen verschwunden wäre. »Ich muss erst mit Mom und Dad sprechen. Ich kann nicht einfach abhauen.«

»Na gut. Dann lass mich mit ihnen reden.«

»Dich?« So entsetzt hatte das gar nicht klingen sollen. Aber mal ehrlich – »Paps kennt dich doch überhaupt nicht, und Mom wird dich hochkant rauswerfen. Ihr habt seit einem Jahrhundert nicht mehr miteinander gesprochen! Und da meinst du, du kannst zu ihr schlendern und verkünden, dass du mal eben kurz ihre Tochter entführst?«

»Ich entführe dich nicht!«, brauste Daria auf. »Und es gibt Mittel und Wege, sie zu überzeugen.«

Das war doch unfassbar! Ich sprang auf. »Das hast du jetzt nicht gesagt, oder?«

Verärgert rollte Daria mit den Augen. »Wann wirst du es endlich verstehen!«

Wütend rempelte ich an ihr vorbei. »Ich verstehe sehr gut! Was wolltest du meine Eltern glauben lassen? Dass ich auf Klassenfahrt bin? In den Ferien? Oder sollten sie ganz und gar vergessen, dass es mich gibt?«

»Schätzchen! Jetzt beruhige dich doch!«

»Nein!« Ich fuhr herum und blitzte sie drohend an. »Das war die letzte Chance. Geh. Ich werde meinen Weg mit meiner Magie finden. Ohne dich. Dein Weg ist einfach nur widerlich!«

Tränenüberströmt rannte ich davon. Hinaus in die Hitze.

Das Fahrrad glühte. Meine Hand zuckte zurück, aber ich griff umso bestimmter zu. Ich wollte schnellstens weg. Sollte sie doch verschwinden. Mom hatte damals das einzig Richtige getan, als sie Daria aus ihrem Leben warf.

Meine Großmutter war die böse Hexe des Westens.

17

Zu Hause war die zweite Dusche des Tages fällig.

»Alles in Ordnung?« Mom sah kurz in mein Zimmer. Aus irgendeinem Grund roch sie nach Blumenwiese.

»Ja, alles fein«, schwindelte ich.

Sie nickte und wollte schon wieder gehen, da sprang ich auf.

»Warte.« Stürmisch fiel ich ihr um den Hals und drückte sie. »Ich hab dich wirklich, wirklich sehr lieb, und du bist die Beste!«

Überrascht erwiderte sie die Umarmung. »Ist mit dir ehrlich alles okay?«

Ich nickte nur, denn die Tränen in meiner Stimme hätten mich verraten. Aber es war ja auch alles okay. Jetzt schon. Daria würde gehen.

»Du weißt, dass du mit allem zu mir kommen kannst.« Mom schob mich an den Schultern von sich und blickte mir besorgt in die Augen.

»Ja, ich weiß. Aber es ist alles gut. Ich wollte dir nur … Wir hatten ja einige … *Meinungsverschiedenheiten*. Aber – ich hab dich wirklich sehr lieb. Du bist cool.«

»Ich bin cool?« Sie schmunzelte. »Na, daran werde ich dich erinnern, wenn ich mit der Arbeit für den Kunden beginne.«

»O nein!« Ich stöhnte auf. »Was ist es diesmal?«

»Experimentelle Avantgarde.« Sie warf mir mit einem Zwinkern eine Kusshand zu und ging nach unten.

Ich wollte lieber gar nicht darüber nachdenken, was sich hinter *experimenteller Avantgarde* verbergen mochte. Stattdessen schüttete ich erneut meine Tasche auf dem Bett aus und suchte die Schachtel mit dem Sträußchen heraus. Jetzt musste ich die Blumen nur noch auf eine Broschennadel setzen, dann konnte Leonies Herzenswunsch in Erfüllung gehen.

Aus meinem Vorrat wollte ich mir eine Nadel greifen, aber sie schnippte mir immer wieder weg, weil das Pflaster am Finger mich behinderte. Grummelnd zupfte ich es ab und musterte den Schnitt. Die Fingerkuppe war schmerzempfindlich, doch mit Pflaster konnte ich die Brosche nicht fertigmontieren. Ein bisschen Luft würde der Wunde sicher auch nicht schaden.

Schließlich betrachtete ich prüfend mein Werk. Die Brosche hatte keinen Wow-Effekt wie meine Sternenohrringe oder das Wahrheitsarmband. Sie war eher still, wie ein Sonnenstrahl am Morgen. Vermutlich genau richtig für einen Herzenswunsch.

Ich legte sie in das Schächtelchen zurück und steckte es wieder ein.

Keinen Gedanken wollte ich mehr an Daria verschwenden.

Als ich vors Haus trat, konnte ich nicht anders, als noch einmal zu Ben rüberzugehen. Ich wollte wissen, ob alles in Ordnung war.

Seine Mutter öffnete mir.

»Ist Ben zu Hause?«

»Nein, tut mir leid. Er wird wohl Surfen sein.«

»Ach, super, dann geht es ihm wieder gut.«

Irritiert sah sie mich an. »Wieso? Ging es ihm schlecht?«

Oha. Ben hatte seinen Eltern nichts gesagt? »Na, er hatte vorhin so fürchterlichen Schluckauf.«

Das Wort Schluckauf gab anscheinend Entwarnung, denn Bens Mutter lächelte amüsiert. »Schluckauf? Na dann. Soll ich ihm was ausrichten?«

»Ach nö. Wir sehen uns ja morgen in der Schule.« Damit verabschiedete ich mich und radelte los.

Leonie wohnte mit ihrer Familie in einem hübschen Häuschen nahe der Promenade. Es war eines von diesen ockerfarbenen mit Malven davor. Ich lehnte mein Rad an den weiß getünchten Holzzaun und klingelte.

Leonie war sichtlich überrascht, als sie öffnete. »Was machst du denn hier?«

»Ja, schön dich zu sehen. Freu mich auch.« Ich grinste sie dreist an. (Tja, Julie. Es wäre schlau gewesen, dir vorher zu überlegen, was du sagst.) »Kann ich reinkommen?«

Unsicher warf Leonie einen Blick hinter sich in den Flur. Er war dunkel, und ich konnte nur Umrisse erkennen, doch es waren wohl Umzugskartons, die sich da stapelten.

Schon wieder.

»Ja, klar. Aber es ist bei uns bereits ein wenig durcheinander.«

»Macht nichts.«

Ich folgte ihr eine schmale Treppe hinauf. Es war ein lauschiges Häuschen. Die Stufen knarrten, und es roch nach altem Holz. Alles wirkte sehr gemütlich, vielleicht weil die Zimmerdecken so niedrig waren.

Leonies Reich befand sich im Giebelzimmer. Boden und Decke waren aus weiß getünchten Brettern, der Seewind bauschte luftige Vorhänge, die die beiden schmalen Giebelfenster rahmten. Sie standen offen und boten eine herrliche Aussicht aufs Meer.

Leonie bemerkte meinen bewundernden Blick. »Ja, diesen Ausblick werde ich wohl mit am meisten vermissen.«

»Du hast wirklich ein tolles Zimmer.« Das Bett war so ein romantisches mit gebogenen Metallstangen. Total verschnörkelt. Daneben nahm ein ausladender Schminktisch sehr viel Raum ein. Der ovale Spiegel mit dem geschnitzten Rahmen erinnerte an ein Medaillon. Auf der Ablage standen unzählige Tübchen und Döschen und Eyeshadow-Paletten und Lippenstifte und Nagellacke und … Leonie hatte mit Sicherheit irgendeinen Drogeriemarkt ausgeraubt.

»Eigentlich hätte ich das alles schon einpacken sollen.« Mit einem Seufzer betrachtete sie ihre Sammlung. »Ich kann einfach nicht. Wenn ich die alle erst mal verstaut habe, dann ist es absolut endgültig, dass wir weggehen. Verstehst du?«

Ich nickte. Natürlich war mir der Stapel gefalteter Kartons neben dem Bett aufgefallen. »Ich hab dir was mitgebracht. Vielleicht hilft es dir …« Ich war mir unsicher, wie ich ihr die Brosche geben sollte. Schließlich verband uns keine tiefe Freundschaft.

»Helfen? Wobei?«

»Wieder fröhlicher zu werden.« Ich zog das Päckchen aus meiner Tasche. »Hab ich extra für dich gemacht. Zur Erinnerung – quasi.«

Überrascht nahm sie das Schächtelchen entgegen. »Danke, Julie. Das ist wirklich sehr nett von dir.«

Aufgeregt beobachtete ich, wie sie es öffnete.

»Die ist ja süß!« Sie nahm die Brosche heraus und betrachtete sie. Schließlich entriegelte sie die Nadel, um sie sich anzustecken. Leider auf der falschen Seite.

»Nein, warte. Du musst sie überm Herzen tragen.« Ich half ihr, die Brosche ans T-Shirt zu stecken.

»Wieso denn ausgerechnet da?« Skeptisch musterte sie sich im Spiegel.

»Ach, das ist nur … Also, ich bin etwas abergläubisch, weißt du. Es bringt Glück. Vielleicht erfüllt sich sogar ein Herzenswunsch.«

Sie warf mir einen amüsierten Blick zu. »Chrissy hat schon recht. Du bist auf so 'ne komisch romantische Art total versponnen. Eigentlich hast du damit ganz gut zu Noah und seinen abgedrehten Zeichnungen gepasst.«

(Ja, klaro, keine Frage: Natürlich wurde ich knallrot!) »Ach. Ja, na ja«, stotterte ich verlegen. »Hat aber irgendwie dann doch nicht so richtig funktioniert.«

Sie zuckte mit den Schultern. »Ja, ich hab auch schon dreimal gedacht, dass ich meine große Liebe gefunden hätte …« Sie betrachtete die Brosche im Spiegel, und ich bemerkte erleichtert, dass sie sie wirklich mochte. Puh! Ich hatte etwas Sorge gehabt, sie könnte ihr nicht gefallen und sie würde sie deshalb nicht tragen. Die Magie konnte schließlich nur wirken, wenn das Schmuckstück auch benutzt wurde.

»Willst du was trinken? Ein paar Gläser sind noch nicht in Kartons.«

»Klar, gerne.«

»Bin gleich zurück.«

Während Leonie die Treppe hinunterging, sah ich mich weiter in ihrem Zimmer um. Neben dem Spiegel hatte sie etliche Bilder aus Zeitschriften an die Wand gepinnt. Zu meinem Erstaunen waren das jedoch nicht nur irgendwelche schicken Make-up-Styles aus Zeitschriften. Es gab auch Porträts von Schauspielern, die auf alt geschminkt waren oder Verletzungen hatten. Selbst ein Schnappschuss von einer Dragqueen mit aufwendigem Bühnen-Make-up war dabei.

»Das finde ich besonders cool.« Leonie hielt mir wenig später ein Glas Limonade hin und deutete auf eine alte Frau. »Das ist nur mit Farbe gemacht.«

Ich beugte mich näher an das Foto. »Wirklich? Das sieht ziemlich echt aus …« Die Frau hatte eine runzlige Stirn, Krähenfüße, und selbst an ihren Lippen waren diese winzigen Fältchen zu sehen.

»Ich find das mega. Das würde ich auch gerne können.«

»Genug Farbe hast du ja bereits«, witzelte ich mit Blick auf ihre Sammlung.

»Soll ich dich mal schminken?«

»Hey, ich bin gerade mal sechzehn – ich will nicht aussehen wie sechzig!«

Leonie kicherte und nahm mir das Glas ab. »Schon klar. Wie wäre es mit irgendwas romantisch Versponnenem … deine geheime Seite.«

Mein Blick schweifte über all die Bilder. Jedes Make-up verwandelte die Menschen, ließ sie eine andere Person werden. Plötzlich hatte ich eine Idee. »Mach eine Fee aus mir! Aber eine gute!« (Gott, Julie! Wie bescheuert.)

Doch Leonie war sofort Feuer und Flamme.

Und ehe ich mich versah, saß ich schon auf dem Drehstuhl vor ihrem Farbenarsenal, und sie tupfte mir mit Schwämmchen und Pinselchen im Gesicht herum.

»Fee ist eine tolle Idee. Passt irgendwie zu dir und deinem zauberhaften Romantik-Tick.«

Eine Fee! (Julie! Hätte ein normaler Party-Look nicht auch gereicht?)

Mir war absolut klar, wieso ich ausgerechnet auf Fee kam: Ben hatte mich so genannt, als er von meiner Magie erfahren hatte. *Eine gute Fee.* Und nach dem Streit mit Daria, die definitiv eine böse Fee war … Warum nicht die Rolle der Guten annehmen? Wenigstens für ein paar Stunden.

Während Leonie mit verzücktem Gesichtsausdruck immer mehr Farben ausgrub und mir ins Gesicht pinselte, versuchte ich krampfhaft, mir *nicht* auszumalen, welchen Zauber Daria auf Mom und Paps gelegt hätte.

Als Leonie prüfend einen Schritt zur Seite tat, erhaschte ich einen Blick auf ihr Werk.

»Wow«, nuschelte ich und betrachtete mich beeindruckt. Oder besser gesagt, das fremde Wesen im Spiegel.

»Danke. Gern geschehen.« Verschmitzt stupste Leonie mir noch einen letzten Tupfer Farbe unters Auge und musterte dann stolz mein Spiegelbild. »Jetzt musst du aber aufpassen, dass keiner mit drei Wünschen ankommt.«

Verblüfft bewunderte ich mein Gesicht. Meine braunen Augen leuchteten aus einem glänzenden Grün, das sich bis zu den Schläfen hochzog. Leonie hatte mir winzige Strasssteinchen auf die Wangenkochen geklebt, und irgendwie schien meine Haut golden zu schimmern. »Wahnsinn! Du kannst zaubern!«

»Danke schön.« Sie vollführte eine Theaterverbeugung. »Es

macht mir wirklich Spaß. Vielleicht habe ich mal Glück und kann auf eine der berühmten Maskenbildnerschulen.«

»Mit Sicherheit. Ich drück dir die Daumen!«

18

Zugegeben, es war mehr als seltsam, als Fee durch die Straßen zu fahren. Einige Passanten bemerkten natürlich mein grünes Leuchten und drehten sich nach mir um. Aber irgendwie machte es auch Spaß. Innerlich musste ich lachen, denn ein bisschen fühlte ich mich, als zeigte ich mein wahres Ich. Nur dass das keiner wissen konnte.

Schade, dass Ben mich nicht sah. Zu gerne hätte ich gewusst, was er dazu gesagt hätte. Ich sah mich mit ihm am Strand, umweht von glitzerndem Feenstaub, lachend und – vor Schreck segelte ich fast vom Fahrrad.

Ein paar Meter weiter bezahlte Ben gerade einen Strauß pinkfarbener Rosen bei einem Händler.

Wieso kaufte er denn hier, mitten in der Fußgängerzone, Blumen? Die waren doch doppelt so teuer wie in dem Laden bei uns im Viertel.

Und dann traf es mich völlig unvorbereitet. Klare Breitseite. Zum Glück saß ich nicht mehr auf dem Rad, denn vermutlich wäre ich diesmal wirklich gestürzt.

Mit einer tiefen Verbeugung überreichte Ben den Strauß – Merle!

Sie strahlte von einem Ohr zum anderen, dann hakte sie sich bei ihm unter, schmiegte sich an ihn, und die beiden flanierten gutgelaunt die Promenade entlang.

Keine Ahnung, wie lange ich mit offenem Mund dastand.

Völlig verwirrt wendete ich und fuhr über einen Umweg nach Hause.

Ich hatte definitiv einen Schock. Waren die zwei jetzt ein Paar? Hatte Ben, kaum dass ich ihm gesagt hatte, aus uns würde kein Liebespaar werden, Merle angerufen, um *ihr* seine Liebe zu gestehen?

Eifersucht nagte an mir. Und ich war wütend, dass sie da war. Ich hatte Ben schließlich unmissverständlich klargemacht, dass ich keine Rosen von ihm wollte.

Aber sofort zu Merle rennen? Und jetzt? Würden sie es vor mir geheim halten? Mich belügen?

Einen Wutschrei kreischend, raste ich in unsere Straße.

Was für ein obermieser Scheißmist!

Absichtlich sah ich nicht zu Bens Fenster. Nie wieder wollte ich überhaupt auch nur in diese Richtung gucken.

Sollten die zwei doch den Sommer ohne mich verbringen!

In unserer Auffahrt parkte Moms Wagen, und Paps war ebenfalls bereits daheim.

»Bin zu Hause«, rief ich durchs Treppenhaus.

»Sind auf der Terrasse«, antwortete mein Vater fröhlich. Zu fröhlich.

Das Coole an Paps war, dass er ganz schlecht flunkern und schon gar nicht lügen konnte. Mit ihm *Schwarzer Peter* zu spielen, hatte mir als Kind einen Heidenspaß gemacht, weil er nie verheimlichen konnte, wo die Karte steckte. Jetzt hörte ich an seiner Stimme deutlich, dass etwas Beunruhigendes geschehen war. Sofort musste ich wieder an Ben und Merle denken. Doch das war sicher keine Neuigkeit, die Paps alarmiert hätte.

Auf der Terrasse prallte ich von greller Farbe geblendet zurück.

»Mike?« Geschockt blinzelte ich meinen Bruder an. Meine Eltern sahen genauso drein, wie ich mich fühlte: erstaunt, sprachlos, besorgt, amüsiert, zutiefst beunruhigt – alles durcheinander. Allerdings starrten sie dabei mich an.

»Julie?«, äffte Mike meinen Tonfall nach und glotzte mich ebenso verdattert an.

Zusammen mit meinen Eltern saß er im Sonnenschein auf der Terrasse. Der Grill qualmte zufrieden vor sich hin, auf dem Tisch drängten sich Salate und Dips. Mom wirkte etwas angespannt, Paps schien sich innerlich gerade totzulachen, und Mike … na ja, er sah irgendwie … normal aus. Abwartend blickte er mich an. (Das war durchaus erstaunlich.) Er hatte kein Handy in der Hand. (Unmöglich!) Und er war anscheinend beim Friseur gewesen. (Ein Unfall?) Außerdem trug er ein grellorangefarbenes T-Shirt, von dem mich die Disney-Version der Cheshire Cat angrinste.

»Du hast da Farbe auf deinem Shirt«, murmelte ich fassungslos und ließ mich neben ihn auf meinen Platz sinken. Ich hätte schwören können, dass sein Schrank nur graue Kleidungsstücke beherbergte.

»Witzig, du grüne Leuchtlaterne.«

Prompt wurde ich rot. (Was sicher sehr apart mit dem Feengrün auf meinen Wangen harmonierte.) Dass ich noch immer Leonies Make-up trug, hatte ich inzwischen total vergessen.

»Was ist nur mit deinen Kindern los?«, fragte Paps Mom und reichte ihr die gegrillten Hähnchenspieße.

»Ich habe keine Ahnung. Ich habe meine Farben heute Morgen gut weggeschlossen …« Fragend sah sie mich an.

»Ich … also … Ich war bei Leonie«, erklärte ich meinen Look. »Sie will mal Maskenbildnerin werden.«

Paps nickte anerkennend. »Sie scheint Talent zu haben. Was ist das? She-Hulk?«

»Eine gute Fee«, brummelte ich ein bisschen beleidigt. Mom verschluckte sich und musste husten.

»Cool. Wenn sie öfter so Sachen machen will, soll sie sich melden«, meinte Mike zu mir. »Ich kann ihr da tolle Jobs vermitteln.«

Mit offenem Mund starrte ich ihn an. Er sprach! Er sprach in ganzen Sätzen!

»Du … was?« Im Gegensatz zu ihm war ich jetzt sprachlos.

Mom räusperte sich und warf mir einen fragenden Blick zu. Zuerst begriff ich nicht, was sie von mir wollte – doch dann, als sich ihr Blick verfinsterte, kapierte ich. Mom war überzeugt, dass ich einen Zauber an Mike ausprobiert hatte!»Nein!«, entfuhr es mir. Paps und Mike sahen aufgeschreckt zu mir. »Nein«, wiederholte ich verlegen etwas leiser.

»Was: Nein?« Paps starrte mich abwartend an.

»Die ... ähm ... die, der Vogel da ...« Ich deutete wirr in den Garten. »Der wollte sich auf den Grill setzen.«

»Aber er hat es nicht getan?«, fragte Mom mit scharfem Unterton.

»Bei den Alarmfarben?«, mischte sich Paps ein. »Ein Wunder, dass wir hier überhaupt Vögel haben.« Mit seiner Gabel deutete er auf Mikes Shirt und mein Gesicht.

Moms Blick bohrte sich in mein Gewissen.

»Nein!« kiekste ich. »Wirklich! Ganz ehrlich, Mom. Hab ich ... äh ... hat der Vogel nicht!«

Verwirrt sah Mike zwischen Mom und mir hin und her. Unser Gespräch musste sich mehr als sonderbar anhören.

»Und da wundert ihr euch ernsthaft«, meinte Mike zu Paps, »dass ich mich mal für 'ne Zeit aus dieser Familie ausgeklinkt habe?« Kopfschüttelnd nahm er sich noch einen Spieß.

»Kann ich mich darauf verlassen?«, hakte Mom bei mir nach.

Jetzt verschränkte ich beleidigt die Arme. »Ich lüg dich doch nicht an!«

Mit einem unverständlichen Grummeln gabelte Mom ein Salatblatt auf. Irgendwie konnte ich sie verstehen. Ich fand es ja auch unglaublich, dass Mike von sich aus so ... so ... so *bunt* geworden war.

»Auch Guacamole?«, fragte er mich und deutete auf eine Schüssel mit grüner Creme.

»Hat Mike gemacht.« Wieder war da dieser Tonfall in Paps' Stimme. Er wusste etwas Spielentscheidendes – und er würde es nicht mehr lange für sich behalten können.

»Na, nicht der Rede wert«, meinte Mike. »Aber ich hoffe, das Fladenbrot schmeckt.« Er hielt Paps den Brotkorb hin.

Der grinste breit, als er sich ein Stück nahm. »Stell dir vor: Das hat er auch gebacken.«

»Okay, gibt es irgendetwas, das ich wissen sollte?«, fragte ich besorgt. Warum hatte sich Mike wie ein Lebender gekleidet? Warum hatte er Essen vorbereitet?

Mein Vater begann zu kichern. »Ich bin mir nicht sicher. Aber Mike wird uns bestimmt gleich verraten, wie sie heißt.«

»Wer?«, sagten Mom und ich wie aus einem Mund.

»Nun?« Paps grinste von einem Ohr zum anderen.

Da lehnte sich Mike zu ihm vor und sah ihm fest in die Augen. »Nur wenn ich das Auto heute Abend bekomme.«

»Ha! Das Auto!« Lachend zwinkerte Paps Mom zu, die immer noch nicht begriffen hatte.

Ich jedoch schon. Und ich konnte es nicht fassen! Mike hatte eine Freundin? Wie das? Er ging doch nie vor die Tür! Und bis gestern war er einer der ungepflegtesten Kerle gewesen, die je auf Erden herumgelaufen sind. Wie kann man überhaupt jemanden kennenlernen, wenn man den ganzen Tag nur Videospiele zockt?

»Nun komm schon, Paps. Ich bin vor Mitternacht zurück.«

»Er ist vor Mitternacht zurück!« Paps lachte und lachte. Dann zwang er sich, ernst zu werden. »Wie heißt sie?«

»Die Schlüssel!«

»Erst der Name!«

»Lady Midaneyah.«

Perplex zwinkerte Paps und sah unsicher zu Mom. »Heißen Mädchen heutzutage so?«

»Was fragst du mich das?«

»Also, was ist mit dem Auto?« Fordernd streckte Mike die Hand aus.

Paps lehnte sich zurück und taxierte ihn, während ich nur verwundert den Kopf schüttelte.

»Seit wann bist du denn mit ihr ... befreundet?«, wollte ich wissen.

»Ist jetzt genau ein halbes Jahr.« Er strahlte. »Und heute haben wir unser erstes Real-Life-Date.«

All die Wochen, Monate, in denen wir dachten, Mike wäre ein Einsiedler, völlig ohne Kontakt zu den Lebenden – die ganze Zeit über hatte er mit Lady Irgendwas gezockt, gechattet, geflirtet und sich per Videostream Gutenachtgeschichten erzählt!

»Real-Life-Date«, wiederholte Paps zweifelnd. »Ihr zwei

macht mich fertig!« Damit zog er seinen Autoschlüssel aus der Hosentasche und schob ihn zu Mike. »Mitternacht. Bevor ihr euch wieder in Kürbisse verwandelt und es nicht mehr aus Mordor rausschafft.«

»Super!« Und – *schwupps!* – schnappte sich Mike den Schlüssel, sprang auf und ward nicht mehr gesehen.

Kopfschüttelnd sah Mom ihm nach. »Wer hätte das gedacht. Tut mir leid, Julie.«

Ich klimperte mit meinen grünen Wimpern. »Schon gut. Es konnte ja keiner damit rechnen, dass Muffel-Mike unter dem Zauber der Liebe steht.«

Stirnrunzelnd hörte Paps uns zu, setzte an, etwas zu sagen – und ließ es bleiben. Stattdessen schob er mir die Guacamole herüber. »Probier mal. Ist wirklich gut.«

Leider griff ich ziemlich ungeschickt nach der Schale und stieß mir den verletzten Finger. Schmerz durchzuckte mich.

»Was hast du da?«, fragte Mom.

»Ach, nur ein Schnitt. Verheilt schon.«

Sie nahm meine Hand und betrachtete die Wunde. »Da muss Salbe drauf.« Und schon stand sie auf.

Kurz darauf kam sie mit einer Jodtinktur und einem fetten Pflaster zurück. Das Jod brannte, doch ich biss tapfer die Zähne zusammen und ließ Mom Krankenschwester spielen.

»Wenn es morgen nicht besser ist, musst du zum Arzt, okay?«

Ich nickte brav und probierte dann von Mikes Avocadocreme. Himmel! Sie war wirklich verdammt gut.

19

Vielleicht lag es an meinem verletzten Finger, der mich nervte, weil er sich heiß anfühlte, oder es war meine immer noch nachklingende Wut auf Daria oder mein Schock über Merle und Ben ... aber ich fand einfach keinen Schlaf.

Irgendwann hatte ich genug vom Herumwälzen und beschloss, ein wenig Nachtluft zu schnuppern.

Im Haus war alles still. Mike war wie versprochen vor Mitternacht nach Hause gekommen, und ich hörte ihn schnarchen, als ich an seinem Zimmer vorbeischlich.

Eigentlich wollte ich nur kurz zur Terrassentür hinaus, doch die Durchgänge zum Wohnzimmer wurden von einem gelb-schwarzen *Do-not-Cross*-Flatterband versperrt. Soweit ich im Dunkeln erkennen konnte, stand jedoch noch jedes unserer Möbelstücke genau dort, wo es hingehörte.

Leise schlüpfte ich also durch die Haustür und zog sie lautlos hinter mir zu.

Hier draußen war es wundervoll. Eine leichte Brise wehte vom Meer herüber und ließ mich durchatmen. Erst jetzt wurde mir bewusst, wie drückend es in meiner Dachstube war. Hoffentlich kühlte die frische Luft nicht nur meine Wangen, sondern auch all die Gedanken, die seit Stunden in meinem Kopf heißliefen.

Ich schlenderte die Straße entlang in Richtung unserer Gartenpforte. Der Mond war fast voll und kein Wölkchen am Himmel. Unzählige Sterne glitzerten über mir. Als ich zu Bens Haus hinübersah, bemerkte ich, dass in seinem Zimmer noch Licht brannte.

Ich blieb stehen und versuchte, eine Bewegung auszumachen. Lag er im Bett? Las er? Kurz überlegte ich, Steinchen an sein Fenster zu werfen und ihn zu fragen, ob er mit mir spazieren gehen wollte. Ein warmes Gefühl durchflutete mich, als ich mir vorstellte, mit ihm am Strand zu sein, bei Mondschein …

Nein. Er hatte Merle Rosen geschenkt.

Schnell ging ich weiter.

Wir waren Freunde … das waren wir doch? Auch wenn ich momentan nur ein mieses Ziehen verspürte, wenn ich an ihn dachte.

Ben und ich kannten uns in- und auswendig. In letzter Zeit war er mir sogar noch vertrauter geworden. Ihm hatte ich meine Ängste und Zweifel anvertraut. Nicht Merle. Und schon gar nicht Noah.

Erneut blickte ich mich zu seinem Fenster um und meinte, dass sich die Gardinen bewegten. Hatte er mich gesehen?

Ich schlüpfte durch unsere Gartenpforte mit dem Rosenbogen und setzte mich in die Hollywoodschaukel. Meine Sandalen ließ ich ins Gras plumpsen, stieß mich mit den Füßen ab, um der Schaukel Schwung zu geben, und zog die Knie an.

Monatelang war ich felsenfest davon überzeugt gewesen, Noah wäre meine große Liebe. Immer wenn ich ihn gesehen hatte, waren Horden von Schmetterlingen in mir herumgeflattert. Aber vielleicht ... vielleicht hatten mich diese Schmetterlinge auch nur geblendet. Ich mochte ihn. Er war cool. Er sah gut aus. Und er war kreativ. Das war aufregend. Aber bei Ben konnte ich einfach nur ich sein. Er kannte mich. Manchmal besser als ich mich selbst.

Wieder glitt mein Blick hinüber zu seinem Fenster. Es war jetzt dunkel.

(Denk nicht mal dran, Julie! Ben ist dein bester Freund! Merle ist total verknallt in ihn! Lass es!)

Der Gedanke, dass die beiden ... Seufzend sah ich hinauf zu den Sternen. Zum Greifen nah funkelten und blitzten sie zu mir herab.

Vermutlich lachten die Sterne sich über uns winzige Menschen kaputt. Wie wir uns hier unten abmühten. Immer auf der Suche nach Glück. Und Liebe. Von dort oben sah es vielleicht ganz einfach aus. Aber wenn man mittendrin steckte in diesem Kuddelmuddel ... Dann waren Glück und Liebe wirklich kompliziert.

Ob die Sterne unsere Zukunft kannten? Es gab schließlich

Magie. Viele von den Märchen hatten einen wahren Kern, wie ich inzwischen wusste. Hellsichtige Spiegel, kraftspendende Ringe, glückbringende Amulette … Das waren nicht nur Geschichten.

Es gab gute Feen und böse.

Erneut gab ich der Schaukel Schwung und starrte in das Funkeln der Nacht.

Und es gab Liebe. Ganz ohne Magie.

Wieder wanderten meine Gedanken zu Ben. Was, wenn wahre Liebe gar nicht unbedingt wie ein Blitzschlag auf einen niederfährt? Was, wenn sie sich ebenso gut von hinten anschleichen kann? Und man merkt es gar nicht?

(Zu spät, Julie. Merle und Ben sind jetzt zusammen. Du hast deine Chance verpasst.)

Da! War das eine Sternschnuppe?

Ich schloss die Augen und wünschte mir etwas. Ob sich dieser Wunsch erfüllen würde? Ich hoffte es.

Es raschelte an der Gartenpforte. Ich richtete mich auf und starrte auf die Rosen. War da jemand?

Vielleicht ein Igel.

Wieder blickte ich zu den Sternen. Doch ich konnte nur ein Flugzeug entdecken, das blinkend vorüberzog.

Wohin Daria wohl ging? Wem würde sie ihre Dienste anbieten?

Der Schnitt in meinem Finger pochte. Sicher ein Zeichen der Heilung, redete ich mir ein. Ich versuchte herauszufinden,

ob ich noch immer traurig war, dass ich Daria als meine Großmutter schon wieder verlor – doch in mir war nur Leere für
sie.

Sie wusste, dass jeder Bann, der den freien Willen eines
Menschen beeinträchtigt, fürchterliche Folgen haben kann.
Ihr waren die Menschen jedoch egal.

Erneut ein Rascheln.

Ich kniff die Augen zusammen und versuchte, etwas an der
Pforte zu erkennen. Blätterschatten … Blütenschatten … das
weiche Licht des Mondes … Wieder ein Rascheln.

Waren das Schritte?

Die Pforte schwang leicht im Wind. Mich überlief ein
Schauder. War der Wind nicht viel zu schwach, um die Pforte
zu bewegen?

(Aber wenn es Magie gibt, und die Märchen alle irgendwie
wahr sind – was ist dann mit den Geistergeschichten?)

Mein Herz wollte vor Angst davonrennen.

(Super, Julie! Am besten, du erzählst dir gleich selbst eine
von den Schauergeschichten. Das wird dich sicher beruhigen.)

Geistergeschichten konnte ich nicht leiden. Ich hatte
schreckliche Angst vor allem Gruseligen.

Und das hier, das war definitiv gruselig.

(Es ist der Wind. Komm runter.)

Keine Chance.

Sonderbarerweise roch es plötzlich nach Strand. Eilig stand
ich auf, schlüpfte in meine Sandalen und überlegte, wie ich

schnellstens zurück ins Haus kam. Aber ich musste wohl oder übel durch die Pforte.

Um mir Mut zu machen, begann ich, vor mich hin zu singen. Dabei suchte ich hektisch die Dunkelheit in den Büschen ab. Bitte lass es nur ein Tier sein!

Als wäre ich nicht in Angstschweiß gebadet und vor Panik halb ohnmächtig, schlenderte ich möglichst gelassen zur Pforte, schritt vermeintlich ohne jegliche Eile hindurch und lief gemessen zurück zur Haustür.

Geister reagieren auf Angst. Ich durfte sie nicht zeigen!

Innerlich schrie und brüllte ich, wollte rennen, rasen, davonstürzen.

Doch ich tat, als würde ich die Stille und die laue Nachtluft genießen.

Obwohl ich die Schritte deutlich hörte. Unsichtbar schlichen sie mir nach.

Ich zitterte so heftig, dass es mir nicht gelang, die Tür aufzuschließen. Nervös blickte ich mich um. War da ein Schatten in der Einfahrt?

Als ich endlich den Schlüssel ins Schloss bekam, stieß ich die Tür auf, fiel mehr ins Haus, als dass ich ging, und knallte die Tür zu.

Atemlos verharrte ich und lauschte auf Geräusche.

Aber außer dem hektischen Schlagen meines ängstlichen Herzens konnte ich nichts hören.

In dieser Nacht schlief ich so gut wie gar nicht.

20

Als ich endlich einnickte, jagten Albträume mich durch eine eisige Welt, in der ich selbst zu Eis wurde. Starr und unbeweglich musste ich zusehen, wie Merle in eine Gletscherspalte fiel, nachdem sie einem Irrlicht vertraut hatte. Und obwohl ich wusste, dass Ben bei mir war, konnte ich ihn nicht finden.

Schweißgebadet erwachte ich. Ich brauchte eine Dusche! Sofort. Doch als ich die Bettdecke zurückschlagen wollte, bemerkte ich, dass mein Finger sich seltsam anfühlte. Um genau zu sein: Er fühlte sich gar nicht an. Er war taub, und ich konnte ihn kaum bewegen. Die Haut sah blass und blutleer aus.

Für einige Sekunden saß ich wie gelähmt da und starrte auf die Verletzung. War es eine normale Entzündung, weil der Spiegel dreckig gewesen war?

Oder konnte man sich an einem Zauber vergiften?

Panik stieg in mir auf.

(Denk nach, Julie! Welche Optionen hast du?)

Vielleicht war die Wunde ja auch nur verunreinigt. Um diese Möglichkeit gegenzuchecken, zückte ich das Handy und befragte das Netz. Von den Bildern wurde mir doppelt übel. Sie waren nicht nur ekelig – denn eine entzündete Schnittwunde war geschwollen, rot, und gelber Eiter tropfte raus –, sondern mein Finger hatte schlichtweg keines dieser Symptome.

Was zu Möglichkeit zwei führte: Mein Problem war magischer Natur.

Hektisch sprang ich auf. Ich musste zu Daria. Nur sie konnte mir sagen, mit welchem Zauber ich mich infiziert hatte.

So schnell es mit nur einer Hand ging, zog ich mich an und rannte hinunter. Ich nahm mir weder Zeit für einen Besuch im Badezimmer noch für ein Frühstück. In Schlaf-Shorts und T-Shirt, ungewaschen und ungekämmt lief ich aus dem Haus.

Noch kühlte die Luft meine Wangen, doch das üppige Morgenrot verhieß einen weiteren heißen Sommertag.

In einer neuen Bestzeit radelte ich zu Daria.

Panisch hämmerte ich gegen die Tür, aber niemand öffnete. Schlief sie etwa noch? Ich rannte um das Haus, spähte durch jedes Fenster. Hoffentlich war sie nicht schon weg! Was, wenn sie bereits die Stadt verlassen hatte?

»Daria!«, brüllte ich und schlug erneut an die Haustür. Vergebens.

Verzweifelt sackte ich an der Tür zusammen. Und jetzt?

Erfolglos versuchte ich, den Finger zu bewegen. Er war wie eingegipst und hatte inzwischen auch eine solche Farbe. Was immer es war, es breitete sich aus! Und zwar grässlich schnell! Ich schloss die Augen und zwang mich, ruhig zu atmen.

Ich würde Moms Hilfe brauchen.

Erschöpft rappelte ich mich auf. Gerade wollte ich auf mein Rad steigen, als ein Wagen die Auffahrt heraufkam.

Es war das schnittige Cabrio, das Daria dem Diamantminenbesitzer geklaut hatte. Und sie saß am Steuer. Wütend rannte ich hin und riss die Fahrertür auf.

Wie um sich zu schützen, griff sie reflexartig an ein Schmuckstück. Es war neu. Bisher hatte ich es nicht an ihr gesehen. Ein Spiegelamulett! Das war eindeutig der Spiegel, den ich für sie gereinigt hatte.

»Was ist das!?!«, fuhr ich sie an. Sie hatte mich belogen. Der Spiegel war von Anfang an für sie gedacht gewesen!

Ihr Gesicht nahm einen harten Ausdruck an. »Besser, du gehst.«

Mir wurde schwindelig. Ich fühlte mich, als würde jegliche Energie aus mir herausfließen. Die Lähmung breitete sich mit jedem Atemzug weiter aus – inzwischen reichte sie bis zum Handgelenk.

Nur mit Anstrengung konnte ich meinen Blick auf das Amulett fokussieren. Der Zauber war also für sie gewesen! Doch was bewirkte er? Seine Fassung aus dunklem Draht kam mir bekannt vor.

Daria stieg aus und schob mich zur Seite. »Ich glaube nicht, dass wir uns noch etwas zu sagen haben, Julie.«

»Der Spiegel …« Mir fehlte fast die Luft zum Atmen. »Daria! Der Schnitt. Ich bin vergiftet.«

Ein höhnisches Lächeln glitt über ihre Lippen. »Magie kann dich nicht vergiften.« Sie knallte die Autotür zu und schritt zum Haus. »Bitte verlass mein Grundstück.« Und damit verschwand sie im Haus.

Ich stützte mich am Wagen ab, um nicht umzukippen. Wenn nicht Magie mich vergiftet hatte – dann war der Zauber des Spiegels auf mich gerichtet.

Es brauchte einige Zeit, bis ich mich wieder kräftig genug fühlte, um nach Hause zu fahren. Was auch immer sie im Schilde führte, in diesem Zustand hatte ich keine Chance gegen sie.

Mein Fahrrad ließ ich in der Einfahrt einfach umfallen, schleppte mich in mein Zimmer und zog das Magiebuch hervor. Noch immer fühlte ich mich matt und kraftlos. Die Haut meines Unterarms hatte sich bis knapp vor den Ellbogen weißlich verfärbt. Er fühlte sich taub an.

Auf der Suche nach Darias Spiegelamulett durchforstete ich das Buch. Ich war mir ganz sicher, dass ich es schon einmal gesehen hatte.

Und schließlich fand ich es.

Spiegelzauber: Magietransfer lautete die Überschrift.

Magietransfer?

Ich las den Namen des Amuletts ein drittes Mal. Daria! Ich konnte es nicht glauben!

Entsetzt überflog ich die Seite. Doch es gab keinen Zweifel.

Diejenige, der die Magie entzogen werden sollte, musste ihr Odem und ihr Blut dem Spiegel opfern.

Deshalb hatte Daria mich den Spiegel reinigen lassen! Von Anfang an hatte sie geplant, dass ich meinen Atem und mein Blut dem Spiegel *opferte*.

Wie hatte ich nur so dumm sein können!

(Du kennst dich doch inzwischen mit dieser dämlichen Magie aus, Julie! Warum hast du nicht nachgedacht! Drauf hauchen und Blut verschmieren! Auf einen Spiegel!)

Am liebsten hätte ich mich selbst angebrüllt und mir eine Ohrfeige verpasst. So obermegagrenzenlosunfassbar dumm!

Daria entzog mir meine Magie! Wie konnte sie mir das antun! Ich war ihre Enkelin! Nur weil ich die Schmuckmagie nicht als Job ansehen wollte?

Aber es half nichts. Wenn dies der Zauber war, den Daria auf mich anwandte, dann musste ich etwas finden, das ihn abwehrte!

Der Transfer würde erst aufhören, wenn Daria das Amulett nicht mehr trug. Es ihr zu entreißen, würde sicher ebenso schwierig werden wie einen Gegenzauber zu finden.

Ich atmete durch und las den Zauber Wort für Wort.

Das Amulett des Übergangs wird gemeinsam von beiden Schmuckmagiern erschaffen. In einem feierlichen Ritual überträgt der scheidende Magier seinem Nachfolger symbolisch einen Teil seiner Macht.

Feierliches Ritual? Gemeinsam? Nachfolger?

Daria missbrauchte ein Ritual, das allem Anschein nach in Absprache und feierlich begangen werden sollte.

Erneut las ich den Absatz. *Überträgt der scheidende Magier seinem Nachfolger symbolisch einen Teil seiner Macht.*

Daria hatte den Zweck umgekehrt. Und symbolisch fühlte sich hier gar nichts an.

Ich musste an das Baum-Amulett denken. Ich war Darias Enkelin, ihre Erbin, da Mom Magie ablehnte. Wenn Daria also zu alt für die Magie wurde, wäre es an mir, die Werkstatt zu übernehmen.

Aber sie wollte sie mir nicht überlassen, weil ich nicht in ihre Fußstapfen treten mochte!

Das war der Grund!

Mir war in den letzten Tagen häufig aufgefallen, wie kraftlos sie geworden war. Ihre Magie neigte sich dem Ende zu. Es war Zeit, dass sie die Werkstatt ihrem Erben übertrug. Aber sie konnte den Gedanken nicht ertragen, ihre Macht an mich abzugeben. An mich, die ihre Ansichten über den *Job* der Schmuckmagie so überhaupt nicht teilte. Also nahm sie sich von mir, was sie brauchte, um weiter zu zaubern. Meine magische Kraft.

Sauer schlug ich das Buch zu, warf es aufs Bett und rauschte hinunter.

»Mom?« Ich rannte in die Küche, doch von meinen Eltern keine Spur. »Mom!« Auch im Wohnzimmer war niemand. Verdammt! »Paps!«, brüllte ich das Treppenhaus hinauf. »Mike?«

Stille.

Alle ausgeflogen.

Es war gerade mal kurz nach neun. Vermutlich hatte ich Mom nur um ein paar Minuten verpasst.

Zittrig setzte ich mich in die Küche. Ich atmete viel zu hektisch, mir wurde schwummerig. Mein Arm fühlte sich kalt an. Nur mit Mühe konnte ich ihn anwinkeln.

Ich brauchte Hilfe!

Mit der noch gesunden Hand fummelte ich mein Handy aus der Hosentasche und wählte Moms Nummer.

Es klingelte ewig.

»Julie?«, meldete sie sich schließlich, und ich hätte vor Erleichterung fast geweint.

»Mom! Bitte. Ich brauch dich.«

Es rumpelte und schepperte.

»Mom? Wo bist du?«

»Ich bin im Baumarkt. Julie? Ist etwas passiert?«

»Daria –« Eine Panikwelle überrollte mich, und ich musste mit mir ringen, um nicht loszuheulen.

»Daria?« Mom war alarmiert. »Alles gut, Julie. Beruhig dich. Sag mir, was sie getan hat.«

Ich tippte mit meiner Hand auf den Tisch. Kein stechender Schmerz, gar keine Empfindung mehr. Inzwischen zog sich das blutleere Weiß über den halben Oberarm.

»Ich hab im Buch nachgeguckt«, begann ich. »Es ist ein Magietransfer.«

»Magietransfer?« Mom klang ungläubig. »Nein, Schatz. Das kann nicht sein. Das ist ein gemeinschaftliches Ritual.«

»Mom!«, unterbrach ich sie. »Der Schnitt ...«

Schweigen am anderen Ende. Eilige Schritte.

»Julie?«

»Ja?«

»Geh in den Keller zu den Plastikboxen. Auf einer steht Campingkram.«

Ich nickte. Mom hatte alle möglichen Dinge fein säuberlich beschriftet im Keller gehortet.

»Hörst du mich?«

Vor allem hörte ich ihre Panik. Und das machte es für mich nicht besser. »Mom, sag mir, dass alles wieder gut wird. Dass du weißt, wie ich den Zauber abwehren kann.«

»Julie?« Es rauschte.

»Mom?«

Eine Autotür klappte.

»Julie! Du musst dich beeilen! Du darfst keine Zeit verlieren! Bist du noch in der Schule?«

»Nein ...?«

»Sehr gut. Los in den Keller. Sofort!«

Jetzt stieg Panik in mir auf. Wenn Mom die Schule egal war, dann stand es schlimm um mich.

»Ich bin zu weit weg, Julie. Aber du schaffst es. Also hör mir gut zu: In der Campingkiste findest du zwei Schlüssel. Fahr damit sofort zum Ferienparadies *Lachende Möwe*.«

»Wie bitte?«

»Ferienparadies *Lachende Möwe*.«

Das war einer der Campingplätze. Was zum Teufel sollte ich da?

»Julie, hörst du mich?«

»Ja, aber ich weiß nicht, ob ich dich verstehe …«

»Der große Schlüssel mit der Nummer öffnet die Tür. Und der andere den Schrank. Such nach einer Plastikdose mit schwarzem Deckel. Sie ist rund. Leg es sofort an, verstanden? Du darfst keine Zeit verlieren!«

Ich starrte auf meine Hand. Wie die hölzerne Hand einer Puppe fühlte sie sich an, sie war gar kein lebendiger Teil mehr von mir.

»Wie viel Zeit bleibt mir noch? Und was passiert dann?«

»Fahr endlich los!«, brüllte Mom ins Handy.

Sofort legte ich auf und spurtete in den Keller.

Kaum hatte ich die Kiste mit den Campingsachen gefunden, kippte ich den Inhalt mit meiner unverletzten Hand auf den Boden und durchwühlte ihn, bis ich die zwei Schlüssel hatte. Beide waren rostig. Am größeren hing eine blaue Plakette mit einer Nummer. Ich stopfte sie in die Hosentasche und rannte aus dem Haus.

Was hatte Mom auf einem Campingplatz, das mir helfen konnte?

21

Das Ferienparadies *Lachende Möwe* lag in den Dünen, ein Stück weiter als das Bandhaus. Mir kam es vor, als wären meine Beine aus Blei. Es kostete mich all meine Willensstärke weiterzufahren.

Auf der geteerten Straße kamen mir junge Familien entgegen, die bis unters Kinn mit Badesachen, Kühltaschen, Strandzelten und Spielgeräten beladen waren und ihren giggelnden Nachwuchs in Bollerwagen hinter sich herzogen.

Der Eingang zur *Lachenden Möwe* war mit bunten Fahnen geschmückt, die heute etwas lustlos im Wind wehten.

Wieso um alles in der Welt wusste niemand in der Familie, dass Mom hier eine Hütte hatte? Und warum zum Henker hatte sie überhaupt eine?

Ich hielt an der Rezeption und verschnaufte. Wohin jetzt? Unsicher warf ich einen Blick auf den Lageplan, der in einem Schaukasten neben dem Eingang hing. Das Ferienparadies hatte tatsächlich ganz schön was zu bieten. Ein weitläufiges Netz aus Wegen und Stellplätzen für jeden Campingliebhaber – von Motorradfahrern mit Zelten bis hin zu Plätzen für die De-luxe-Wohnmobile.

Ich zog Moms Schlüssel aus der Hosentasche und las die Nummer auf dem Anhänger. 324.

»Kann ich Ihnen helfen, junges Fräulein?«

Ertappt, als hätte ich gerade etwas Verbotenes getan, fuhr ich herum.

Ein pausbäckiger Mann in blauer Latzhose musterte mich freundlich. Er lehnte sich lässig auf die Lenkstange eines Rollers. Ich fragte mich unwillkürlich, ob er ihn einem Kind geklaut hatte, denn der Roller war viel zu klein für ihn. Ob er es cool fand, damit über den Platz zu cruisen? Jedenfalls waren an den Griffen winzige Fuchsschwänze montiert.

»Ich, ähm … Ich suche 324.«

»Ah – ein Dauerstellplatz.«

Unsicher nickte ich.

»Hab dich hier noch nie gesehen«, stellte er argwöhnisch fest. Vermutlich war er der Platzwart. Sicherlich konnte hier nicht jeder rein und raus wie es ihm gefiel. Schließlich verwahrten manche Menschen Geheimnisse in ihren Campinghütten. Wie meine Mom.

»Ja … ähm. Also, meine Mom ist öfters hier. Es ist ihr … äh … Dings. Ich soll nur was holen.« Zum Beweis hielt ich die Schlüssel hoch.

»324. Hm. Ja. Ich weiß, welcher das ist.«, brummelte er abfällig. »Sag ma' deiner Mutter 'nen schönen Gruß.« Er beugte sich vor und fügte mit scharfem Ton hinzu:»Hecken schneiden sich nich' von allein.«

»Okay. Ich sag es ihr.«

Er nickte zufrieden.»Gab Beschwerden. Wenn sie nich' bald die Parzelle in Ordnung bringt, dann müss'n wir den Vertrag auflösen.«

»Sie wird sich bestimmt bald um die Hecke kümmern.«

»Fahr da lang. Am Waschhaus vorbei und dann beim Spielplatz links.«

»Alles klar. Danke schön.«

»Nichts zu danken.«

Gerade wollte ich anfahren, da hielt er mich fest und riss mich fast vom Rad.

»Schrittgeschwindigkeit, junge Dame. Verstanden?«

»Ja, natürlich.« So langsam ich konnte, ohne dabei mit dem Rad umzukippen, rollte ich den Sandweg hinunter in die angegebene Richtung.

Ich platzte fast vor Neugier, was Mom hier versteckt hatte. Denn das war es doch, ein Versteck. Oder flüchtete sie ohne unser Wissen hierher, wenn sie mal eine Pause von ihren seltsamen Kunden oder ihrer sonderbaren Familie brauchte?

Mein Arm fühlte sich inzwischen komplett taub und steif an. Ich konnte nur noch einhändig lenken. Das Fahrradfahren zehrte an meinen Kräften.

Eine ältere Dame, die in Bademantel und Schlappen meinen Weg kreuzte, grüßte freundlich. Ebenso eine junge Mutter, die eine Plastikwanne mit dreckigem Geschirr schleppte. Ihr folgten im Gänsemarsch drei kleine Kinder, die Trockentuch, Schwamm und Spülmittel wie rohe Eier vor sich hertrugen.

Ich nickte allen nett zu und rollte weiter, am Spielplatz bog ich ab und entdeckte schließlich Parzelle 324.

Sie war von einer mannshohen Thujenhecke umgeben, die zugegeben tatsächlich einen Friseurbesuch gebrauchen konnte.

Als ob ich im Begriff war, ein Verbrechen zu begehen, sah ich mich um, damit mich auch ja niemand beobachtete. Dann tauchte ich samt Rad hinter die Hecke – und stand vor einem ziemlich schäbigen Wohnwagen. Vermutlich war er einmal strahlend weiß gewesen, aber inzwischen wuchs Moos an den Fenstern und der Tür, und Regenwasser hatte schwarze Streifen hinterlassen. Soweit ich erkennen konnte, waren die Vorhänge zugezogen, jedenfalls starrte mir Dunkelheit entgegen, als ich ins Innere spähte.

Ich kam mir fast wie eine Einbrecherin vor, als ich Moms Schlüssel aus der Tasche zog. Zittrig versuchte ich, ihn ins Schloss zu stecken. Hoffentlich fand ich hinter dieser Tür schnell Hilfe.

Voller Angst musterte ich meinen Arm. Würde ich nach und nach komplett erstarren?

Als ich die Tür aufstieß, schlug mir gammlige Luft entgegen. Wenn Mom hier etwas Wertvolles aufbewahrte, sollte sie sich besser darum kümmern. Wann war sie das letzte Mal hier gewesen?

Unsicher lugte ich hinein. Eine Sitzecke mit Sofa und Tisch, eine Küche, Schrank, Badezimmer und ein schmales Bett. Auf den ersten Blick ein ganz normaler Wohnwagen, doch ... Ungläubig betrat ich Moms Geheimnis, zog die Tür hinter mir zu und drückte auf den Lichtschalter. Sphärisches Licht glomm aus blauen LED-Lampen.

Nicht nur die Vorhänge an den Fenstern waren aus dickem, schwerem Samt – selbst die Polster des Sofas waren mit dem nachtblauen Stoff bezogen. Damit war mir klar, was Mom hier versteckte: Schmuckmagie. Samt dämpfte die Wirkung der Zauber (genau wie Einfrieren). Deshalb nutzte Daria Samthandschuhe und hatte ihren Tresor damit ausgeschlagen. Genau wie Mom diesen Wohnwagen.

Unsicher sah ich mich um. Wofür war der zweite Schlüssel? Keine der Klappen und Schubladen war verschlossen, außer ... natürlich! Beinahe musste ich lächeln, als ich mich zum Kühlschrank schob. Ein dicker Riegel mit Vorhängeschloss sicherte ihn vor unerlaubter Nutzung.

Mom hatte die Magie offensichtlich nicht komplett aus ihrem Leben verbannt. Sie versteckte sie. Auf einem Campingplatz in einem ollen Wohnwagen.

Etwas umständlich, weil ich mit der starren Hand das Schloss nicht festhalten konnte, sperrte ich den Riegel auf und öffnete den Kühlschrank.

Eine Wolke eisiger Luft stob mir entgegen. Mom hatte hier einen Tiefkühlschrank einbauen lassen. Er war auf Maximum gestellt und randvoll mit Gefrierbeuteln.

Vorsichtig nahm ich einen heraus. Durch das Eis, das sich darauf gebildet hatte, erkannte ich eine schlichte Gliederkette. In einem weiteren Beutel kullerten eine Handvoll dunkler Perlen. War das Moms magischer Schmuck? Hatte sie ihn etwa selbst gemacht?

Eilig durchforstete ich die Tütenpakete und Dosen, bis ich schließlich im untersten Fach eine mit schwarzem Deckel fand. Bingo!

Ich stellte sie auf den Tisch und verschloss den Eisschrank wieder. Langsam ließ ich mich auf dem Samtsofa nieder und betrachtete die Dose. Sie war größer als meine Hand und recht schwer. Vermutlich keine Ohrringe. Das Eis an der Dose stach mich in die Finger der gesunden Hand. An der anderen Hand bemerkte ich die Kälte nicht.

Beeil dich, hatte Mom gesagt.

Mit den Zähnen riss ich den Deckel ab, und ein Amulett purzelte heraus.

Verblüfft sah ich mein Spiegelbild an. Dunkler Draht wucherte um das Oval wie bei einem verschnörkelten Bilderrahmen. Seine Form und Größe ähnelten Darias Spiegel zu sehr, als dass dies ein Zufall sein konnte.

War es derselbe Zauber, den Daria gerade auf mich anwandte?

Das Spiegelamulett hing an einer Kette aus groben Metallgliedern. Geschmeidig und edel sah anders aus. Aber das sollte mir egal sein. Hauptsache, es machte meine Hand wieder normal!

Ich atmete durch und schob die Kette über meinen Kopf. Kaum berührte das Amulett meinen Körper, war es, als würde ich von einem elektrischen Schlag getroffen. Magie zuckte durch meinen Körper, und mir wurde schwarz vor Augen.

Als ich wieder zu mir kam, war mir schwindelig. Ich rappelte mich vom Sofa auf. Zuerst begriff ich gar nicht, was geschehen war, doch dann bemerkte ich den Stand der Sonne. Sie fiel jetzt direkt durch ein Oberlicht in den Wagen.

Ich war ohnmächtig geworden!

Entsetzt sprang ich auf. Wie lange war ich bewusstlos gewesen?

Ich riss die Tür auf und eilte ins Freie. Dabei bemerkte ich, dass meine Hand wie ein Ameisenhaufen kribbelte. Probehalber bewegte ich die Finger – sie fühlten sich noch steif an, aber immerhin konnte ich sie wieder ein wenig hin und her wackeln lassen. Ein sanfter rosa Schimmer überzog meine Haut. Es half! Was auch immer für ein Zauber im Amulett steckte, er zeigte bereits Wirkung. Ich fühlte mich auch nicht mehr so matt und kraftlos.

Erleichtert schloss ich den Wagen ab und atmete durch.

Danke, Mom.

Als ich die Schlüssel in meine Tasche gleiten ließ, beschloss ich, dass dies nicht mein letzter Ausflug hierher gewesen sein sollte.

Und Mom hatte mir eine Menge Fragen zu beantworten!

22

Gerade hatte ich die *Lachende Möwe* verlassen, als ein Wagen mit quietschenden Reifen neben mir stoppte.

»Julie!« Mom würgte den Motor ab, sprang heraus und riss mich vom Rad. Sie drückte und umarmte, drehte und musterte mich. »Geht es dir gut? Ist alles in Ordnung?«

»Ja, danke. Wirklich.« Ich hob meine Hand und bewegte die Finger. »Es geht zurück.«

Noch einmal drückte Mom mich so heftig, dass ich fast keine Luft bekam. »Gott sei Dank! Es tut mir so leid. Ich bin so schnell gekommen, wie ich konnte.«

Ich erwiderte ihre Umarmung. Es tat gut, dass sie hier war. Auch wenn ich mich inzwischen wieder lebendig fühlte, steckte mir die Angst vor dem, was Daria versucht hatte, noch in den Knochen.

»Steig ein. Wir fahren nach Hause.«

Wir hievten mein Fahrrad in den Kofferraum, neben einen barocken goldenen Bilderrahmen.

»Wofür ist das?«, wollte ich wissen.

»Für meine Avantgarde.«

Na gut. Ihre Wohn-Avantgarde konnte warten. Ich setzte mich auf den Beifahrersitz.

»Mom?«, fragte ich, kaum dass sie wieder losgefahren war.

»Wir müssen dringend über dein Geheimnis reden.«

»Ich weiß, Julie.« Ihre Hände fassten das Lenkrad fester, und sie beschleunigte.

»Was ist alles in dem Wagen?«

»Alles.«

Na wunderbar. Selten war meine Mutter derart gesprächig gewesen. Sie wollte also nicht über ihr Geheimnis reden. Dann vielleicht über mein Daria-Problem.

»Dieses Amulett …« Ich zog es unter dem Shirt hervor. Inzwischen fühlte es sich ganz warm an. Der Spiegel schien von einem schwachen Licht aus sich heraus zu glimmen. »Es hat mich im wahrsten Sinn umgehauen«, meinte ich.

Sie sah mich prüfend an. »Umgehauen?«

»Es war wie ein Blitz, als ich es anlegte. Und ich bin ohnmächtig geworden.«

»O Julie!« Sie legte ihre Hand auf meine. »Das war knapp! Du darfst das Amulett unter keinen Umständen ablegen. Verstanden?« Inzwischen war sie auf eine Hauptstraße abgebogen und hielt an einer Ampel.

»Ja, okay. Aber was macht es? Woher hast du es? Wieso wirkt es gegen Darias Zauber? Es ist auch ein Magie-Transfer, oder? Und –«

202

Sie stoppte meine Fragen mit einer Handbewegung.

»Es hält den Transfer auf. Ihr habt nun beide ein Amulett, das die Magie des anderen in sich aufnehmen will. Ich hoffe, die Amulette sind gleich stark.« Die Ampel schaltete auf Grün, und sie fuhr an. »Wenn wir Glück haben, ist dieses ein wenig stärker und bringt dir nach und nach deine Kraft zurück.«

»Wieso hast du ein solches Amulett? Und warum wirkt es auf Daria?«

»Weil es eine Zeit gab, da habe ich die Magie geliebt. Und Daria wollte mir die Werkstatt überlassen. Sie war so stolz auf mich. Ich hätte die jüngste Schmuckmagierin aller Zeiten werden können. Doch vor dem Ritual habe ich alles hingeschmissen.«

Nachdenklich betrachtete ich Mom. Sie war kurz davor gewesen, Darias Erbe zu übernehmen? Warum hatte sie es nicht getan?

»Mom?«

»Wir sind da.« Sie bog in unsere Einfahrt. »Hilfst du mir kurz beim Ausladen?«

Ich nickte. Zuerst zogen wir mein Rad aus dem Auto, dann trug ich mit ihr den Bilderrahmen in unser Wohnzimmer.

Oder das, was davon übrig war.

»Mom!«, rief ich empört. »Das ist nicht dein Ernst!«

Der Raum war grün. Alle Wände leuchteten in diversen Grüntönen in verschieden breiten Streifen. Es sah ein wenig wie Wald im Morgennebel aus, sehr stylish. Aber *Grün*? »Das ist morgen wieder weg, oder?«

Unsere Möbel – das herrlich gemütliche Sofa, der Lesesessel, die DVD-Sammlung von Paps – stapelten sich also wieder mal in der Garage. Für einen Tag. Hoffte ich.

»Nein, ich fürchte, das bleibt etwas länger. Der Kunde hat die Besichtigung verschoben. Was aber auch ganz gut ist, denn es ist noch nicht fertig.«

Auf dem Boden lag Malerfolie, unter der es ebenfalls grün schimmerte.

Mom öffnete die Terrassentür, damit der Farbgeruch abziehen konnte. »Außerdem will mir nichts Vernünftiges einfallen«, seufzte sie. »Der Kunde möchte in der Natur wohnen, aber sie darf keinen Dreck machen – und natürlich mit Highspeed-WLAN und Küchenmaschine und allem Schnickschnack.«

»Dann wird er wohl ein Sofa vermissen.«

Mom sah auf ihre Uhr. »Die Möbel müssten eigentlich gleich kommen.« Sie wischte sich den Schweiß von der Stirn.

An den großen Fenstern zum Garten wogten Wasserfälle von bunten Blüten herab. Hatte Mom die etwa alle selbst in Wachs getaucht und aufgefädelt?

Neugierig hob ich eine Ecke der Malerfolie an.

»Oh, es wäre sehr lieb von dir, wenn du die wegräumen könntest.«

Also knüllte ich die ganze Bahn zusammen und vergrub

ziemlich verdattert meine Zehen in kratzigem Grün. Der Boden hatte sich in eine Wiese verwandelt. Aus Plastik.

»Kannst du mir mal eben helfen?« Mom hob den Rahmen hoch, den wir hereingetragen hatten. Er war so breit, dass sie ihn mit ausgestreckten Armen gerade halten konnte. »Das Ding ist zu schwer für mich. Es muss an den Haken.«

Der Rahmen hatte leer schon ein ziemliches Gewicht gehabt, und inzwischen hatte Mom noch eine Platte darin befestigt, auf der Wachsblumen blühten.

Storchenbeinig stakste ich über die Wiese und half ihr, das Monstrum an die Wand zu hängen. (Wann kam wohl unser Fernseher zurück?) Das Blumenbild sah zugegeben wirklich toll aus. Dennoch blickte ich mich missbilligend in unserem von Kunstrasen bedeckten Wohnzimmer um.

»Also gut, Mom«, versuchte ich, auf Daria zurückzukommen. »Mir geht es wieder gut. Aber ich kann dieses Ding nicht mein Leben lang tragen!«

»Wenn es stärker als ihres ist, wirst du das nicht müssen.«

»Wenn – Mom! Das reicht nicht!«

Die Haustür klappte.

»Kann ich etwas tun, um sie schneller zurückzubekommen? Und Daria davon abbringen mich auszurauben?«, flüsterte ich. Mir war egal, dass Paps gerade nach Hause kam.

»Jetzt nicht!«, zischte Mom.

»Mom? Paps?«, rief Mike aus dem Flur.

Na toll. Mein Bruder hatte ein umwerfendes Timing. Hätte

er mit seiner Verwandlung in einen lebenden Menschen nicht noch ein paar Tage warten können?

Mom legte sofort den Finger auf die Lippen. Doch ich schüttelte den Kopf. »Nein. Ich muss mehr wissen. Ich muss sie stoppen. Ich kann nicht mein Leben lang mit dem Teil rumlaufen! Und sie ist bald weg. Wer weiß, wohin!«

Für eine Sekunde sah Mom mich überrascht an.

»Sie hat gepackt, Mom. Spätestens übermorgen wird sie weg sein. Wirkt das Ding dann immer noch auf mich?«

»Später«, zischte Mom mit Blick auf die Wohnzimmertür.

»Nein! Mir läuft die Zeit davon.«

Da flog die Wohnzimmertür auf, und ein bis über beide Ohren grinsender Mike kam herein. (Schade, dass er sein Shirt gewechselt hatte, die Cheshire Cat hätte diesem Grinsen sicher noch eins draufgesetzt.)

»Darf ich euch Lulu vorstellen?« Es klang, als hätte er eine bahnbrechende Entdeckung gemacht, die den Lauf der Welt verändern würde.

Na ja, vermutlich war das auch so. Zumindest was Mikes Welt anbelangte.

Besagte Lulu schob sich an ihm vorbei auf die Wohnwiese. Beeindruckt sah sie sich um. »Kompliment. Das ist ja sehr Avantgarde. Dachte, Sie wären – konservativer.« Dann lächelte sie höflich und kam mit ausgestreckter Hand auf Mom zu. »Hi, ich bin Lulu. Toll, Sie kennenzulernen. Ihr Sohn ist der Hammer.«

Verdattert schüttelte Mom ihr die Hand. »Oh … Danke.« Keine Ahnung, wie alt sie war, vermutlich neunzehn oder zwanzig, aber sie war fast einen halben Kopf kleiner als ich. Das machte sie durch ihr Auftreten jedoch locker wieder wett. Über ihr türkisfarbenes Tanktop flutete knallrot gefärbtes Haar hinunter bis an die abgeschnittenen Jeans. Ich musste blinzeln, so sehr feuerte der Farbkontrast.

»Und du musst Julie sein!« Sie streckte mir ebenfalls die Hand hin. »Ich hab schon so viel von dir gehört. Was macht die Magie?«

»Die … die was?« kiekste ich überrumpelt und sah, wie Mom geschockt rückwärts taumelte und beinahe in ihre Blumenvorhänge gefallen wäre. Entsetzt blickten wir beide auf Lulu. Hatte sie etwa unser Gespräch belauscht?

Lulu lachte freundlich. »Tut mir leid. Ich dachte, ihr wüsstet es.«

»Wüssten was?«, fragte Mom, räusperte sich und versuchte, sachlich zu klingen.

»Na, dass ich Magierin bin. Deshalb begrüße ich jeden so.« Sie sagte es mit solcher Inbrunst, dass mir die Luft wegblieb.

»Bitte?« Moms Stimme war nur ein leises Krächzen.

»Ach, Sie wissen schon – Magie!« Lulu vollführte kichernd irgendwelche verdrehten Handbewegungen in der Luft. Vermutlich starrten wir sie an, als hätte sie tatsächlich gerade eine Herde Elefanten herbeigezaubert.

Sie meinte es ernst! Denn sie warf Mike einen leicht enttäuschten Blick zu, als sie bemerkte, wie fassungslos wir sie anstarrten.

Mike legte den Arm um Lulus Schulter. »Ist sie nicht absolut umwerfend, Mom?«

»Ja, sicher. Umwerfend. Freut mich, Sie mal kennenzulernen, Lulu.« Mom räusperte sich. »Und auf welche ... äh ... Magie sind Sie so spezialisiert?«

Lulu gab Mike einen Schmatz auf die Wange. »Um ehrlich zu sein, hab ich alles von Ihrem Sohn gelernt.«

Ich musste mich setzen! Mike war ebenfalls ...? Warum gab es in unserem Wohnzimmer nicht mal einen Hocker! Mein Blick bohrte sich in Mom – doch die schüttelte nur verwirrt den Kopf.

»Mike ist der absolute Meister.«

»Ach, nun hör auf, mir zu schmeicheln. Inzwischen hab ich dir alles beigebracht, was ich weiß.« Er stupste sie verliebt auf die Nase. »Ich hoffe nur, sie kommt nie auf die Idee, gegen mich zu zaubern.«

»Gegen dich zu zaubern?«, fragten Mom und ich gleichzeitig, und tiefe, ungläubige Panik schwang in unseren Stimmen. Die beiden Turteltäubchen stutzten.

»Sie denken jetzt hoffentlich nicht, dass wir schwarze Messen oder so 'n Zeug veranstalten«, wiegelte Lulu entsetzt ab. »Wir sind beide weiße Magier.«

Mike nickte heftig. »Verzauberung von Gegenständen. Das bringt das meiste Geld.«

208

»Er macht die besten Amulette!« Verliebt sahen sie sich an.

Amulette? (Wo war das Sofa, wenn man es zum ohnmächtig Niedersinken brauchte!)

»Hey, Julie – hast du nicht Lust, bei uns mitzumachen?« Lulu schien die Idee großartig zu finden, ihre Augen leuchteten aufgeregt. »Was meinst du, Mike? Das wäre doch cool – wir wären so 'ne richtige Sippe!«

»Ich … also, ich halte eigentlich nicht viel von Gemeinschaftsmagie mit Familienmitgliedern«, murmelte ich und fing mir einen entsetzten Blick von Mom ein.

Enttäuscht zuckte Lulu mit den Schultern. »Schade. Aber komm doch nachher mal rum. Wir zocken sicher die ganze Nacht. Du musst dir wirklich die Amulette von Mike ansehen! Die sind der Hammer!«

Himmel! Ich Trottel! *Lady Midaneyah!* Natürlich. Die zwei hatten sich beim Online-Zocken kennengelernt. Sie spielten beide Magier in irgendeinem Game!

Mit einem so breiten Grinsen, dass die olle Grinsekatze einpacken konnte, tätschelte ich Moms Schulter. »Vielleicht sollte ich das tatsächlich machen. Mal sehen, welchen Schmuck Mike so kreiert.«

Während ich mich über meine Blödheit innerlich vor Lachen krümmte, stand Mom anscheinend unter Schock. Sie starrte Mike an und regte sich nicht.

Schließlich schob ich die beiden Gamer aus unserem Wohngarten.

»Ich glaub, Mom hatte echt Sorge, ich wär jetzt auf so 'nem Hexenzirkel-Trip.« Mike schüttelte amüsiert den Kopf. »Eigentlich bin ich 'n bisschen beleidigt, dass sie es tatsächlich für möglich hält, dass ich an so Kinderkram glauben könnte.«

»Tja«, meinte ich und fühlte mich so viel älter und weiser als mein großer Bruder. »Wer weiß – vielleicht hält sie ja ihr eigenes Hexentalent vor uns geheim.«

»Hm. Das würde ihren ständigen Budenzauber mit unserem Wohnzimmer erklären.«

Wir grinsten uns an.

Wie irre war das denn! Ich konnte mit Mike scherzen! Einem spontanen Impuls folgend umarmte ich ihn. Und Lulu gleich mit. »Ihr zwei seid cool! Und ich schau sicher mal beim Zocken vorbei. Jetzt muss ich aber erst mal … ähm … zaubern gehen.«

Lulu lachte und zog Mike mit sich nach oben. »Deine Schwester ist wirklich super. Ich mag sie!«, hörte ich sie flüstern.

Immer noch grinsend, ging ich zurück ins Wohnzimmer. Dort saß Mom auf dem Gras und starrte mit leerem Blick zu den Blumenvorhängen.

»Alles gut, Mom?«

»Ich hatte wirklich Angst, Julie.«

Ich schloss die Wohnzimmertür hinter mir. »Dass Mike tatsächlich auch die Begabung hat?«

»Nein.« Sie zog eine Grimasse, die zeigte, für wie abstrus sie diesen Gedanken hielt. »Aber Lulu hätte ja durchaus …«

Erstaunt hob ich die Augenbrauen. »… eine Schmuckmagierin sein können?«

»Wir sind nicht die einzige Familie.«

»Ich weiß.« Ich setzte mich neben sie. »Hast du schon andere getroffen?«

»Nein. Ich habe ja alles tiefgefroren.« Sie strich mir nachdenklich über den Kopf. »Wenn Daria dir den Familienbaum gegeben hätte …«

»Den Familienbaum? Meinst du den Anhänger, den sie immer trägt?«

Mom nickte. »Er verbindet alle Schmuckmagier. Die Kette wird von Generation zu Generation innerhalb einer Familie weitergereicht.«

»Vielleicht hätte sie ihn mir gegeben, wenn ich ihre Vorstellung von Macht teilen würde.«

»Stattdessen stiehlt sie dir dein Talent.« Mom musterte mich mit sorgenvollem Blick. »Du bist die Letzte von uns. Daria kann die Macht nicht gehen lassen. Sie ist regelrecht süchtig danach.«

»Also verspielt sie mein Erbe«, scherzte ich. Es tat so gut, mich wieder normal zu fühlen. Dennoch tastete ich nach Moms Amulett. Irgendwas musste ich mir einfallen lassen. Ewig konnten die Amulette sich nicht gegenseitig in Schach halten.

Mom presste die Lippen aufeinander. »Es tut mir so leid, Julie. Ich wollte dich von Daria fernhalten. Ich hatte so gehofft, dass du das Talent nicht geerbt hast.«

»Ach, Mom! Ich bin sechzehn. Du kannst mir schon was zutrauen.«

»Ich will dich doch nur beschützen!« In ihren Augen spiegelte sich Sorge, aber auch so etwas wie Bedauern.

»Vielleicht ist es Zeit, dass ich selbst auf mich aufpasse«, meinte ich.

Sie lachte, aber gleichzeitig bemerkte ich Tränen, die sie vor mir zu verstecken versuchte. »Das funktioniert ja ganz hervorragend.«

Leicht grummelig antwortete ich: »Mir haben ja auch Informationen gefehlt.«

Sie schnäuzte sich und wiegte den Kopf. »Ich hab dir immer gesagt, du sollst dich von ihr fernhalten.«

Wieder klappte die Haustür. »Bin daheim, Schatz«, rief Paps.

Eilig standen wir auf, und Mom versuchte, sich die Augen trocken zu tupfen, aber da war Paps schon im Wohnzimmer.

Erstaunlicherweise hatte er Chipstüten in der einen und ein Sixpack Bier in der anderen Hand. Und trotz der Hitze ringelte sich ein Schal um seinen Hals. Es war der Schal seines Lieblingsfußballclubs.

»Herrgott noch mal, Caroline!« Entsetzt starrte er das Grün ringsum an. Dann bemerkte er, wie verheult Mom war. »Was ist passiert?« Besorgt kam er zu ihr.

Mom hatte keine Ahnung, was sie antworten sollte, also drückte ich sie voller Mitleid. »Ich glaube, sie hat Heuschnupfen«, meinte ich zu Paps.

»Ach herrje! Vielleicht sollten wir diesen Blumenfirlefanz ganz schnell wieder rauswerfen. Was du brauchst, ist ein Sofa und ein gemütlicher Abend mit mir.« Er hielt die Chipstüte hoch.

»Nein. Geht schon.«

»Geht gar nicht, Schatz.«

»Es ist doch nur bis übermorgen.«

»Übermorgen! *Heute* Abend ist das EM-Finale!« Zum Beweis hielt er ihr das Sixpack Bier unter die Nase.

Dies war der Moment, an dem man sich besser zurückzieht. Durch dieses Gefecht musste Mom alleine. (Sie konnte nur verlieren.)

23

Ich brauchte einen klaren Kopf, um mir zu überlegen, was ich gegen Daria unternehmen konnte. Und nachdenken konnte ich am besten an meinem Leuchtturm.

An den kühlen Stein gelehnt, ließ ich für einen kurzen Augenblick die Ruhe dieses Ortes auf mich wirken. Doch mein Magenknurren störte die Idylle. Also packte ich meine Tasche aus und reihte alles auf der Bank auf.

Während sich unsere Wohnwiese in ein Schlachtfeld zwischen Mom (Fußball ist nicht wichtig) und Paps (Fußball ist alles, was zählt!) verwandelte, hatte ich blindlings alles Mögliche in meine Tasche gepackt. Nun stapelten sich auf der Bank neben mir Kekse, ein Smoothie, eine Packung Weintrauben, ein Glas Schokocreme, Müslistangen, zwei Milchbrötchen, ein Croissant und drei Packungen Kakaotrunk.

Zufrieden tunkte ich Weintrauben in Schokocreme und genoss die Sonne auf meinem Gesicht, lauschte auf das Meer und die Möwen und bemühte mich, alle Gedanken loszulassen, als würde ich gleich einen Schmuckzauber wirken.

Meine Hand tastete nach Moms Spiegelamulett unter meinem Shirt. Sie hatte das Erbe ausgeschlagen, obwohl Daria ihr die Werkstatt übertragen wollte. Anscheinend war alles dafür vorbereitet gewesen, sonst hätte ich jetzt nicht dieses Amulett nutzen können.

Andererseits müsste ich es wahrscheinlich gar nicht tragen, wenn meine Mom die offizielle Schmuckmagierin unserer Familie wäre.

Ich tunkte das Croissant in die Schokocreme.

Eines war klar, Daria hatte mir den Krieg erklärt. Sie wollte meine Magie, damit sie weiter ihre manipulativen Schmuckstücke unter den Reichen und Mächtigen verbreiten konnte. Denn ihre eigene Magie war vergangen. Sie war inzwischen einfach eine alte Frau und ihre Kraft weitgehend verbraucht.

Ihren Bann brechen konnte ich nur, wenn ich sie dazu brachte, ihr Amulett abzulegen. Doch wie? Mit Argumenten konnte ich sie kaum überzeugen. Schließlich hatte sie mir die Magie nicht aus einer Laune heraus entzogen. Sie hatte es gründlich geplant.

Nachdenklich beobachtete ich zwei Schiffe, die den Horizont entlangsegelten.

Merle hätte sicher eine gute Idee gehabt.

Mit dem letzten Croissantstückchen hob ich eine dicke Ladung Schokocreme aus dem Glas und stopfte sie mir in den Mund.

Ich musste mich mit Merle versöhnen. (Ein Topf Schokocreme konnte dabei eventuell helfen.)

Vielleicht war sie ja auch gar nicht mehr sauer auf mich. Sie hatte ja nun das, was sie sich gewünscht hatte. Ben.

Wieder durchzuckte mich dieses fiese Stechen. Ich atmete langsam und tief, um es zu vertreiben.

Es war in Ordnung. Ich war nicht eifersüchtig. Im Gegenteil, ich freute mich für Merle.

(Ha! Julie! Mach dir doch nichts vor.)

Sauer stippte ich einen Finger in die Creme und schleckte sie ab. (Croissants sind immer zu schnell weg.)

Ich war nicht wie Daria, die immer nur an ihren Vorteil dachte. Auf keinen Fall wollte ich meine Freunde und Familie hintergehen. Deshalb hatte ich Ben verboten, anderes in uns zu sehen als Freunde. Auch wenn mich nun dieses Stechen quälte, sobald ich ihn und Merle sah. Aber ich verheimlichte Sachen doch nur, um sie zu schützen.

Genau wie Mom es gemacht hatte, stellte ich seufzend fest.

Was jedoch eine schlechte Idee von ihr gewesen war, denn vermutlich hätte ich jetzt nur halb so viele Probleme, wenn Mom mir von Anfang an die Wahrheit über mich, die Magie und Daria gesagt hätte.

Aber hey! In ein paar Tagen starteten die Sommerferien! Das war wie ein Reset-Button.

Ich schloss frustriert die Augen und schüttelte den Kopf

über mich. Wem wollte ich hier was vormachen? Weder meine Eifersucht auf Merle noch Darias Zauber gegen mich würden einfach verschwinden.

Ein Plan musste her.

Leider hatte ich meinen hübschen Planer nicht dabei, deshalb notierte ich mir vorerst nur in Gedanken meinen Task-Force-Einsatzplan.

To do: Zuerst Daria, dann Merle und Ben und schließlich Mom.

Unterpunkte: Daria am Wegzug hindern (vorläufig), Daria das Amulett abnehmen, Amulett vernichten (einfrieren).

Merle mit Schokolade bestechen.

(Was Besseres fällt dir nicht ein?)

Okay: mich bei Merle aufrichtig entschuldigen und die besten Wünsche für die Beziehung mit Ben übermitteln. Oder so ähnlich.

Ich atmete tief durch und beobachtete das Glitzern der Wellen. Gut, dass ich zu allererst meine Magie retten musste. Denn ob mir die Sache mit Merle und Ben und unserem Liebeskuddelmuddel gelänge ...

Niedergeschlagen verputzte ich die letzten Schoko-Trauben. Da bemerkte ich, dass jemand die Düne heraufkam.

»Tag, Julie.« Es war Ben. (Und er klang irgendwie sauer.)

Wie von Schmetterlingen umschwirrt, tat mein Herz einen kleinen Hüpfer, als ich ihn erkannte. Was gar nicht so einfach war, weil er von Kopf bis Fuß vermummt war. Er hatte die Kapuze des Hoodies tief in die Stirn gezogen, trug lange Hosen und Boots und … ähm … Handschuhe?

»Hey!« *Gratuliere, du bist jetzt mit Merle zusammen. Ich freu mich für euch!*

Irgendwas an ihm war seltsam. Also, abgesehen von seinem Auftritt als Eskimo. Er sah mich gar nicht an. Starrte einfach nur auf den Boden, sein Gesicht unter der Kapuze verborgen. Hatte er etwa ein schlechtes Gewissen, dass er sofort zu Merle gerannt war? Nein. Ich spürte, dass er Angst hatte.

»Alles in Ordnung?« Stirnrunzelnd musterte ich seine Klamotten. »Ist dir nicht warm?« Schließlich hatte es sicher bereits wieder gute fünfundzwanzig Grad, Tendenz steigend.

»Stell dir vor, Julie! Du hast recht, es ist verdammt warm! Es ist so warm, dass ich heute schon zweimal duschen war. Aber das ändert nichts!«

Jepp, er war sauer und außerdem ziemlich aggressiv. So kannte ich ihn gar nicht.

»Wie ich sehe, geht es *dir* jedoch ausgezeichnet.« Er deutete auf die Überreste meines verspäteten Frühstücks.

Das miese Ziehen in meinem Bauch wurde stärker. Es drückte mir auf den Magen, stellte meine Härchen im Nacken auf.

»Ben?« Zögernd trat ich auf ihn zu und versuchte, unter die Kapuze zu sehen. »Was ist passiert? Ist es wegen des Schluckaufs? Warst du beim Arzt?«

Er lachte fies. »Beim Arzt? Dein Ernst, Julie?« Und dann streifte er die Kapuze ab.

Mir entkam ein Aufschrei, und ich zuckte vor ihm zurück. »Was …? Um Himmels willen, Ben!«

Seine Haut, seine Haare, seine Augen … Alles war blass, unscharf … durchsichtig!

»Jetzt tu nicht so überrascht, Julie!«, fuhr er mich an.

»Bitte?« Ich traute mich nicht, ihn zu berühren. Er sah so … zart aus. »Du löst dich auf!«, kiekste ich fassungslos.

»Ach, wirklich!« Gleich würde er mir an die Gurgel gehen, so wie er mich anstarrte. »Du bist …« Er stieß einen Wutschrei aus, der mich zurückweichen ließ. »Wie habe ich mich nur so in dir täuschen können! Dir passt es nicht, dass ich Gefühle für dich habe? Fein! Dann lösch mich doch aus! Mach mich unsichtbar, damit ich dir nicht mehr lästig werden kann!«

»Das war ich nicht!« Meine Stimme überschlug sich vor Angst.

»Na sicher, Julie! Dummerweise bist du die *einzige* Person, die Magie beherrscht. Und die einzige Person, die ständig damit herumpfuschen muss!« Er sprang auf mich zu und packte mich. »Mach das rückgängig!«

»Ich war das nicht!« Tränen schossen mir in die Augen.

»Wirklich!«

Ben löste sich auf! Wenn er verschwand? Was war das für ein Zauber? Wer konnte so etwas tun? Daria? Warum?

Da bemerkte er das Spiegelamulett um meinen Hals. »Ist es das?«

»Nein! Das –«

Doch schon hatte er es gegriffen und riss es ab. Sofort wurde mir schwindelig. »Ben!«, keuchte ich. »Gib es mir wieder! Das hat nichts mit dir zu tun. Ich hab dich nicht verzaubert.« Ich merkte, wie die Kraft aus mir herausströmte. Meine Knie wurden weich. »Ben, bitte!«

Skeptisch musterte er erst mich und dann das Amulett. Er zog die Handschuhe aus und betrachtete seine Hände, soweit das möglich war, denn sie waren komplett durchsichtig. »Warum bleibt das so? Bricht der Bann nicht, wenn du das Zeug ablegst?«

»Weil das Amulett dich nicht unsichtbar macht. Es ist etwas anderes. Und es ist nicht von mir … Ben!« Ich sackte auf die Bank. Meine Hand kribbelte, als würden Milliarden Ameisen darin herumrennen. Die Finger wurden schon steif.

»Du siehst blass aus.« Sein missbilligender Blick traf mich tief. Er hasste die Magie – und deshalb hasste er mich.

Ich musste die Tränen hinunterschlucken. Mir war schwindelig. »Gib mir einfach den Spiegel zurück … bitte«, flüsterte ich.

Wie ein dreckiges Almosen warf er mir das Amulett in den Schoß. »Ich hab keine Ahnung, warum du mir das antust, Julie!« Er spuckte mir die Worte regelrecht vor die Füße, drehte sich um und ging.

Hastig wickelte ich mir die gerissene Kette um. Kaum lag der Spiegel wieder auf meiner Brust, merkte ich, wie der Schwindel stoppte. Erschöpft saß ich auf der Bank und blickte die Düne hinab, doch Ben war verschwunden.

Er wurde unsichtbar!

Es gab nur eine Person, die so einen Zauber wirken konnte: Daria!

Langsam öffnete und schloss ich meine Faust. Noch hatte ich kein rechtes Gefühl in den Fingern. Aber ich konnte sie wieder bewegen.

Warum um alles in der Welt sollte Daria Ben verzaubern?

Die Erkenntnis traf mich wie ein deftiger Schlag direkt vor die Brust. Mir blieb die Luft weg. (Julie! Du Idiotin!)

Voller Panik sprang ich auf und saß sofort wieder. Meine Beine waren noch wie Pudding. Ich biss die Zähne zusammen, schnappte die Tasche, schob die Reste meines Picknicks achtlos hinein und rutschte die Düne hinab.

Keine Ahnung, wie ich aufs Fahrrad kam. Es war, als säße ich das erste Mal auf einem Rad, so sehr eierte und wackelte ich. Zweimal fiel ich um und schlug mir ein Knie blutig. Aber ich musste mich beeilen. Ich konnte nicht warten, bis ich wieder mehr Kraft hatte – denn ich hatte keine Ahnung, wie viel Zeit Ben noch blieb, bevor er sich völlig auflöste.

Als ich endlich mein Ziel erreichte, musste ich mich erst mal am Gartenzaun abstützen und zu Atem kommen. Ich fühlte mich, als wäre ich auf den Mount Everest gerannt. *Los! Keine Zeit verlieren!*, mahnte ich mich und stolperte auf die Haustür zu. Zittrig drückte ich die Klingel. Und noch mal. Und noch mal. Lange. Und noch mal, noch mal, noch mal.

Bis endlich die Tür aufgerissen wurde und Merle mich zuerst wütend, dann erschrocken anstarrte.

»Du!«, blaffte sie.

»Du!«, schrie ich sie an. »Du egoistische dämliche Idiotin!«

Sie zuckte zurück. Ihr Blick flog zu ihrer Hand, mit der sie sich am Türrahmen abgestützt hatte. Doch ich hatte ihn schon längst gesehen.

Den Ring.

Wie mein Liebesring war er kupferfarben, und eine Perle ruhte in einem flachen Näpfchen. Allerdings waren in den Reif kleine spiegelnde Splitter eingesetzt. Die waren sicher nicht Teil des Liebeszaubers! Aber das war mir im Moment egal. Absolut nicht egal war die Perle. Sie war schwarz! Ein alles Licht verschlingendes, hässliches Schwarz.

Merle zog hastig ihre Hand zurück, bohrte sie tief in ihre Hosentasche und sah mich giftig an. »Was willst du hier?«

»Das weißt du ganz genau! Leg ihn ab! Sofort!«, fuhr ich sie an.

»Wovon redest du?«

Jetzt explodierte ich vor Wut. »Du warst bei Daria! Ich habe dich gesehen! Du warst der Schatten, der sich rausgeschlichen hat. Sie hat dir den Ring angefertigt, der Ben mit dem Liebesbann belegt. Wie konntest du nur!«

»Ich mache es wie du! Ich drücke die Fast-forward-Taste! Ben und ich werden ein Paar sein! Nur weil du zu dämlich bist, um bei Noah zu bleiben, kannst du mich nicht zwingen, Ben zu vergessen!«

Ich sprang vor und packte ihre Hand, um den Ring abzuziehen. Doch ich hatte noch nicht genügend Kraft, und sie stieß mich ruppig zurück. »Lass das! Bist du jetzt völlig durchgeknallt?«

»Leg den Ring ab, Merle! Die Perle ist schwarz! Der Zauber wirkt *gegen* Ben!«

Ungläubig lachte Merle auf. »Du bist so neidisch. Unfassbar.« Sie gab der Tür einen Stoß und wollte sie mir vor der Nase zuschlagen.

Ich nahm all meine verbliebene Kraft und warf mich dagegen. »Es geht nicht um mich, Merle! Es geht um Ben! Du bringst ihn um!«

»Du bist eifersüchtig. Du gönnst mir mein Glück nicht! Verschwinde! Wir sind keine Freundinnen mehr!« Sie drückte ebenfalls gegen die Tür, und wir standen Schulter an Schulter, zwischen uns das Türblatt, und schoben gegeneinander.

»Geh zu Ben, Merle! Sofort! Sieh dir an, was der Ring mit ihm macht! Ben verschwindet!«

»*Du* verschwindest jetzt! Raus aus meinem Haus! Raus aus

meinem Leben!« Sie warf sich erneut mit Schwung gegen die Tür, und ich verlor den Halt, rutschte aus und fiel auf den Gartenweg. Die Tür krachte ins Schloss.

Es fühlte sich wie ein Dolchstoß an. Ich musste nach Luft ringen, um gegen den stechenden Schmerz in meiner Brust anzukommen. Tränen schossen heiß über meine Wangen.

(Atmen, Julie! Atmen!)

Nur mühsam kam ich auf die Beine. Das Knie blutete wieder. Zittrig humpelte ich zu meinem Fahrrad.

Vermutlich stand ich unter Schock. Merle hatte mir soeben endgültig die Freundschaft gekündigt. Doch das war momentan nicht wichtig. Ben löste sich auf! Ich musste ihn retten. Noch nie hatte ich mich so wütend und hilflos gefühlt.

Blind vor Tränen fuhr ich nach Hause.

24

In unserer Einfahrt parkte der Lastwagen einer Möbelspedition. Die Ladeklappe stand offen, einer der Arbeiter hob einen rubinroten Samtsessel mit goldenen Dackelbeinen heraus. Er sah mir erstaunt nach, als ich völlig verheult an ihm vorbei ins Haus wankte.

»Mom?«

Ohne meine Schuhe abzustreifen, lief ich ins Wohnzimmer. Ich fühlte mich elend. Verweint, kraftlos – hoffnungslos. Ich wollte mich zu Mom aufs Sofa kuscheln. Sie musste mich dringend in die Arme nehmen, mir sagen, dass alles gut werden würde. Mir versprechen, dass sie Merle den Ring abnehmen würde. Dass sie eine Riesenpackung Eis für mich hätte und morgen mein Leben wieder so sein würde wie immer.

Doch kaum im Wohnzimmer, blieb ich wie vom Donner gerührt stehen.

Echte Birkenstämme wuchsen inzwischen aus dem Kunstrasen bis zur Decke, formten einen romantischen Hain, in dem ein luxuriöses Samtsofa versteckt war. Ebenso wie der Sessel, den der Mann gerade hereinbrachte, leuchtete es in brillantem Rot und Gold. Um die Tür herum hatte Mom etliche Blumentöpfe an der Wand befestigt, so dass man den Eindruck hatte, durch einen Vorhang aus Pflanzen zu schreiten. Und wo kam dieses Vogelgezwitscher her?

Der Arbeiter hielt Mom eine Kladde hin, und sie unterschrieb die Lieferung. Er nickte stumm, warf mir einen mitfühlenden Blick zu und verschwand nach draußen. (Ich war mir unsicher, ob er Mitleid hatte, weil ich so elend aussah, oder weil ich offensichtlich eine total durchgeknallte Mutter hatte.)

»Mom?«, krächzte ich.

Sie sah von ihrer Liste auf, und ihr Lächeln erstarb. Sofort lief sie zu mir und nahm mich in die Arme. »Julie! Was ist passiert?« Weiter kam sie nicht, denn ich schluchzte laut auf, gefolgt von einem Sturzbach Tränen.

»Schon gut. Komm her.« Sie bugsierte mich auf das Samtsofa. »Du siehst fürchterlich aus! Hat Daria etwa –«

Ich musste mich zwingen, wieder ruhig zu werden. In diesem Zustand würde ich sonst kein Wort herausbringen. Doch sobald ich an Ben dachte, heulte ich erneut los.

»Schhh!« Sie drückte meinen Kopf an ihre Schulter und strich mir über den Rücken. »Ist ja gut. Atme durch, Julie. Ich bin ja da.«

»Es … ich … ich weiß nicht, was ich tun kann!«

»Was ist denn passiert? Ist es das Amulett?«

»Ben –«

»Ben?« Überrascht sah sie mich an.

»Merle«, stammelte ich.

»Merle?« Moms Augenbrauen wanderten fragend nach oben. »Ben und Merle sind ein Paar? Und deshalb bist du … o Schatz!«

Entschieden schüttelte ich den Kopf und versuchte, mich zusammenzureißen. »Nein. Das ist es ja. Merle ist furchtbar in ihn verknallt, aber …«

»Aber er ist nicht in sie verliebt.« (Jetzt war nicht der Zeitpunkt für dieses wissende Mütterlächeln!)

»Merle, sie … sie … sie ist zu Daria gegangen!«

Mom schnellte von Sofa hoch. Der Schock und maßloses Entsetzen standen ihr ins Gesicht geschrieben. »Sag das noch mal«, wisperte sie.

»Daria hat Merle einen Liebesring geschmiedet.«

Alle Farbe war aus Moms Gesicht gewichen. Die Hände vor den Mund geschlagen, starrte sie mich an. Sie sank ins Gras, und ich merkte an ihrem Blick, dass sie in Gedanken weit weg war.

»Mom?«, kiekste ich panisch. »Mom? Wir müssen was tun.«

»Merle muss sofort den Ring ablegen!«, wisperte sie.

»Sie weigert sich. Sie hat mich rausgeworfen.«

Erst jetzt bemerkte Mom mein blutiges Knie. Sie lief in die Küche und kam mit einem feuchten Papiertuch zurück, um die Wunde zu reinigen.

»Und …« Ich musste mich räuspern. »Ben ist zu mir gekommen. An den Leuchtturm. Er glaubt, es ist meine Schuld.« Ich merkte, dass Mom sich verkrampfte, doch sie sah nicht auf. Tupfte weiter auf meinem Knie herum, obwohl es inzwischen sauber war. »Wie schlimm ist es schon?«, fragte sie leise. Überrascht rutschte ich von ihr weg. »Woher weißt du …« Als sie mich ansah, knautschte sich mein Herz zu einem Klumpen zusammen. In ihrem Blick lag unermesslicher Schmerz.

»Was ist passiert?«

Ihre Hände knüllten das Tuch. Und mir wurde klar, dass ihr leerer, schmerzerfüllter Blick sich in die Vergangenheit richtete. Ihre Vergangenheit. Sie sah zurück in ihr Leben, das sie vor uns, vor Paps geführt hatte. Als sie noch Darias Tochter gewesen war.

»Er hieß Scott«, begann sie. »Ich war siebzehn, er achtzehn. Ich war so verschossen in ihn!« Ein wehmütiges, bitteres Lächeln huschte über ihr Gesicht. »Dabei wusste er nicht mal meinen Namen.«

Atemlos lauschte ich, wagte nicht mal zu zwinkern.

»Wir wohnten in einer Kleinstadt in der Nähe von Toronto. Daria betrieb einen kleinen Antiquitätenladen, und ich war ziemlich glücklich dort. Denn ich kannte unser Familiengeheimnis. Als ich zur Schule kam, hat Daria mich eingeweiht. Jeden Abend übte sie mit mir. Sie nahm mich mit, wenn sie Kunden besuchte. Ich fand es so aufregend. Ich fühlte mich besonders. Ich *war* besonders. Und ich war es gewohnt, dass ich alles haben konnte, was ich wollte. Dafür sei Magie schließlich da, predigte Daria mir immer wieder.« Mom schüttelte den Kopf, als könne sie selbst nicht begreifen, wie sie damals als Kind gedacht hatte.»Ich hatte Ringe für Glück im Spiel, hatte Armreife, mit denen ich andere bezirzte oder mich beschenken ließ. Ketten, die mich beliebt machten, Ohrringe, die mir in Mathe halfen.«

»Du hattest Matheohrringe?« Ich war ehrlich entsetzt. (Und ich musste Nachhilfe nehmen, die mir meine Zeit raubte und trotzdem nicht half!)

»Ich war eine grässliche Zicke. Und als Scott nichts von mir wissen wollte, konnte ich das nicht akzeptieren. Niemand sagte nein zu mir. Also beschwerte ich mich bei meiner Mutter.«

»Und sie gab dir den Zauber für den Liebesring.« Fassungslos betrachtete ich Mom. Zusammengesunken saß sie mir zu Füßen im künstlichen Gras. Ich rutschte vom Sofa und setzte mich ihr gegenüber.»Was ist passiert?«

»Er war im Baseballteam«, fuhr sie fort.»Er war beliebt, hatte einen schicken Wagen. Scott war einfach cool. Und er war verliebt. In Maggy. Ein blasses Mädchen aus seinem Jahrgang. Ich wusste das, doch ich wollte ihn für mich. Und so fertigte ich den Ring und steckte ihn an. Maggy heulte tagelang, als Scott sich von jetzt auf gleich von ihr trennte. Und ich ließ mich von ihm mit dem Auto zu jeder heißen Party fahren. Damit alle sahen, dass er nun bei mir war.«

Sie wischte sich eine Träne ab. Noch nie hatte ich Mom so unglücklich gesehen.

»Aber mein Triumph währte nicht lange. Scott wurde krank. Seine Haut wurde blass und durchscheinend.«

»Wie bei Ben!«, entfuhr es mir.

Sie nickte und drückte meine Hand. »Es ist eine Nebenwirkung des Zaubers.«

»Aber Noah – er hat sich nicht aufgelöst.«

Sie lächelte matt. »Sein Herz war frei. Vielleicht hat er dich auch schon vor deinem Zauber gemocht.«

Geschockt starrte ich sie an. Ich wollte gar nicht darüber nachdenken, was sie da sagte. In meinem Herzen war nur die Angst um Ben. »Und was ist mit Scott passiert? Hat er sich ganz aufgelöst?«

Mom zog ihre Hand zurück. Sie igelte sich regelrecht ein. Bisher hatte sie mir nichts über Scott erzählt, weil sie nicht konnte. Der Schmerz darüber, was passiert war, die Schuld, die sie trug, hatten sie schweigen lassen.

»Mom?«, fragte ich leise. »Erzähl es mir. Bitte.«

Sie atmete tief ein. »Es … ich … ich habe nie zurückgeblickt, Julie. Ich bin weggelaufen. Wollte es vergessen, nie wieder mit der Magie zu tun haben. Ich habe mich so geschämt für das, was ich getan hatte.« Gequält sah sie zu mir. »Ich habe ein Menschenleben vernichtet. Ich werde mir das nie verzeihen.«

Es fiel mir schwer, zu atmen. Die Angst zerquetschte mich, schnürte mich ein. »Wie?«, stammelte ich.

»Ich musste es geheim halten. Niemand durfte wissen, dass es Magie gab, dass Daria und ich Schmuckmagierinnen waren. Also versteckte ich Scott. Er wurde schließlich durchsichtig! Ich konnte ihm nicht sagen, was mit ihm passierte und warum. Ich hätte ihn verloren. Er hätte mich verlassen, mich gehasst. Das war damals keine Option für mich. Ich war zu selbstsüchtig.« Sie atmete durch, um sich zu beruhigen. »Mir fiel nichts Besseres ein, als zu behaupten, dass er es sich einbildete. Ich sagte, er bräuchte nur eine Auszeit. Er hätte einen Nervenzusammenbruch.«

Zusammengekauert saß Mom vor mir auf ihrer Kunstwiese und weinte still. Ich wagte kaum zu atmen, wusste nicht, was ich denken sollte. Ben löste sich auf! War er verloren? Brachte Merle ihn mit ihrer Selbstsucht um?

»Aber irgendwann kam der Punkt, da konnte ich weder ihm noch mir mehr etwas vormachen«, erzählte Mom. »Daria sollte mir helfen. Ich wollte, dass Scott bei mir blieb, doch er musste wieder normal werden. Daria lachte nur. ›Was willst du mit so einem schwachen Unbegabten? Geschieht ihm recht. Vergiss ihn und such dir einen anderen‹, sagte sie.« Mom musste erneut tief durchatmen, um nicht noch mehr zu weinen. »In Darias Augen war Scott eben ein Opfer. Sein Leben zählte für sie nicht. Wichtig war, dass ich einen starken Zauber wirken konnte und nicht nachgab, wenn sich Komplikationen ergaben. In ein paar Tagen wollte sie mich schließlich offiziell in den Zirkel der Schmuckmagier aufnehmen. Dazu übertrug der ältere Magier symbolisch etwas von seiner Kraft auf den jungen. Wir hatten zusammen ein Spiegelamulett dafür angefertigt.«

Ich griff nach dem Amulett, das unter meinem T-Shirt verborgen war. Deshalb wirkte es gegen Daria! Sie hatte es selbst geschaffen.

Mom nickte, als sie meine Bewegung bemerkte.»Wir haben es nie benutzt. Denn als Daria über Scott lachte – der furchtbar litt, seinen Verstand verlor, sein Leben –, da wurde mir klar, wie schrecklich Darias und auch mein Umgang mit der Magie war. Wie grässlich die Magie an sich war. Seitdem Daria mich darin unterrichtet hatte, war es nur darum gegangen, sich selbst Vorteile zu verschaffen. Wie viele Menschen dafür verletzt wurden, bestohlen und ausgetrickst – das hatte Daria nie interessiert. Doch ich hatte Scott wirklich geliebt.«

Ich legte meine Hand auf die ihre. Nun war mir klar, warum Mom kein Wort mehr mit Daria sprach. Warum sie die Magie verbannt und sie vor mir versteckt hatte.

Fest umklammerte Mom meine Hand und sah mich an, als ob sie darauf wartete, dass ich ihr verzieh.»Ich war verblendet, Julie. Ich war so ein schlechter Mensch. Es hat mir das Herz zerrissen, als Scott sich auflöste.«

Mein Herz erstarrte. Meine Hand krallte sich in ihre. Doch ich konnte nicht sprechen. War Scott gestorben?

»Ich konnte mir selbst nicht mehr in die Augen sehen, Julie.

Es war unverzeihlich, was ich ihm angetan hatte. Denn als ich endlich den Ring abnahm, war es zu spät.«

»Zu spät?« Entsetzt sprang ich auf. »Was ist mit ihm passiert?« Mein Herz presste sich zitternd in die hinterste Ecke. Ich konnte kaum atmen vor Angst um Ben.

»Er hat den Verstand verloren«, flüsterte sie.

»Den Verstand verloren? Was meinst du damit?«

Sie schluchzte. »Scott war so talentiert. Alles hätte er erreichen können. Ein Leben voller Glück und Liebe, einer Frau, Kinder … Ich habe es ihm genommen.« Das Gesicht in den Händen verborgen, weinte Mom.

»Wo ist Scott jetzt?« Meine Stimme klang hohl.

Sie schüttelte nur den Kopf.

Hilflos sah ich auf sie herab. Ben würde nicht den Verstand verlieren, redete ich mir ein. Er wusste, dass sein Zustand real war, weil er wusste, dass es Magie gab. Er musste nicht an seinem Verstand zweifeln. Merle würde den Ring ablegen. Und wenn ich ihn ihr abreißen musste.

Ich kniete mich neben Mom und nahm sie in den Arm. Es fühlte sich ein wenig verkehrt an, dass ich ihr beruhigend über den Rücken strich, wo sie doch meine Mom war. Aber ich konnte nur ahnen, wie schrecklich sie sich all die Jahre gefühlt hatte. Es war nicht nur das Geheimnis, dass unsere Familie Schmuckmagie wirken konnte, das sie gehütet hatte. Vor allem hatte sie sich vor sich selbst versteckt. Und dem Kind, das sie damals war. Egozentrisch und gierig wie Daria.

»Mom? Ist er wieder sichtbar geworden, als du den Ring abgenommen hast?«

Sie nickte und wischte sich die Tränen ab. Angestrengt versuchte sie, sich zu beruhigen. »Aber es hat nichts geholfen. Er konnte zwar in seinen Alltag zurück, doch er redete unablässig davon, dass er unsichtbar gewesen war. Sie warfen ihn aus der Mannschaft, er flog von der Schule, seine Freunde verließen ihn. Schließlich schmiedete ich ihm einen Zauber des Vergessens. Er sollte alles, was er mit mir erlebt hatte, auslöschen. Vielleicht hätte Scott damit normal leben können.«

»Aber der Zauber hat nicht gewirkt?«

Mom schniefte. »Ich weiß es nicht. Ich habe ihm den Ring zwar gegeben, aber dann bin ich eiligst geflohen. Weit weg, auf einen anderen Kontinent, in der Hoffnung, dass Daria mich nie findet. Ich habe nie zurückgeblickt.«

Ich konnte spüren, wie schäbig sich Mom fühlte. Sie konnte sich nicht verzeihen. Nicht nur Scott, sondern auch all die Fehler, die sie gemacht hatte. Die sie zugelassen hatte, weil sie sich immer noch versteckte. Vor Daria, vor der Magie, vor sich selbst.

»Der Gedanke, dass du ebenfalls das Talent hast, hat mich seit deiner Geburt verfolgt«, flüsterte sie. »Ich wollte nicht, dass du von der Magie erfährst. Sie ist so verführerisch. Aber es ist falsch, Menschen seinen Willen aufzuzwingen.«

»Ich weiß.«

»Es tut mir leid, Julie. Ich habe dich für ebenso schwach gehalten, wie ich es war.«

Verwundert sah ich sie an. Ein stolzes Lächeln lag in ihrem Blick. »Doch mir scheint, du findest deinen Weg besser als ich.«

»Ein wenig Hilfe wäre aber gut«, sagte ich.

Mit einem Seufzer nickte sie. »Ich hätte ehrlich sein müssen, mich nicht von meiner Angst leiten lassen. Du bist viel stärker als ich damals. Du hast deinen Ring abgelegt. Du hast dich Daria gestellt.«

»Durch mich ist Ben in Gefahr. Ich habe die Magie in sein Leben gebracht.«

»Nein!«, fuhr sie mich an. »Das ist nicht deine Schuld! Es ist Daria, die ein Menschenleben opfert, um ihre Macht zu demonstrieren.«

Ich musste schlucken. Mom hielt mich für stark, aber in diesem Moment fühlte ich mich wie eine Maus, die sich zitternd vor der grässlichen Katze versteckt.

»Merle muss den Ring ablegen, Julie. Anders kannst du Ben nicht retten.«

Jetzt war ich es, die sich die Tränen von den Wangen wischte. »Sie weigert sich. Ich kann sie doch nicht ... zwingen ...«

»Ich bin zu Hause!« Die Haustür klappte. Paps war von der Arbeit zurück.

Entsetzt sahen wir uns an. Hoffentlich machte ich einen nicht ganz so fürchterlichen Eindruck wie Mom. Ihre Mascara lief ihr wie ein Wasserfall übers Gesicht, Nase und Augen waren rot vom Weinen, die Haut noch immer aschfahl.

»Jetzt wäre eine Erklärung gut«, murmelte ich.

»Geh.« Sie schubste mich Richtung Küche. »Pass auf, dass Paps dich nicht sieht. Ich mach das schon. Geh du zu Merle. Überzeug sie. Entreiß ihr notfalls den Ring.«

Ich gab Mom schnell einen Kuss auf die Stirn und flüchtete keine Sekunde zu früh in die Küche.

»Hallo, Schatz«, hörte ich Paps sagen, als er das Wohnzimmer betrat. »O nein! Schon wieder Heuschnupfen?«

25

Im Bad hatte ich mit kaltem Wasser mein Gesicht gekühlt, um die Spuren des Weinens abzumildern und einen klaren Kopf zu bekommen.

Jetzt tigerte ich ruhelos vorm Bett auf und ab.

(Denk nach, Julie! Denk nach!)

Merle wollte nicht mit mir sprechen. Sie ignorierte meine Anrufe und würde mich mit Sicherheit nicht ins Haus lassen. Aber ich musste ihr klarmachen, was der Zauber Ben antat.

Ben! Seine Anrufe nahm sie entgegen. Er schenkte ihr schließlich Rosen.

Ich sah aus dem Fenster zu ihm hinüber. War er zu Hause? Die Vorhänge waren aufgezogen, das Fenster offen, doch ich konnte im Zimmer niemanden erkennen. Na ja, wie auch, wenn Ben unsichtbar war.

Eilig nahm ich mein Handy und textete ihm.

> Können wir reden?

Minuten verstrichen ohne Antwort.

> Ich will dir helfen. Bist du zu Hause?

Keine Reaktion.

Noch einmal sah ich hinaus. Die Garage stand offen. Kein Wagen, auch keiner auf dem Parkplatz vorm Haus. Also waren seine Eltern nicht da.

Wieder lief ich hin und her wie eine eingesperrte Raubkatze.

Wenn Ben Merle einladen würde – sie käme mit wehenden Fahnen herbei. Darauf wartete sie schließlich.

Und wenn er bereits bei ihr war?

Nein. Dann hätte sie anders reagiert! Wenn sie gewusst hätte, dass er unsichtbar wurde, hätte sie doch schon längst den Ring abgenommen.

Noch mal sah ich zu Bens Fenster hinüber. Wenn ich von seinem Telefon aus Merle schreiben würde … Wahrscheinlich war er zu Hause. Ich könnte so lange auf der Straße stehen und brüllen und rufen, bis er mich genervt reinließe. Doch das würde vermutlich zu viel Aufmerksamkeit in der Nachbarschaft erregen.

»Ideen, Herr Ha?«

Mein Kuschelhase sah mich teilnahmslos an. Vor ihm lag das Schmuckbuch. Ob ich mir einen Zauber wirken konnte? Aber welchen? Ich konnte die beiden nicht manipulieren. Ihnen einreden, irgendetwas zu tun. … Aber … natürlich! Ich konnte *meine* Fähigkeiten verbessern!

Eilig schlug ich das Verzeichnis der Symbole vom Schmuckkasten auf und ging sie durch. Da war es! *Der Pumasprung* … Wenn ich in Bio richtig aufgepasst hatte, konnten diese Tiere ziemlich hoch springen!

Noch mal sah ich zu Ben hinüber – definitiv, das Fenster stand offen. Wenn ich es schaffte, dort hinaufzuspringen …

Ich klappte den Kasten auf und suchte nach dem Symbol. In dem Fach lagen dunkelrot schimmernde Perlen. Mit Sicherheit ein Halbedelstein, vielleicht Granat. Sie waren gerade mal ein paar Millimeter groß. Wunderbar für ein Fußkettchen.

Ich suchte mir einen starken Perlonfaden und einen Verschluss. Dann setzte ich mich an meinen Schreibtisch und schloss die Augen.

Denk nicht an Merle. Denk nicht an Ben. Denk nicht ans Unsichtbarwerden. Denk nicht!

Doch ich dachte an nichts anderes.

Verdammt.

Ich musste mich auf Kraft, Hochsprung, auf Klettern oder so was konzentrieren! Nicht auf liebestolle Freundinnen und sich ins Nichts auflösende Kumpel. Kurzerhand schnappte ich mir mein Handy und suchte im Netz nach Videos von springenden Pumas, Freeclimbern und Fassadenkletterern. Auch ein paar Parcoursläufer sah ich mir an. Mit diesen Bildern im Kopf begann ich, das Kettchen aufzufädeln.

Im Nu war es fertig.

»Wünsch mir Glück!«, sagte ich zu Herrn Ha und rannte die Treppen hinunter, das Kettchen in der Faust.

Aus dem Wohnzimmer hörte ich meine Eltern. Mom sprach leise, und für eine Sekunde fragte ich mich, ob sie Paps die Wahrheit über sich erzählte. Ob er erfuhr, was es mit Daria auf sich hatte und ihrem Geburtstagsgeschenk an mich. Doch nun war nicht der Moment zu lauschen, auch wenn ich verdammt neugierig war.

Ich musste jetzt springen!

Als ich aus dem Haus war, legte ich das Kettchen an.

Prüfend wippte ich auf den Zehenspitzen. Ich spürte keine Veränderung.

Vorsichtig schlängelte ich mich durch die Rosenbeete von Bens Mutter direkt unter sein Fenster. Das Fensterbrett erschien mir extrem schmal. Und es war so weit oben!

Vielleicht sollte ich doch lieber klingeln und betteln, dass er mir aufmachte …

Halbherzig hüpfte ich ein wenig auf der Stelle. Kläglich. Das waren gerade mal fünf Zentimeter. War mit Pumasprung etwas anderes gemeint? Ging es hier gar nicht um echtes Springen?

Wieder sah ich hinauf, und mein Herz begann zu rasen. Niemals konnte ich aus dem Stand in den ersten Stock springen! Andererseits – wenn das Kettchen mir nicht half, drei Meter in die Höhe zu springen, dann passierte mir auch nichts, denn als Normalo kam ich bestenfalls einen halben Meter hoch. Selbst fürs Seilspringen reichte mein Sprungtalent nicht aus, und ich verhedderte mich immer.

Also fasste ich mein Ziel ins Auge (dieses schmale Brett!), konzentrierte mich (Ich bin ein Puma. Ich will da hoch!), ging in die Hocke, um Schwung zu nehmen – und stieß mich ab.

Wenn mich noch niemand aus den umliegenden Häusern beobachtet hatte, wie ich am helllichten Tag durch die heiligen Rosen von Bens Mom schlich, dann musste spätestens mein gellender Schrei alle an die Fenster holen.

Denn ich flog regelrecht hinauf! Und bevor ich begriff, dass ich tatsächlich pumagleich sprang, rammte ich mir auch schon das Schienbein am Fensterbrett, verlor die Balance und krachte mit dem Kopf an die Scheibe. Das Fenster schwang auf, und ich purzelte ziemlich ungraziös in Bens Zimmer.

»Autsch.« Ich brauchte eine Sekunde, um mich zu sortieren, stieß mir beim Aufstehen den Kopf am Fenster und humpelte schließlich jammernd auf Bens Bett zu. Wehleidig musterte ich mein aufgeschrammtes Schienbein. Nun war das eine Knie aufgeschlagen, und am anderen zog sich eine heftige Schramme entlang. Mangelnden Körpereinsatz konnte mir keiner vorwerfen.

»Ben?«, fragte ich vorsichtshalber, obwohl das Zimmer leer war. Aber wer weiß – vielleicht war er inzwischen komplett unsichtbar?

Als niemand antwortete, humpelte ich zu seinem Schreibtisch. Hoffentlich hatte er sein Handy hiergelassen. Im Gegensatz zu meinem Schreibtisch war Bens so was von aufgeräumt. Ein paar Stifte ordentlich in einem Becher, ein Buch über Molekulare Maschinen lag (mit Lesezeichen) mittig auf dem Tisch und daneben … sein Handy, das am Aufladekabel steckte.

Bingo!

Was war ich doch manchmal für ein Glückspilz!

(Wie konnte Ben nur so ordentlich sein!)

Das Handy war bei guten achtzig Prozent, also zupfte ich es vom Strom und aktivierte den Sperrbildschirm. (Waren das Molekularketten?) Ich hatte Ben schon so oft dabei beobachtet, wie er sein Handy entsperrte, dass ich nur zwei Versuche brauchte.

Eilig tippte ich eine Nachricht an Merle, sie möge doch schnellstens zu ihm nach Hause kommen.

Bestens.

Nun musste ich nur noch warten, bis Merle an der Tür klingelte.

Zufrieden mit mir sah ich mich um. Sein Bett hatte er heute nicht gemacht. Na, so was. Den Schreibtisch clean halten, aber das Bett so zerwühlt zurücklassen? Ob er es eilig gehabt hatte? Die Tagesdecke lag jedenfalls (ordentlich gefaltet) auf einer Kiste am Fußende. Aber er hatte ja im Moment auch andere Sorgen.

Ich ließ meinen Blick über seine Bücher gleiten. Fast die gleichen wie in meinem Regal. (Nur sortierte Ben nach Genre, und ich sortierte quasi gar nicht. Irgendwann hatte ich sie mal nach Farbe ordnen wollen, aber inzwischen war alles durcheinander.)

Selbst seine Pinnwand, an die er Schnappschüsse seiner Surfkumpels geheftet hatte, wirkte irgendwie gegliedert.

Ich trat näher und entdeckte ein Foto von Merle und mir. Natürlich im *Lorenzo*, dicke Schoko-Bärtchen zierten unsere Oberlippen. Merle lachte glücklich.

Ich wünschte mir nichts mehr, als dass alles wieder so wurde wie ... wie vor meinem Geburtstag. Ohne Magie war mein Leben einfacher gewesen. Normal. Vielleicht manchmal zu normal. Aber das war allemal besser, als unsichtbar zu werden.

Wie lange würde Merle wohl brauchen, bis sie hier war?

Ungeduldig schlenderte ich zum Regal beim Fenster zurück und zog ein Buch heraus, das ich noch nicht kannte.

Da schlug das Fenster neben mir plötzlich zu. Ein Schatten wischte vorbei.

War er etwa doch hier? Komplett unsichtbar?

Ein kleiner Lufthauch bewegte die Gardine.

»Ben?«, flüsterte ich.

Das Handy schob sich wie von Geisterhand geführt über den Schreibtisch und dockte sich wieder ans Ladekabel an.

»Ben?«, quiekte ich erneut. (Natürlich musste es Ben sein. Ich war mir nicht sicher, ob ich solche Panik hatte, weil er inzwischen komplett unsichtbar war, oder weil ein Teil von mir fürchtete, es könnte doch ein Gespenst sein.)

»Du musst nicht flüstern, nur weil ich ein Geist bin.«

Vor Schreck schrie ich auf und ließ das Buch fallen. Doch es verharrte neben mir in der Luft und schwebte zurück an seinen Platz im Regal.

»O mein Gott! Ben!« Zitternd tastete ich vor mich und berührte wohl seinen Arm. Mir stockte der Atem. »Das ist … O nein!« Er *war* ein Geist!

Ben wich mir anscheinend aus, denn der Widerstand, den ich in der Luft ertastet hatte, verschwand.

»Was machst du hier?«, fragte er sauer.

»Ich will dir helfen.« Unsicher sah ich mich um. Er war absolut durchsichtig. Vorsichtig streckte ich erneut die Hand aus und fühlte in der Luft herum. »Wo bist du?«

»Am Schrank.«

Tatsächlich öffneten sich die Türen von selbst. (Wow. Das war der ordentlichste Schrank, den ich in meinem ganzen Leben gesehen hatte!) Eine Schublade glitt auf, und Boxershorts stiegen daraus empor.

»Was äh …«, fragte ich unsicher.

Die Shorts verharrten in der Luft. »Ich war duschen.«

Schlagartig schoss mir die Röte ins Gesicht, und ich drehte mich hastig um. »Ben!« Er war nackt! Er war nackt an mir vorbeigegangen! Ich hatte ihn berührt! Und er war nackt!

»Ich bin unsichtbar, stell dich nicht so an.«

»Aber du …« Vorsichtig linste ich über die Schulter und beobachtete, wie die Boxershorts nach unten glitten und er sie anscheinend überzog. Schnell sah ich wieder weg. »Ben! Das geht nicht … ich …«

»Du bist schuld, dass du mich nicht siehst!«

»Nein … ich …« Wenn Merle erst da wäre, würde sich alles klären und er wieder sichtbar werden.

Ein T-Shirt flog aus einem Stapel und entfaltete sich. »Wie bist du hier reingekommen?« Er klang so wütend. Und ich fühlte mich elend. Natürlich war es meine Schuld, dass er … *Bitte!* Er musste wieder sichtbar werden!

Ich räusperte mich und versuchte, den nackten Ben aus meiner Vorstellung zu kriegen. »Ich bin gesprungen.«

Bens Jeans blieben in der Luft hängen. »Gesprungen?«

»Na ja, Pumasprung. Drei Meter sind 'n Klacks für die.« Ich schob meinen Fuß vor und zeigte auf das Kettchen.

»Gut, dann spring wieder zurück. Ich will dich hier nicht haben!«

»Ben. Ich hab Merle gesagt, sie soll herkommen. Sie redet nicht mehr mit mir.« Ich deutete fahrig auf sein Handy. Es machte mich nervös, dass ich ihn nicht sehen konnte.

»Ach? Gibt dir das nicht zu denken, Julie? Deine besten Freunde setzen dich alle vor die Tür!«

Ertappt sah ich zu Boden. »Ich wollte das doch nicht.«

»Geh! Verschwinde!«

»Ich versuche, dir zu helfen. Merle –«

»Verschwinde!«, brüllte er. Boxershorts und T-Shirt machten einen Satz auf mich zu.

»Ben. Bitte!«

»Nein. Raus mit dir und deiner Magie!« Er schubste mich.

Ich taumelte rückwärts.

Immer wieder stupste er mich, bis ich mit dem Rücken am Fensterbrett stand.

»Raus!«

»Es tut mir leid«, flüsterte ich. Ich musste mich zwingen, nicht loszuheulen. Mir zerriss es das Herz. Natürlich war er wütend. Wie hätte er nicht wütend sein können. Aber ich wollte doch helfen. Alles wieder in Ordnung bringen.

Schicksalsergeben kletterte ich ins Fenster.

Es war so schrecklich tief! Ängstlich sah ich zu den Rosenbüschen, dann die Straße entlang.

»Los jetzt!«

»Warte! Wenn jemand sieht, wie ich …« Hoffnungsvoll reckte ich den Kopf. Merle! Ja! Dort kam Merle! Sie hatte es immens eilig. Vermutlich trug sie wieder ihr Sportlichkeitskettchen, so wie sie in die Pedale trat. Als sie mich entdeckte, bremste sie allerdings geschockt ab.

Das war meine Chance! Ich musste ihr zeigen, was sie Ben angetan hatte! (Auch wenn sie es nicht sehen konnte.)

»Ben!«, rief ich. »Du musst mir glauben!«

»Ich steh direkt hinter dir, hör auf so zu brüllen und spring!«

Ich beobachtete Merle. Sie kniff ungläubig die Augen zusammen, als versuche sie zu erkennen, mit wem ich sprach – aber da war niemand.

246

»Nein, du verstehst nicht! Du musst mit Merle reden«, erwiderte ich wieder so laut, dass sie es hören musste.

Jetzt wurde Ben richtig sauer. Er packte mich am Arm und drehte mich herum. Vermutlich wollte er mir in die Augen blicken, doch zumindest *ich* konnte nur auf die Deckenlampe starren. Aber sein T-Shirt schwebte vor mir. Panisch griff ich in die Luft – also nach seinem Arm, denn ich hatte Angst, hinunterzufallen. (Fallen Pumas und Mädchen mit Pumasprung-Zauberkettchen genau wie Katzen auch immer auf die Füße?)

Ich sah mich um und entdeckte Merle an der Gartenpforte, die mich mit offenem Mund anstarrte. Vermutlich hing ich so seltsam in der Luft, dass sie sich nicht nur fragte, was ich überhaupt auf dem Fensterbrett tat, sondern vor allem, wie ich mich so schräg in der Luft halten konnte. Und warum ein T-Shirt vor mir schwebte.

Gut so!

»Jetzt pass mal auf, du kleine Hexe. Ich hab deine lustigen Experimente so was von satt! Wenn ich heute Abend nicht wieder sichtbar bin, dann hilft dir auch keine Magie mehr!«

»Danke«, formte ich mit den Lippen, wand mich aus seinem Griff und sprang hinunter.

Merle kreischte auf. Ich sah noch, wie sie vor Schreck ihr Fahrrad fallen ließ und durch die Pforte stürmte.

Leider verfehlte ich die kleine Lücke zwischen den Büschen

und ratschte mich heftig an den Dornen der Rose. Natürlich knickten auch ein paar Zweige ab.

»Was war das denn!« Entsetzt kauerte Merle sich neben mich. »Bist du jetzt völlig bekloppt?«

Stöhnend rappelte ich mich auf. »Ben!«, rief ich.

»Verschwinde!«, giftete er und fügte etwas milder und hörbar überrascht »Oh, hey Merle« an.

Stirnrunzelnd sah Merle zum Fenster. »Ben?«, fragte sie unsicher.

Ein Fluch hallte zu uns hinunter. »Bis heute Abend, Julie!«, brüllte er und warf das Fenster zu. Mit Schwung wurden die Gardinen vorgezogen.

Ich wischte mir die Erde von den Händen und löste das Fußkettchen.

Merle starrte auf das Fenster und legte den Kopf schief. Wunderbar. Ich beobachtete diese kleine Geste mit Erleichterung, denn sie zeigte mir, dass Merle unsicher wurde.

»Merle? Bitte. Lass uns reden. Komm mit rüber, und ich mach uns eine Schokolade.«

»Was ...« Sie blickte noch immer zum Fenster hinauf. »Nein. Ben will mich sehen.« Doch da war kein glückseliges Lächeln, sondern eine tiefe Grübelfalte zog sich über ihre Stirn.

»Ben will niemanden sehen.« Prüfend belastete ich mein verletztes Knie. Es blutete wieder.

Merle blitzte mich sauer an. »Er hat mir geschrieben. Er will mich sehen.«

»*Ich* hab dir die Nachricht geschrieben. Deshalb war ich da oben.«

Erneut legte sie den Kopf schief und musterte mich.

»Der Zauber hat eine furchtbare Nebenwirkung, Merle!«

»Dass Ben dich nicht mehr abkann?« Sie lächelte höhnisch.

»Nein. Er ist unsichtbar. Komplett!«

Hastig flog ihr Blick zum Fenster. Tatsächlich waren die Gardinen einen Spaltbreit geöffnet. Vermutlich beobachtete Ben uns. Aber er war nicht zu sehen. Zynisch grinsend winkte ich, und die Gardinen klatschten wieder zusammen.

Merle gab ein erstauntes Grunzen von sich.

»Bitte!«, flehte ich. »Du hast es doch eben gesehen – also nicht gesehen. Wir dürfen keine Zeit verlieren! Du musst den Ring ablegen.«

Sie ballte die Hand zur Faust. »Ben?«, rief sie.

Dort oben blieb es still.

»Er ist unsichtbar!«

Perplex zwinkerte sie.

»Du hast ihn nicht gesehen. Aber er war da. Er hat mit mir gestritten. Das hast du doch gehört.«

Sie blinzelte nochmals. Ihr Kopf war inzwischen in erheblicher Schieflage.

Hastig sprudelte ich los. »Mom hat mir erzählt, warum sie mit der Magie gebrochen hat. Daria hat sie belogen, und ein Junge, den sie liebte, wurde durch ihren Liebesbann unsichtbar!« Ich griff ihre Hand und drückte sie.

Ich bin deine Freundin, Merle. Und Bens Freundin. Ich will nicht dein Glück zerstören. Ich will nur Ben nicht verlieren!

Merle taumelte zurück und entzog sich meiner freundschaftlich gemeinten Berührung. Stattdessen umklammerte sie den Ring, und ihr Blick flog von Bens Fenster zu mir, zu ihm, zu mir.

»Merle?«

»Ruhe!«, giftete sie mich an. »Ich versuche nachzudenken!«

Gehorsam biss ich mir auf die Lippen und hoffte, hoffte so sehr, dass sie endlich verstand. Sie war blass. Ihre Finger spielten nervös mit dem Liebesring.

Zieh ihn ab!

Ihre Finger zitterten, als sie den Ring umfasste.

»Es … Julie … Ich …«

»Der Ring schenkt dir keine Liebe«, meinte ich leise. »Magie kann keine Liebe erschaffen, Merle. Deshalb habe ich meinen ins Meer geworfen. Denk an all die Märchen, die du so magst. Liebe und Tod – es stimmt. Magie kann das nicht beeinflussen.«

»Noah ist aber nicht durchsichtig geworden.«

Betroffen sah ich auf den geknickten Rosenstrauch.

»Er mochte mich wohl doch ein bisschen.«

Merles Augen füllten sich mit Tränen. »Und Ben wird unsichtbar, weil sein Herz nicht für mich schlägt.«

Ich umarmte Merle ganz fest. »Vielleicht wächst die Liebe – aber sicher nicht durch Zauberei. Leg den Ring ab.«

Merle schniefte, schnappte nach Luft und schob mich weg. »Es geht nicht.«

»Wie bitte?« Fassungslos starrte ich sie an. Was meinte sie damit? Tränen rannen über ihre Wangen, und sie schüttelte den Kopf.

»Was? Aber … du …« Ich konnte nur noch stammeln, so geschockt war ich.

Sie schniefte. »Als ich dich gesehen habe, wie du da so komisch im Fenster hingst, wie an unsichtbaren Seilen und dieses T-Shirt da schwebte … Ich weiß, dass es stimmt, was du sagst.«

Mir klappte nur der Mund auf und zu, und ich deutete auf den Ring, den sie sofort mit der anderen Hand schützend bedeckte.

»Mir war es schon vorher klar. Denn Ben kam heute nicht. Wir waren verabredet, und der Bann hätte ihn zu mir bringen müssen, nicht wahr?« Eine Träne kullerte. »Und als wir gestern zusammen waren – es fühlte sich komisch an. Er war so anders. Nicht der lustige Ben. Sondern steif und schweigsam. Und als ich abends den Ring abnehmen wollte, gab es keinen Zweifel mehr.«

»Ich verstehe nicht … Du wolltest den Ring abnehmen?« Mein Herz verkrampfte sich. Etwas stimmte nicht. Mein Blick suchte erneut den Ring. Nur zögernd streckte Merle die Hand vor, damit ich ihn sehen konnte. »Wieso hast du es nicht getan?« Ich konnte nur flüstern, denn die Splitter, die in den Reif eingelassen waren, glommen in einem unheilvollen Schwarz.

Merle wischte sich eine Träne weg. »Ich sterbe, wenn ich ihn ablege.«

Fast hätte ich gelacht. Aber ihr verzweifelter Blick hielt mich davon ab. Sie machte keine Scherze. »Das ist Quatsch. Es fühlt sich im ersten Moment einfach nur komisch an. Wie wenn man etwas verliert, um das man trauert. Doch dann verschwindet das Gefühl.« Ich zwang mich zu einem optimistischen Lächeln.

»Julie! Daria hat mich betrogen!« Jetzt streckte sie mir die Hand mit dem Ring hin. »Siehst du die Splitter?«

Langsam nickte ich. Ich konnte die Magie fühlen, die von ihnen ausging. Und sie fühlte sich nicht gut an.

»Ich war so dumm! Ich hab Daria noch gefragt, warum die Scherben in dem Ring sind. Deiner hatte ja keine. Doch sie meinte nur, ich solle ihre Fähigkeiten nicht anzweifeln. Julie! Sie hat einen zweiten Bann daraufgelegt.« Merle sah zu Ben hoch und wischte sich eine Träne weg. »Ich werde ersticken, wenn ich den Ring ablege.«

»Was? Nein, niemals! Das ist Unsinn!« Geschockt griff ich nach dem Spiegelamulett unter meinem Shirt. Daria! Warum tat sie das?

»Ich *weiß* es, Julie!« Hektisch schniefte Merle. »Jedes Mal wenn ich versuche, ihn abzuziehen, schnürt es mir die Kehle zu. Verstehst du? Ich kann nicht atmen!«

Schuldbewusst sah sie zu Ben hinauf. »Wenn ich nur nicht so neidisch auf dich gewesen wäre. Mir war es egal, dass Ben sich gar nicht für mich interessierte. Dabei hab ich gesehen, wie verliebt er in dich ist.«

Hilflos wischte auch ich mir nun eine Träne von der Wange.

»Ich wollte so sehr, dass er mein Freund ist. Ich wollte nicht mehr einsam sein«, murmelte sie mit bebender Stimme.

Bevor ich sie in den Arm nehmen konnte, drehte sie sich um und rannte davon.

»Warte, Merle!« Doch ich war zu langsam. Sie schwang sich aufs Rad und war wie der Blitz um die nächste Straßenecke. (Verdammt! Dieses Sportlichkeitskettchen!)

26

Wie in Trance nahm ich mein Fahrrad.

Mein Freund war unsichtbar, meine beste Freundin mit einem Todesfluch belegt. Und all das hatte meine Großmutter zu verantworten! Sie wollte meine Magie, sie hatte sie mir stehlen wollen, egal, was dabei mit mir passierte. Und ihr war egal, was mit Merle und Ben passierte.

Wut kroch in mir hoch, schnaubend trat ich in die Pedale. Daria musste die Zauber rückgängig machen! Was auch immer es mich kosten würde! Ich würde Ben und Merle befreien!

Als ich in die Einfahrt zu Darias Haus einbog, blockierten zwei Lastwagen eines Umzugsunternehmens die Auffahrt. Der vordere war schon fast voll mit Kisten und Kartons. Eine neuerliche Welle der Wut überlief mich.

Sie machte sich einfach aus dem Staub!

Moms Spiegelamulett schlug mir unter dem Shirt gegen die Brust. Entschlossen fuhr ich an den Lastwagen vorbei und würdigte die Arbeiter keines Blicks. Ich hatte nur Daria im Sinn. Und wie ich sie mit einem Kinnhaken niederstreckte.

Mom hatte es all die Jahre nicht geschafft, sich Daria zu stellen. Mir wurde schlagartig klar, dass sie nicht nur vor ihrem schlechten Gewissen weggelaufen war. Sie hatte Angst vor Daria, vor dem, was sie durch ihre Magie tun konnte. Und vermutlich sollte auch ich Daria nicht alleine gegenübertreten. Aber es blieb mir keine Zeit. Sie hatte all meine Lieben ausgeschaltet.

»Vorsicht«, rief einer der Möbelpacker und bugsierte das Steinbecken, in dem die silbernen Fische gelebt hatten, mit einer Sackkarre zum Lastwagen. Ich ließ ihn vorbei und stieg vom Rad. Die letzten Meter schob ich es zum Haus. Auf dem gekiesten Platz stapelten sich Umzugskartons, bereit zum Verladen. Zwei weitere Männer brachten immer mehr aus dem Haus und sortierten sie in der Einfahrt nach Größe.

Angespannt betrat ich das Haus. »Daria?« Ich hatte keine Angst. Ich war zu wütend. Und diese enorme Wut machte mich gefährlich mutig.

Ein junger Mann, der eine Holzkiste trug, unter deren Deckel noch Stroh herausragte, ließ mich rein, bevor er durch die Haustür schlüpfte. »Sie ist in diesem krassen Lagerraum. Unglaublich, was die alte Tante für Krempel hat!«

Eilig steuerte ich auf die Werkstatt zu. Die Kristalltür wurde von einem Holzkeil offen gehalten, damit die Packer rein und raus konnten.

Als ich den Raum betrat, stockte mir der Atem. Er war leer.

Daria hatte jedes kleine Perlchen verpackt. Nur ein paar Kisten waren übrig und warteten auf ihren Abtransport. Keine Schränkchen mehr, keine Arbeitstische oder Werkzeuge. Nichts verriet, welch magischer Ort sich hier noch vor wenigen Stunden befunden hatte.

Daria unterhielt sich gerade mit einem der Packer, gab ihm Anweisungen zu einer mit Warnaufklebern übersäten Kiste.

Zögernd ging ich zu ihr. Jeder Muskel zitterte vor Anspannung. Wie konnte ich sie zur Rede stellen, wenn diese Leute ständig um uns herumwuselten? Andererseits fühlte ich mich sicherer, weil sie da waren. Daria hatte mir deutlich gezeigt, wie skrupellos sie sein konnte.

»Daria?« Ich räusperte mich und hoffte, dass meine Nervosität nicht allzu offensichtlich war.

»Schätzchen. Das ist ja eine Überraschung.« Daria sah in der Tat mehr als überrascht aus.

»Ich dachte, ich sag noch mal hallo, bevor du ganz verschwindest.« *Und hoffentlich nie mehr wiederkommst.* Mein bemühtes Lächeln musste extrem aufgesetzt und falsch wirken.

»Also, wir klären das später«, meinte der Mann und nickte mir freundlich zu. »Wir beladen den ersten Wagen fertig, und dann kümmern wir uns um dieses gute Stück.« Damit klopfte er auf die mannshohe Kiste, die man nicht schütteln, auf den Kopf stellen, werfen oder der Sonne aussetzen durfte. Er klemmte sich einen flachen Karton unter den Arm und schlenderte hinaus.

»Es wundert mich, dass du noch mal herkommst.« Daria kniff die Augen zusammen und musterte mich abschätzend. Vermutlich hatte sie die Magie des Spiegelamuletts bemerkt. Genau wie ich das ihre wahrgenommen hatte. Allerdings war es von etlichen anderen magischen Ketten verdeckt. Ich versuchte, die Warnungen zu ignorieren, die mein Verstand mir schickte. Ich konnte nicht fliehen. Zuerst musste ich sicher sein, dass sie Merle freigab.

Als ich Daria musterte, kam sie mir kleiner vor. Nichts an ihrer Erscheinung erinnerte noch an Frau Soma, die ich so sehr gemocht hatte. Die Magie schien schwer auf ihre Schultern zu drücken, denn sie stand gebückt und wirkte alt und gebrechlich. Es musste ihr zusetzen, dass sie durch das Amulett keine Magie bekam.

»Ich denke, wir haben einiges zu klären. Und ich will, dass du diese Sachen wieder in Ordnung bringst. Sofort.«

Amüsiert zog sie die Augenbrauen hoch. »Was genau willst du denn von mir?«

»Nimm den Zauber von Ben und Merle.« Meine Hand ballte sich zur Faust.

Ein höhnisches Grinsen setzte sich auf ihre Lippen. »Wie? Es geht dir um deine Freunde? Was ist mit dir?«

Ihr Blick ruhte auf meiner Brust. Fast hätte ich nach dem Amulett gegriffen.

»Nimm den Zauber von meinen Freunden!«, befahl ich laut und bestimmt.

Wie eine Giftschlange schob sie den Kopf vor und glitzerte mich hämisch an. »Sonst was?«

»Sonst werde *ich dir* alles nehmen.« (Ha! Das war doch mal 'ne Ansage.) Auch wenn ich keinen Plan hatte, wie ich das anstellen sollte. Ich ballte die Faust so fest, dass es weh tat. Sie war nur eine alte Frau. Mit einem gezielten Schwinger hätte ich sie leicht niederstrecken können. Immerhin zuckte Daria bei meiner Drohung tatsächlich für einen winzigen Augenblick zurück. Das gab mir Sicherheit. »Worauf wartest du?«, fügte ich drohend an. »Lös den Zauber!«

»Du müsstest eigentlich inzwischen schlau genug sein, um zu wissen, dass ich nichts tun kann.«

(Pokerface, Julie! Bleib hart.)

Natürlich wusste ich, dass letztlich Merle den Ring ablegen musste. Doch Daria hatte dies mit ihrem Erstickungszauber unmöglich gemacht. Es musste einen Weg geben, den Bann zu brechen.

»Deine Freundin braucht einfach nur den Ring abzulegen. Aber wird sie das können?« Lächelnd lehnte Daria sich an ihre Gefahrgut-Kiste. »Reicht ihre Willensstärke aus? Es sollte eigentlich nicht so schwer sein. Und dann wird doch alles wieder gut.«

»Wieder gut? So wie bei Scott?«

Tatsächlich schien sie dieser Name wie ein Magenschwinger zu treffen, denn sie taumelte kurz. »Was weißt du von Scott?«

»Stell dir vor, Mom und ich reden. Mom hat keine Geheimnisse vor mir. In *meiner* Familie gibt es Respekt und Fürsorge. Liebe – etwas, das dir absolut fremd ist. Etwas, das keine Magie der Welt entstehen lassen kann.« Verunsichert sah sie mich an. Ich staunte selbst, mit welcher Entschlossenheit ich hier vor ihr stand. Obwohl mir bewusst war, wie machtlos ich ihr ausgeliefert war, sollte sie beschließen, einen Zauber auf mich loszulassen.»Du hast Merle betrogen und einen zweiten Bann in den Ring gewoben. Sie glaubt, sie erstickt, wenn sie ihn abnimmt!«

Sie kicherte hinterhältig.»Ach ja, der Glaube. Ich bin immer wieder fasziniert, wie wunderbar die Schmuckmagie funktioniert. Wie einfach es ist, den Verstand eines Menschen damit zu verwirren. Deine Freundin ist besonders leicht zu beeinflussen. Dem Mädchen fehlt die Weitsicht. Das war schon immer so. Sie glaubt stets zu wissen, was passieren wird. Doch meistens muss man dafür kein Hellseher sein.« Lachend wandte sie sich ab und musterte zufrieden den leeren Raum. »Es war nett hier. Aber ich werde nichts von alldem vermissen.«

Diese Bemerkung traf mich unerwartet tief. *Dumme Nuss!,* schimpfte ich mit mir. *Da stehst du hier und schwingst Reden über Darias fehlende Liebe, und dann lässt du dich von so einer Aussage verletzen? Hast du etwa immer noch gehofft, es gäbe eine tiefe Verbindung zwischen Großmutter und Enkelin?*

»Pass auf. Ich mach dir ein Angebot.« Langsam drehte Daria sich zu mir. Ihr gieriger Blick verhieß nichts Gutes.»Du nimmst dieses lächerliche Amulett deiner Mutter ab – und ich sage dir, wie du Merle Hellsicht verschaffen kannst, damit sie den Liebesring abnehmen kann.«

»Nein.« Instinktiv griff ich an das Amulett. Als hätte ich Angst, sie könnte mich angreifen und es mir abreißen. Panik überkam mich. Mein Blick flog über all ihre Schmuckstücke. So viele davon waren magisch. Würde eines mich überreden, ihr das Amulett zu schenken? Zögernd wich ich vor ihr zurück.

»Na komm, Julie«, zischte sie, »gib mir das Amulett. Du wirst dadurch deine Freunde retten.«

»Nein!«

»Es wird deine Schuld sein, wenn Ben für immer verschwindet. Gib mir das Amulett!«

»Nein! Du sagst mir, wie Merle den Ring ablegen kann!«

Sie lachte, ich wich noch weiter vor ihr zurück. »Glaubst du wirklich, du könntest mich erpressen?«

Mit den Beinen stieß ich an eine der Umzugskisten und stolperte.

Sofort setzte Daria mir nach und streckte ihre Hand aus, doch ich rollte mich weg und sprang auf. »Du bekommst meine Magie nicht! Du bist die bösartigste Person, die ich kenne! Es ist eine Schande, dass wir verwandt sind!«

»Leg den Spiegel ab!«, schrie sie zornig. Ihr Gesicht glich einer Fratze, faltig und blass mit dunklen Schatten unter den Augen.

»Niemals!« Ich drehte mich um und stürzte hinaus. Rempelte einen verdutzten Packer um, sprang aufs Rad und raste davon. Nur weg von Daria. Weg von ihrer Magie!

27

In blinder Wut hetzte ich den Dünenweg entlang. Wie eine Besessene trat ich in die Pedale. Das Stechen, das mir bei jedem Atemzug durch die Lunge fuhr, war wunderbar. Es verdrängte nämlich den Schmerz, der mir mein Herz zerriss.

Ich sprintete an meinem Leuchtturm vorbei, rauschte den Radweg hinunter. Es war herrliches Badewetter, und inzwischen bevölkerten Radfahrer und Strandbesucher den Weg. Viel zu schnell und laut klingelnd hetzte ich durch die Leute. Wenn ich anhielt, würde ich vor Wut explodieren, vor Schmerz sterben, mir vor Angst die Seele aus dem Leib schreien.

Nicht langsamer werden, Julie!

Ich strampelte und schwitzte, und irgendwann, ich war bereits auf der anderen Seite der Promenade, weit hinter dem *Lorenzo*, gab mein Körper endlich auf. Ich war so erschöpft, dass kein Platz mehr für Wut und Angst war. Schmerz schon. Jedoch rein körperlich, da ich das gigantischste Seitenstechen meines Lebens hatte. Ich ließ mich in eine Sandwehe neben dem Radweg fallen und atmete.

Mehr nicht.

Ich lag nur da und atmete.

Minutenlang.

»Julie?«

Träge öffnete ich die Augen und blinzelte gegen die Sonne.

Konnte man hier nicht mal friedlich um Atem ringen, ohne gestört zu werden?

»Was machst du denn hier? Du siehst … um ehrlich zu sein … na ja … ziemlich fertig aus.« Besorgt sah Noah auf mich herunter.

»Danke, Noah. Ich sehe grässlich aus. Ich weiß.« Nicht nur, dass ich mit blauen Flecken und Schorf übersäht war, vermutlich waren die tiefen Schatten unter den Augen durch meinen Marathon-Sprint auch nicht kleiner geworden.

Er ließ die Gitarrentasche von seiner Schulter rutschen und setzte sich neben mich in den Sand. Natürlich sah *er* in keiner Weise grässlich aus.

»Habt ihr geprobt?«, fragte ich.

»Ja, langsam werden wir etwas nervös. Der Auftritt am Hafen rückt näher. Aber mit Chrissy haben wir wirklich ins Schwarze getroffen.«

Erschöpft zwang ich mich zu einem Lächeln. »Sie passt perfekt zu euch.«

»Was ist los, Julie?« Nachdenklich musterte er mich. »Wovor läufst du weg?«

Prompt wurde ich rot. »Wieso weglaufen?«

»Du bist kein Sportfreak, aber du siehst aus, als wärst du die Tour de France in einem Stück gefahren. Inklusive einiger Stürze. Hier ist weder das *Lorenzo* noch dein Leuchtturm in der Nähe. Also bist du vor irgendwas geflüchtet.«

»Das täuscht.« Ich klang matt und wenig überzeugend.

Er lachte auf. Und ich vermisste die Schmetterlinge, die mich noch vor ein paar Wochen einer Ohnmacht nahe gebracht hätten.

»Ach, Julie. Manchmal fehlt mir deine tägliche Geheimniskrämerei ...«

»Meine ... was?« Beleidigt schob ich die Unterlippe vor.

»Nu komm schon. Hat es vielleicht etwas mit deinem Kumpel Ben zu tun?«

Mit einem Schlag war ich hellwach. »Bitte?« Was wusste Noah? Gab es Gerüchte? Hatte Ben sich irgendjemandem gezeigt?

»Du wolltest es die ganze Zeit nicht sehen, aber« – er knuffte mich an die Schulter – »mir war es schon auf deiner Geburtstagsparty klar. Schließlich habe ich englische Literatur als Leistungskurs.«

»Englische Literatur?« Noah redete wohl kaum davon, dass Ben unsichtbar war.

»Ich will mich nicht einmischen. Ich mag dich immer noch sehr, Julie. Aber –«

»Nicht mehr so wildromantisch«, warf ich ein und überraschte mich selbst mit einem kecken Lächeln.

Er grinste zurück.

Und für eine Sekunde vergaß ich, in welchem Mist ich steckte. Noah und ich, wir waren seelenverwandt. Ganz sicher. Aber es war keine Liebe. Keine romantische. Nicht mehr. Mein Herz schlug für jemand anderen. Vielleicht hatte der Zauberring sich deshalb gegen mich gewandt. Mein Herz hatte es schon lange gewusst, doch ich hatte die Augen davor verschlossen.

Noah beugte sich näher zu mir und blickte mir tief in die Augen. »Dass da etwas zwischen dir und Ben ist, dafür muss man kein Hellseher sein.«

Verdattert sah ich ihn an.

Dem Mädchen fehlt die Weitsicht, hatte Daria vorhin gesagt.

Und jetzt Noah.

Kein Hellseher sein.

Hellsicht! Natürlich! Das dritte Auge! Ein Fach im Schmuckkasten trug dieses Symbol! Daria hatte sich verplappert – Merle *glaubte* zu ersticken. Sobald sie mit dem dritten Auge sah, wüsste sie, dass der Bann nur eine Illusion war. Dass sie nicht erstickte, wenn sie den Ring ablegte!

Wieso war ich nicht eher darauf gekommen! Schmuckmagie arbeitete oft mit Illusionen.

Ich sprang auf und gab dem verdutzten Noah einen Schmatzer auf die Wange. »Du bist der Beste! Danke!«

Verblüfft stand er auf. »Jetzt erzähl mir nicht, dass dir das mit Ben nicht klar war.«

»Du würdest dich wundern, wie viel ich nicht gesehen habe oder sehen wollte«, rief ich und raste nach Hause.

Blindlings hastete ich hinauf in mein Zimmer. Völlig außer Atem und zittrig klappte ich den Kasten auf und suchte das Fach, in das ein Auge gestempelt war.

Hellsicht, Weitsicht, drittes Auge beschrieb der Index im Buch die Wirkung dieses Steins. Es war ein heller, bläulich-weiß schimmernder Mondstein in der Größe einer Ein-Euro-Münze. Zu meiner großen Freude hatte er schon eine Bohrung. Perfekt. Ich sah das fertige Schmuckstück bereits vor mir.

(Los, Julie! Fang an.)

Ich ließ mich im Schneidersitz auf das Bett fallen, schloss die Augen und schmiss eine Sorge nach der anderen aus meinem Kopf.

Doch … Ich riss die Augen auf, und sofort waren alle Ängste wieder da, zusätzlich mit der Frage, woran ich denken sollte, wenn ich einen Hellsichtzauber wirken wollte.

Ich konnte ja schlecht in die Zukunft sehen.

Es war leicht, einen Zauber für so etwas Konkretes wie chemisches Wissen oder einen pumastarken Sprung zu erschaffen – aber Hellsicht?

Mit Grauen dachte ich an den Kieselstein, den ich mit Zuversicht aufladen sollte, der allerdings am Ende eine vernichtende Essenz an Selbstzweifel beherbergt hatte.

Es war jedoch die einzige Chance, Merle zu überzeugen, dass sie den Ring gefahrlos ablegen konnte. Und genau darauf musste ich mich konzentrieren: hinter die Dinge zu sehen. Die Wahrheit zu erkennen. Aus meinem Vorrat an Lederbändern nahm ich mir fünf in verschiedenen Blautönen und begann, ein Stirnband daraus zu flechten. Den Mondstein platzierte ich so, dass er Merle genau auf der Stirn liegen würde. Während ich arbeitete, stellte ich mir vor, wie Merle Vorhänge aufriss, Nebel vertrieb, Hologramme wegwischte und unendliche Puzzle löste. Wie sie selbstsicher und stark in die Zukunft schritt, weil sie wusste, dass nichts auf sie zukam, vor dem sie sich fürchten musste.

Schließlich fügte ich einen elastischen Verschluss an und hoffte, dass Merle es anlegen würde.

Ich griff nach meinem Handy und wählte ihre Festnetznummer. Ihre Mutter nahm ab.

»Hallo, hier ist Julie. Kann ich Merle sprechen?«

»Hallo, Julie. Tut mir leid. Sie ist zum Strand. Hat sie ihr Handy nicht mit?«

»Oh. Nein. Irgendwie hab ich sie nicht erreicht«, log ich.

»Aber ich schätze, ich weiß dann, wo sie ist. Danke schön.«

»Kein Problem. Schönen Abend noch.«

»Danke. Ihnen auch.« Ich drückte auf Auflegen und verließ mein Zimmer. Vermutlich war Merle im *Lorenzo* und lag in ihrem Lieblings-Liegestuhl mit freier Sicht auf die Surfer und Sonnenuntergang.

28

Noch stand die Sonne weit über dem Horizont, doch die Schatten streckten sich bereits. Der Strandabschnitt am *Lorenzo* war inzwischen ziemlich leer. All die Sonnenanbeter hatten sich in ihre Unterkünfte zurückgezogen, vermutlich heizten die Väter schon den Grill an.

Die Liegestühle des *Lorenzo* wurden von großen weißen Sonnenschirmen beschattet. Und tatsächlich musste ich nicht lange suchen. In einer der Schatteninseln saß Merle. Mit angezogenen Knien, das Kinn darauf gestützt – drei leere Trinkschokoladenbecher neben sich – starrte sie auf das Wasser. Es war offensichtlich, wie verzweifelt sie war.

»Hey«, begrüßte ich sie vorsichtig.

Die Sonnenbrille verbarg ihren Blick, aber ich schätzte, dass er nicht gerade freundlich war.

»Darf ich?« Ohne auf ihre Antwort zu warten, setzte ich mich neben sie. »Es tut mir leid. Von Herzen, Merle.«

Ihr Mund formte sich zu einem schmalen Strich. Sie schrie mich jedoch nicht an. Das war ein Anfang.

»Ich hätte niemals geglaubt, dass unsere nette Frau Soma so eine hinterhältige Daria sein würde.« Meine Stimme klang dünn. Ich versuchte, die Angst im Zaum zu halten. Die Angst, dass es für Ben zu spät war, die Angst, dass mein Zauber falsch war, die Angst, dass Merle mich wieder abweisen würde. Ihre Finger tasteten nach dem Ring, und mir stockte der Atem, als ich ihn sah. Nicht nur die Perle war schwarz, alles an ihm war inzwischen dunkel und abweisend. Selbst die Spiegelsplitter.

»Ich hab es versucht«, murmelte Merle. »Ich hatte ihn schon vom Finger.«

Gespannt hielt ich die Luft an.

»Ich habe es wirklich versucht. Aber es schnürt mir die Kehle zu. Würgt mich. Julie! Ich konnte nicht atmen!« Ihre Stimme zitterte, und ich nahm sie in den Arm. Sie ließ es zu, und eine Welle der Hoffnung und Erleichterung schwappte in mir hoch.

»Ich weiß, Merle. Aber es ist nur eine Illusion.«

Sie lachte bitter. »Das hat sich definitiv nicht so angefühlt. Mir hat's fast die Lungen zerrissen. Ben ist verloren! Ich weiß nicht, was ich tun soll.«

»Vertrau mir, also der Magie. Noch ein Mal, Merle.« Ich zog das Stirnband hervor und zeigte es ihr. »Leg es an. Dann kannst du den Ring abnehmen. Es wird dir zeigen, dass es nur eine Illusion ist.«

Sie schob die Sonnenbrille auf die Stirn und musterte das

Band. Unter ihren Augen lagen dunkle Schatten, und sie sah furchtbar verweint aus. Ich konnte nicht anders, als sie erneut fest an mich zu drücken.

»Es tut mir leid«, flüsterte sie. »Ich bin eine miese Freundin.«

»Quatsch! Ich bin hier die miese Freundin.« Ich lachte verzweifelt. »Aber sobald wir diesen Mist hier hinter uns haben, werde ich alles tun, damit du glücklich bist.«

»Ich wäre jetzt schon glücklich, wenn Ben wieder der Alte wäre. Mehr will ich gar nicht. Ich will einfach nur unsere Clique zurück.«

»Das geht mir genauso.« Ich hielt das Band hoch.

»Hast du das gemacht?« Vorsichtig nahm sie es mir aus der Hand und betrachtete den Stein. Hier im Schatten des Sonnenschirms schimmerte er wie Mondlicht.

»Das Stirnband ist für dich.« Nach einem kurzen Durchatmen fügte ich an: »Für Ben. Für uns.«

»Mir ist schlecht«, meinte Merle. Noch immer wog sie das Band nur in der Hand, vielleicht aus Angst, schon wieder einen Zauber anzulegen. »Aber ich denke, das kommt von den drei XXL-Schokoladen.« Sie bemühte sich zu lächeln. »Wehe, es klappt nicht.«

Sie legte es sich um den Kopf und hakte den Verschluss ein.

Mit angehaltenem Atem beobachtete ich sie. Der Mondstein funkelte magisch auf ihrer Stirn. Umrahmt von ihren dunklen Locken, wirkte sie wie eine Elbenprinzessin.

»Passt das so? Wie seh ich aus?« Sie rückte den Stein zurecht, damit er wirklich genau zwischen den Augen saß, und sah mich fragend an.

»Magisch«, gab ich zu und lächelte. »Und wie fühlst du dich?«

»Verzweifelt? Schuldig? Verdammt in alle Ewigkeit?«

»Nein!« Vehement schüttelte ich den Kopf. »Lass diese Gefühle los! Versuch hinter die Dinge zu sehen. Versuch zu erkennen, was –«

Da zuckte sie plötzlich zurück und riss die Augen auf, als sähe sie eine Monsterwelle auf uns zustürzen.

»Merle?«

Sie packte meinen Arm und starrte mit offenem Mund durch mich hindurch.

»Merle!«, quiekte ich panisch. »Was ist los?«

Ihr Blick war wie versteinert, alles an ihr war wie versteinert. Hatte ich es schon wieder verbockt? Was hatte ich mit dem Mondstein falsch gemacht? »Merle! Sag was! Merle?« Hektisch begann ich, sie zu schütteln.

Mit einem Schlag erwachte sie aus ihrer Starre und riss sich das Band von der Stirn. Keuchend sprang sie auf. Als wäre das Stirnband eine giftige Schlange, hielt sie es mit gestrecktem Arm von sich. Ihr Atem flog.

»Meine Herren! Julie! Krasse Sache!«, japste sie und starrte den Stein an.

»Was? Was war denn?« Noch nie hatte ich Merle so aufgewühlt erlebt. Ich hatte keine Ahnung, ob sie das Stirnband ins Meer schleudern oder es sich mit Sekundenkleber für immer anheften wollte. »Hast du etwas gesehen? Merle! Kannst du den Ring abnehmen?«

»Das ist ja …« Sie fuchtelte mit dem Band vor meiner Nase herum. »Un-glaub-lich.« (Sie würde versuchen, es mit Sekundenkleber an sich zu binden.)

»Weißt du jetzt, dass alles gut wird?«

Kaum merklich schüttelte sie den Kopf, immer noch mit geweiteten Pupillen. »Du glaubst es nicht«, murmelte sie und streichelte den Stein ehrfürchtig.

»Ich will gar nichts *glauben*. Ich will, dass du weißt, dass du den Ring einfach ablegen kannst. Dass dir nichts passieren wird.«

»Ja, alles gut, Julie. Mir wird nichts passieren.« Sie legte die Hand auf den Ring, atmete durch und zog ihn ab. Es ging ganz leicht.

Mein Blick suchte Merles. Ich versuchte zu erkennen, ob sie Angst hatte, ob Panik ihr die Kehle zuschnürte. Sie erwiderte meinen Blick, und ich bemerkte, dass sie nicht atmete.

»Merle?«, hauchte ich ängstlich.

Da stieß sie heftig die angehaltene Luft aus und begann zu lachen. »Ist das krass!«, jubelte sie und tanzte wie eine Wilde herum. »Ich lebe! Ich atme!«

Lachend und weinend zugleich fiel ich ihr um den Hals. Der Bann war gebrochen. Wie irre johlten wir lauthals, umarmten uns und sprangen umher. Die anderen Gäste des *Lorenzo* beobachteten uns befremdet. Aber selten war mir etwas so egal gewesen.

»Schnell«, rief ich schließlich. »Lass uns zu Ben!« Ich riss meine Tasche vom Liegestuhl und wollte los, doch Merle hielt mich zurück.

»Sekunde mal.«

»Wieso? Ich muss es ihm sofort sagen.«

»Er wird schon merken, dass er wieder sichtbar wird.«

Perplex musterte ich sie. »Aber willst du denn nicht da sein, wenn er es merkt?«

»Ich weiß nicht. Ich denke, also … vielleicht ist es besser, ich gehe allein zu ihm.«

»Nein. Das kannst du knicken«, platzte ich heraus. Ich musste ihn sehen, ich musste mit eigenen Augen sehen, dass er wieder da war. Dass ich ihn nicht verloren hatte.

»Julie, bitte. Er – «

»Nein, Merle! Ben denkt, ich hätte ihn verzaubert – « Ich stockte. In Merles Blick lag Angst. Ben würde sie hassen, wenn er die Wahrheit erfuhr. Ich schloss die Augen und atmete durch. »Merle, ich gehe zu Ben und sage ihm, dass er recht hatte. Ich war schuld an seiner Verwandlung.«

Entgeistert sah sie mich an. »Was?«

»Glaubst du, er redet noch mit dir, geschweige denn, dass er dich ins Kino einlädt, wenn du ihm sagst, dass du versucht hast, ihn mit Magie für dich zu gewinnen?« Vielleicht hätte ich mich groß und selbstlos und megatoll fühlen sollen, weil ich meine Gefühle so aufopfernd verleugnete. Aber das Wichtigste war mir, dass es Merle und Ben wieder gutging. Und wenn das bedeutete, dass ich mich zurücknehmen musste, dann war das eben so.

Es kam so gut wie nie vor, dass Merle um eine Antwort verlegen war. Doch jetzt fehlten ihr anscheinend tatsächlich die Worte. Sehr gut. Ich hatte nämlich keine Lust, mit ihr darüber zu streiten.

»*Ich* gehe zu ihm. Und später kannst du ihn anrufen oder so. Trefft euch auf ein Eis. Und dann …« Ich lächelte Merle aufmunternd an. »Jedenfalls sagst du kein Wort über den Ring. Nie, niemals. Abgemacht?«

Merle war deutlich anzusehen, dass es in ihr arbeitete. Mehrere Nachdenkfalten furchten ihre Stirn, sie kaute auf der Lippe und schnaufte leise.

Als ich schon befürchtete, dass sie mir gleich an die Gurgel springen könnte, nickte sie plötzlich. »Vermutlich hast du recht. Aber tust du mir einen Gefallen?« Sie hielt mir den Ring hin. »Kannst du den zerstören?«

»Na klar.« Ich nahm ihn von ihrer Hand. Er war schwer wie Blei und so kalt, dass meine Haut brannte.

»Wirklich kaputtmachen! Versprich es. Noch bevor du zu Ben gehst.«

Zweifelnd sah ich auf den Ring. »Ich kann ihn einfrieren – «

»Nein«, unterbrach sie mich. »Zerschlag ihn in tausend kleine Stücke. Bitte.«

»Aber so was von«, versprach ich.

Zufrieden nickte sie. »Ich geh erst mal heim. Schmeiß mich in Schale und besuche dann Ben.«

Ich steckte den Ring in meine Hosentasche. »Ich schreib dir, wenn ich mit ihm geredet hab.«

Das Stirnband ließ Merle in ihre Tasche gleiten und sah mich besorgt an. »Pass auf dich auf, ja?«

Verwundert musterte ich sie. »Du klingst ja wie Mom, als sie mich das erste Mal alleine zur Schule hat fahren lassen.«

»Bloß weil du magisch begabt bist, musst du trotzdem auf den Straßenverkehr achten.«

Amüsiert schüttelte ich den Kopf. »Aber dir geht es sonst schon gut, oder? Irgendwelche Nebenwirkungen vom Hellsichtszauber?«

»Was? Nein. Quatsch.« Fahrig schulterte sie die Tasche und eilte an mir vorbei zu den Fahrrädern. »Alles wunderbar bei mir. Nur in Eile. Also, halt dich an meinen Plan, okay?«

Nachdenklich blickte ich ihr nach. Was war sie denn so hibbelig? Immer wieder warf sie mir einen Kontrollblick zu.

»Zerstör zuerst den Ring!«, rief sie noch mal.

Langsam schlenderte ich hinter ihr her. Merle wirkte hyperaktiv. Und das kam nicht von meinem Zauber. Das kam davon, dass sie mich anschwindelte.

Sie wollte mich davon abhalten, sofort zu Ben zu fahren.

Vermutlich hatte sie doch vor, ihm selbst die wahre Wahrheit zu sagen.

Aber so leicht würde ich meine Freunde nicht mehr irgendwelche Dummheiten machen lassen.

Sie winkte mir noch kurz zu, bevor sie davonfuhr. In Richtung der Fischhallen, die Promenade entlang. Das war allerdings nicht der direkte Weg zu Ben. Aber auch nicht der zu ihrem Kleiderschrank. Hastig schloss ich mein Rad auf und folgte ihr.

Bald ließ sie die belebte Promenade hinter sich und bog auf den Dünenradweg ein.

29

Zu meinem Glück waren auf dem Dünenradweg noch Wanderer und spätes Strandvolk unterwegs. Geschickt suchte ich immer wieder Deckung in Radwandergruppen, hinter riesigen, aufblasbaren Flamingos oder Heerscharen von Bollerwagen und Off-Road-Kinderwagen.

Schließlich wurde mir klar, was Merles Ziel war. Dieser Radweg führte direkt zu Darias Haus. Wollte sie sich etwa mit ihr anlegen?

Du Dummkopf, Merle! Daria belegt dich doch sofort mit einer neuen Illusion!

Auf keinen Fall würde ich das zulassen! Ich trat in die Pedale, um zu ihr aufzuschließen.

»Merle!«, brüllte ich.

Sie hörte mich nicht, noch war ich zu weit weg. Aber da war schon die Abzweigung zu Darias Haus!

Merle bog auf den Schotterweg ein, und ich strampelte, was meine Beine hergaben. »Merle! Stopp«, schrie ich erneut.

Fast drehte es mir das Rad weg, als ich auf den losen Schotter schoss. Und in Merle krachte, die mitten in der Auffahrt stehen geblieben war.

»Was machst du hier«, zischte sie mich an. »Du sollst doch den Ring kaputtschlagen!«

»Der Ring richtet gerade keinen Schaden an. Bei dir bin ich mir da nicht so sicher! Was willst du hier?«

»Geh! Du musst sofort verschwinden!« Hektisch gestikulierte sie, als ob sie mich wie ein Tier verscheuchen könnte.

»Was immer du dir ausgedacht hast: Du kannst nichts gegen Daria ausrichten!«, blaffte ich zurück. »Was glaubst du, was sie tut, wenn sie dich entdeckt!« Wütend deutete ich zum Haus und erstarrte. Zwei Autos parkten davor. Das eine war das Cabrio, das Daria geklaut hatte, und das andere – das war doch Moms Wagen!

»Was macht denn Mom hier?«, fragte ich ungläubig.

»Deine Mutter hat sich überschätzt«, zischte Merle, ließ ihr Rad fallen und rannte los. »Bitte. Versteck dich!«

Bevor ich begriffen hatte, was Merle da redete, flog die Haustür auf, und Ben stürzte aus dem Haus.

Ich war zu verblüfft, um überhaupt etwas zu tun. Mit offenem Mund stand ich neben meinem Fahrrad und murmelte nur ein *Ähm*.

Ben war wieder sichtbar! (Na ja, gut, vielleicht war er noch leicht unscharf an den Rändern.) Eigentlich wollte ich lachen und ihn glücklich in die Arme schließen … Aber ich tat gar nichts, denn er zog jemanden hinter sich her.

Meine Mom!

Ich blinzelte. Aber es blieb dabei: Ben zog meine Mom aus Darias Haus. Und beide schienen Angst zu haben.

Was um alles in der Welt hatten die zwei vorgehabt? Wieso war Ben hier? Was auch immer sie hier gewollt hatten, offensichtlich hatte es nicht funktioniert. Mom stolperte wimmernd hinter ihm drein, als würde sie gar nicht sehen, wohin sie lief. Mit der freien Hand tastete sie unsicher vor sich.

Immer noch stand ich wie angewurzelt da.

Merle drehte sich wieder zu mir um und gestikulierte, dass ich verschwinden sollte.

Also gut. Merle hatte anscheinend einen Plan. Ich wandte mich um, rannte zu einem üppigen Heckenrosenstrauch, warf das Rad dahinter und duckte mich.

Hoffentlich funktionierte Merles Strategie besser als die von Mom. Oder Ben.

Sie lief auf das Haus zu. »Ben! Ins Auto mit ihr!«

Ben wirkte überrascht, dass Merle plötzlich hier war, folgte aber sofort ihrer Anweisung. Kaum war er mit Mom an ihrem Auto, erschien Daria in der Tür. Es kam mir vor, als flöge sie aus dem Haus, so wehte der lange Rock durch den Seewind um sie herum.

Merle stoppte und stellte sich wie Hulk in Kampfpose. Doch Daria ignorierte sie.

»Du bist eine Schande für meine Familie, Caroline!«, schrie Daria Mom nach.

Ben riss die Fahrertür auf und schob meine Mutter hinein, während Merle ihren Chihuahua-Kampfschrei ausstieß und sich tatsächlich auf Daria werfen wollte.

Entsetzt verdrehte ich die Augen. *Das ist doch kein Plan, Merle!*

Sie kam auch nicht weit. Daria wirbelte zu ihr herum, und hob die silbrige Schlangenkette.

Instinktiv schloss ich die Augen. Da hörte ich Merle schon aufschreien.

»Hilfe! Ich kann nichts sehen! Der Sand …«

Daria hatte sie mit dieser verfluchten Kette geblendet, mit der sie mir auch einmal Sandverwehungen vorgegaukelt hatte. Anscheinend konnte sie die Intensität regulieren, denn als ich nun zu Merle spähte, hatte sie sich zu einer Kugel zusammengerollt, wie um sich vor einem ausgewachsenen Sandsturm zu schützen. Ben hatte unterdessen Mom ins Auto geschoben. Merles Schrei ließ ihn herumfahren. Mit entschlossener Miene, als sei er Captain America höchstpersönlich, rannte er (ohne Schutzschild) auf Daria zu.

Aber kaum bei Merle angekommen, brach auch er unter dem unsichtbaren Sandsturm zusammen.

Mein Gehirn arbeitete viel zu langsam für all das, was hier eben in wenigen Sekunden geschehen war.

Jetzt baute sich Daria mit ihrer Schlangenkette über Merle und Ben auf. »Ihr dämlichen Untalentierten! Ich sollte euch ein für alle Mal vergessen lassen.« Sie sah furchterregend aus.

Ich musste endlich etwas tun. Noch hatte Daria mich nicht bemerkt. Mein Blick glitt zu Mom. Sie saß im Auto, und aus ihren Bewegungen konnte ich schließen, dass sie langsam ihr Augenlicht zurückbekam. Sie rieb sich mehrfach über die Lider und schüttelte den Kopf, wie um etwas abzustreifen.

Daria stand nun genau zwischen Mom und meinen Freunden.

Ein siegessicheres Lächeln huschte über meine Lippen, als ich plötzlich erkannte, wie ich Daria austricksen konnte.

Das war meine Chance. Es würde allerdings nur funktionieren, wenn Merle mich verstand. Aber ich war mir sicher, dass sie genug über Schmuckmagie wusste, um meinen Trick zu erkennen. Daria konnte mit ihrer Sandsturm-Kette nur so lange jemanden blenden, wie dieser Sichtkontakt zu dem Schmuckstück hatte.

»Daria!«, rief ich entschlossen und marschierte auf sie zu.

Erstaunt blickte sie auf. Anscheinend hatte sie nicht mit mir gerechnet. Gut so.

»Leg diesen dämlichen Sandsturm-Zauber ab«, forderte ich. »Du willst mich, meine Magie. Lass Merle und Ben gehen.«

Breitbeinig blieb ich stehen und sah sie herausfordernd an. Sie wandte sich mir zu und damit von Merle und Ben ab. Mir war es gelungen, mich so aufzustellen, dass Daria nun zwischen mir und Ben und Merle stand.

Aus dem Augenwinkel bemerkte ich Mom, die im Auto ebenfalls von Darias Zauber abgeschirmt war. Sie brauchte wohl noch ein paar Minuten, aber dann würde sie wieder fit sein. Mit ihr zusammen konnten wir Daria in die Zwickmühle nehmen. Wen auch immer sie bannen wollte – sie konnte uns nicht alle gleichzeitig bekämpfen.

»Wie schön«, spottete Daria. »Ein Familientreffen. Fast wie bei einem *echten* Transfer-Ritual.« Mit diesen Worten zückte sie das Spiegelamulett und streckte es in meine Richtung.

Damit hatte ich gerechnet. Allerdings nicht mit der Wucht, mit welcher mich der unsichtbare Schlag traf. Ich verlor das Gleichgewicht, strauchelte einen Schritt rückwärts. Sofort bemerkte ich, dass eine Kraft an mir zog. (Halt durch, Julie! Kämpf dagegen an!)

»Leg das Amulett ab«, zischte Daria und kam wie ein Raubtier auf der Pirsch näher. In ihrem Blick lag der Triumph, ihr Opfer endlich in die Enge getrieben zu haben. Inzwischen fiel es mir schwer zu atmen. Mein Amulett war noch unter dem Shirt verborgen, anscheinend konnte es dem Sog durch den Stoff nichts entgegensetzen.

Von Sekunde zu Sekunde wurde ich schwächer. Ich biss die Zähne zusammen und sah kurz zu Merle und Ben. Sie rappelten sich gerade wieder auf. Als wären sie von Sand begraben gewesen, schüttelten sie ihre Haare aus und klopften sich ab.

»Niemals wird jemand wie du mein Erbe antreten«, zischelte Daria, nun nur noch wenige Schritte von mir entfernt.

Ich konnte nicht weiter aufrecht stehen. Meine Kräfte ließen nach, und ich fiel vornüber auf alle viere.

Da bemerkte ich Merle, die Ben Anweisungen gab – zu Mom deutete, dann zu mir. Sie hatte das Dreieck erkannt.

Gut so.

Lächelnd senkte ich den Kopf und merkte, wie das Amulett im Shirt vorrutschte. Wenn ich mich noch ein wenig weiter runterbeugte, würde es aus dem Ausschnitt purzeln.

Daria lachte hämisch auf mich hinunter. »Du bist es nicht wert, eine Schmuckmagierin zu sein. Es ist enttäuschend, dass meine Erben alle so erbärmlich schwach sind.«

»Schwach?«, flüsterte ich. Hinter meinen Haaren verborgen beobachtete ich Ben, der sich an Daria anschlich, während Merle sie umrundete, um von der anderen Seite anzugreifen.

»Du glaubst, ich bin zu schwach? Du irrst dich, Daria.« Ich senkte meinen Oberkörper noch weiter, und mit einem Plumps purzelte das Amulett hervor. Doch ich blieb so geduckt, damit es hinter meinen langen Haaren versteckt war.

»Ich kann dich nicht verstehen – mir scheint, es geht zu Ende mit deiner Energie.«

Da hörte ich Ben schreien, Kies knirschte, Daria kreischte überrumpelt auf. Ich holte tief Luft, sammelte all meine verbliebene Kraft, packte das Amulett und sprang auf.

Ben hatte Daria von hinten überrascht, ihr das Amulett abgerissen und aus der Hand geschlagen. Bevor Daria sich von Ben befreien konnte, war Merle schon zur Stelle, schnappte sich das Amulett und sprintete damit ins Haus. Vermutlich zum Gefrierfach des Kühlschranks.

Kaum war das Amulett lahmgelegt, fühlte ich mich besser. Der Transfer zerrte nicht mehr an mir, im Gegenteil, ein winziger Strom an Energie schien in mich zurückzutröpfeln.

Zuerst machte Daria einen Versuch, Merle nachzusetzen, aber Ben versperrte ihr den Weg – und dann fuhr sie zu mir herum, mit einem Blick, als sei ihr plötzlich bewusst geworden, dass sie verloren hatte.

Fassungslos weiteten sich ihre Augen, sie wollte etwas sagen, doch sie starrte nur auf das Amulett in meiner Hand.

»Meiner Meinung nach, Daria, hast *du* dein Leben lang die Schmuckmagie nicht verstanden«, sagte ich und richtete entschlossen das Amulett auf sie. Eine Flut an kribbelnder Magie durchströmte mich. Es war berauschend.

»Nein! Nimm das weg!«, kreischte Daria auf. »Du hast kein Recht dazu!« Sie wollte auf mich zuspringen, aber ihre Kraft schwand ebenso schnell, wie sie in mich hineinfloss.

»Julie!«, hörte ich meine Mom ängstlich rufen. Doch ich ließ mich nicht ablenken. Mein Blick war auf Daria geheftet, die plötzlich ein Zittern erfasste.

Daria war so was von zu weit gegangen. Es war an mir, ihrer bösartigen Magie einen Riegel vorzuschieben. Endgültig.

»Du hast nie begriffen, dass die Schmuckmagie nicht für uns Schmuckmagier da ist. Sie ist für Menschen, die Hilfe suchen. Wir sind nur das Instrument.«

Fluchend wich Daria zurück, versuchte unnützerweise,

284

sich mit den Armen gegen den Transfer zu schützen. »Leg das Amulett ab!«, krächzte sie.

»Mom und ich sind viel stärker als du, weil wir genau das erkannt haben. Und weil wir der Verführung der Macht widerstanden haben. Du bist diejenige, die zu schwach für die Magie war.«

»Das ist Blödsinn. Du unfähiges Kind. Gib mir das Amulett! Du weißt doch gar nicht, was du anrichtest!«

Falsch. Ich hatte eine verdammt genaue Vorstellung davon, was ich da anrichtete. Und ich fühlte mich unglaublich stark, als ich auf sie zuging. Es war an der Zeit, Daria in Rente zu schicken. »Du wirst mir jetzt ganz offiziell die Schmuckmagie übertragen.«

Überrascht taumelte Daria zurück, aber da hatte ich schon zugepackt.

Eine warme Welle durchfuhr mich, kaum berührte ich das Baum-Amulett. Die Kette spannte sich um Darias Hals, als sie versuchte, vor mir zurückzuweichen, doch dann, mit einem sanften *Klick* gab sie nach. Der Verschluss hatte sich geöffnet, und der Familienbaum ruhte nun in meiner Hand. Das silberne Amulett funkelte im Sonnenlicht, und die Perlmuttblüten blitzten auf. Mir kam es vor, als spürte ich eine Art Herzschlag in ihm pulsieren.

»Nein!«, kreischte Daria. »Neeeiiin!«

Ich nahm das Spiegelamulett ab und legte mir den Familienbaum um.

»Das kannst du nicht tun! Er gehört mir!« Sie fiel vor mir auf die Knie, die Hand nach dem silbrig blühenden Baum ausgestreckt.

»Nicht mehr. Ich bin die rechtmäßige Erbin. Deine Zeit ist vorbei, der Transfer abgeschlossen.«

Hektisch wedelte Daria mit der schlangenartigen Kette herum. Doch sie zeigte null Wirkung. Kein Sandsturm kam auf mich zu und verwirrte meine Sinne. Nicht mal ein Sandkorn war zu sehen.

Schützte mich der Baum vor Schmuckmagie? Oder hatte das Spiegelamulett auch Darias Schmuckstücken die Magie entzogen?

»Geh jetzt«, befahl ich überraschend ruhig. »Und komm nie wieder hierher.«

Fluchend rappelte Daria sich auf. Ben warf ihr etwas zu, vermutlich ihre Autoschlüssel. Sie pickte sie vom Boden auf. Einen Atemzug lang stand sie da, und wir maßen uns mit Blicken. Dann eilte sie, Verwünschungen vor sich hin brabbelnd, zu ihrem Wagen. Mit einem Kavaliersstart ließ sie Kies spritzen und schoss davon.

Und ich hoffte, dass ich sie nie mehr wiedersehen müsste.

»Julie!« Mom kam auf mich zu, noch immer sichtlich sprachlos. »Du … das … Ich fass es nicht. Meine kleine Julie!« Sie nahm mich in die Arme und drückte mich so sehr, dass ich keine Luft mehr bekam.

»Schon gut, Mom. Was machst du hier?«

»Sie hat mich hergebracht«, meinte Ben und sah mich unsicher an.

»Ich musste etwas tun«, erklärte sie. »Ich konnte doch nicht zulassen, dass Ben … Aber Daria … Ich war unglaublich dumm.« Sie drückte mich ein weiteres Mal. »Du bist so mutig!«

»Zum Glück haben Sie eine ziemlich schlaue Tochter«, mischte Merle sich ein, die inzwischen aus dem Haus zurück war. »Sie hat mir einen Blick in die Zukunft gewährt. Deshalb wusste ich, dass Sie in Schwierigkeiten geraten würden, Frau Weidmann.«

Verblüfft sah ich Merle an, während Mom alarmiert von Merle zu mir sah. Das Stirnband hatte Merle gezeigt, dass Mom und Ben in Gefahr waren? »Du hast gesehen, was hier passieren wird?« So viel Hellsicht hatte ich nicht eingeplant. Sie sollte nur hinter die Dinge sehen und Wahrheiten erkennen.

Merle nickte. »Allerdings bloß bis zu dem Moment, in dem du zusammengebrochen bist.«

»Und deshalb wolltest du nicht, dass ich mitkomme. Du hast gedacht, Daria gewinnt.«

Etwas verlegen lächelte sie. »Ja, ich hatte Angst, dass du … na ja, das sah schon echt heftig aus.«

»Du hast ein Hellsichtsband gefertigt?« Moms Tonfall ließ keinen Zweifel daran, dass mir Ärger drohte. Doch momentan war mir das total egal. Kurz überlegte ich, was passiert wäre, wenn Merle nicht gewusst hätte, dass Mom und Ben in Schwierigkeiten steckten. Keiner von uns wäre hergekommen. Ich wollte es mir gar nicht weiter ausmalen.

»Allerdings – wenn ich nicht hierhergekommen wäre, weil ich es gesehen habe, dann wärst du ja auch nicht hier gewesen, und alles wäre nicht so passiert, wie der Stein es mir gezeigt hat.« Grübelnd zwirbelte Merle eine Haarsträhne.

»Du siehst mit dem Mondstein nicht die Zukunft«, meinte Mom. »Er zeigt dir eine Möglichkeit, was passieren *kann*. Es sind Konsequenzen, die möglicherweise aus einer Handlung entstehen.«

»Dann sind wir unseres eigenen Glückes Schmied!«, jubelte Merle. »Wir bestimmen in jeder Sekunde selbst, wie unsere Zukunft aussieht.« Sie lächelte glücklich. Und ich hatte den Verdacht, dass sie noch mehr gesehen hatte. Ob es Ben betraf?

Er stand abseits und musterte Merle unwirsch. Vermutlich wollte er niemals wieder etwas von Magie hören. Als er meinen Blick bemerkte, verzog sich sein Gesicht in purer Abneigung. Ein kalter Stich traf mein Herz.

»Ben …« Ich machte einen Schritt auf ihn zu, aber er wich mir aus.

»Frau Weidmann?«, sprach er stattdessen meine Mom an. Er dampfte regelrecht, was allerdings auch daran lag, dass er für die Sommertemperaturen viel zu warm angezogen war. »Können Sie mich wieder nach Hause fahren? Jetzt gleich?«

Moms Blick flog zu mir und dann zu Merle, als ob sie sichergehen wollte, dass wir heil und bei klarem Verstand waren. Ich nickte zustimmend. »Natürlich, Ben«, meinte Mom und suchte ihre Autoschlüssel.

»Danke«, murmelte er und war schon auf dem Weg zu Moms Wagen.

Ich wollte ihm nach, doch Mom hielt mich zurück. »Er war unsichtbar, Julie! Gib ihm ein wenig Zeit. Wir sehen uns gleich zu Hause, ja?«

Stumm nickte ich und sah zu, wie die beiden davonfuhren.

»Ich sollte sofort hinterher«, murmelte ich. Es blieb dabei, ich würde ihm sagen, dass ich für den Bann verantwortlich gewesen war.

Merle seufzte. »Warte noch. Deine Mom hat recht. Lass ihn erst mal wieder zu sich kommen. Und wir sollten die Spuren verwischen.«

»Welche Spuren?«

Sie nahm mich an der Hand und zog mich mit ins Haus.

»Ach du meine Güte!« Offensichtlich hatte hier ein Kampf stattgefunden. Die Sofakissen lagen kreuz und quer, ein paar Vasen waren zersplittert, und eine der Fensterbrettmöwen hatte einen Flügel verloren. Mom hatte es Daria nicht leicht gemacht, so viel stand fest.

Zusammen mit Merle räumte ich die Scherben fort und rückte alles wieder an seinen Platz.

Plötzlich stutzte ich. »Wo ist die Tür?«

Merle folgte meinem Blick.

Dort, wo die Kristalltür den Zugang zur Werkstatt verschlossen hatte, führten nun zwei Stufen in einen weiteren Wohnraum.

Ungläubig musterte ich die Wand – aber es gab keine Hinweise, dass hier vor kurzem noch eine schwere, aus Silber und Kristall gefertigte Tür montiert gewesen war. Zögernd betrat ich das Wohnzimmer, das jetzt anstelle der Werkstatt vor mir lag.

»Deine Großmutter hat ganz schön heftige Illusionstricks auf Lager«, kommentierte Merle beeindruckt die neue Architektur.

Meine Hand wanderte zu dem Familienbaum um meinen Hals. »Sie *hatte* solche Tricks auf Lager«, bemerkte ich trocken und fragte mich, ob ich nun auch genug Kraft hatte, um ganze Räume zu verwandeln.

Noch konnte ich mich nicht darüber freuen, dass ich das Familienamulett trug. Erst musste ich Darias Scherbenhaufen aufräumen.

Entschlossen marschierte ich hinauf in die Küche und zog das Spiegelamulett aus dem Gefrierschrank. »Lass uns heimfahren. Ich muss das hier und den Ring auf Eis legen.«

»Vernichten«, verbesserte mich Merle.

»Ja, du hast recht.« Obwohl ich bezweifelte, dass es möglich war, Schmuckmagie zu zerstören, wenn ich an den Wohnwagen dachte. Mom hatte den sicher nicht aus Nostalgiegründen eingerichtet.

Als Merle und ich nach Hause radelten, stand die Sonne tief und zeichnete lange Schatten auf den Weg. Die jungen Familien hatten sich mit all ihren Schwimmtieren und Bollerwagen in die niedlichen Ferienhäuser zurückgezogen. Müde vom entspannten Tag am Strand lagen sie nun gemütlich auf ihren Sofas und ließen diesen wunderbaren Sommertag ausklingen. Keine schlechte Idee, wie ich zugeben musste.

Jede Faser meines Körpers war ausgelaugt und erschöpft. Völlig zu Recht. Kaum eine Stelle an mir war ohne Schürfwunde oder Bluterguss. Mir war Energie ausgesaugt worden, halb gelähmt hatte ich mir trotzdem einen Radsprint nach dem anderen abverlangt. Inzwischen hatten meine Muskeln diesen schwerelosen Zustand erreicht, den man nur spürt, wenn man die Grenze des Erträglichen überschritten hat.

Dennoch fühlte es sich sehr gut an. Schmunzelnd streckte ich die Nase in den Fahrtwind. Ich fand, es roch ein ganz kleines bisschen nach einem Happy End.

Aber es gab zwei Punkte auf meiner Liste, denen ich mich noch stellen musste.

»Merle?«

Inzwischen fuhren wir die Promenade entlang. Die Geschäfte waren allesamt bereits geschlossen. Nur vor den Restaurants saßen Leute und genossen den Sonnenuntergang. Die Sonne überzog alles mit einem goldorangenen Licht. Es war wunderschön, doch in wenigen Augenblicken würde diese Magie verschwunden sein.

»Willst du eine Sieger-Schokolade trinken?«, fragte Merle hoffnungsvoll, als das *Lorenzo* in Sichtweite kam.

»Ja. Schon.« Ich war in wirklich großer Versuchung. Liegestuhl, Strand, Sonnenuntergang, Schokolade ... »Aber noch nicht.«

Merle kniff die Augen zusammen, wie immer, wenn sie versuchte, meine Gedanken zu lesen. »Du willst erst zu Ben.«

Ich nickte zögernd, denn ich wollte mit ihr nicht über meine Entscheidung diskutieren. »Ich bleib dabei. Ich sage ihm, dass ich es war. Und entschuldige mich. Vermutlich wird er in nächster Zeit nicht mit mir reden. Das ist aber okay.«

»Nein, ist es nicht«, brauste sie auf.

»Doch, Merle. Es ist okay. Und du, du kümmerst dich um ihn.« Ich grinste. Auch wenn mir nicht wirklich danach war. Bevor Merle hinter mein aufgesetztes Lächeln gucken konnte, bog ich ab. »Wir sehen uns morgen bei der Zeugnisausgabe«, rief ich ihr noch über die Schulter zu.

30

Natürlich schmerzte der Gedanke, dass Ben mich schneiden, dass er mir vielleicht niemals verzeihen würde.

Aber er liebte Merle nicht, und sobald Merle den Schock überwunden hätte, würde sie sich wieder ungeliebt fühlen. Auf keinen Fall wollte ich Hand in Hand mit Ben gehen, während sie einsam war. Unsere Clique sollte nicht an der Liebe zerbrechen.

Und unterm Strich trug doch *ich* die Schuld an allem. Viele Entscheidungen der letzten Monate hätte ich anders treffen sollen. Aber nun war es so gekommen, und ich musste dafür geradestehen. Es war meine Magie, die all das Unglück angerichtet hatte.

Mit der Hand tastete ich nach dem Familienamulett. Es lag federleicht und warm auf meiner Haut. *Meine Magie.*

Mom hatte gesagt, es gäbe noch andere wie uns.

Wie uns? Oder wie Daria?

Ich bog in meine Straße ein und bemerkte sofort, dass Ben in seinem erleuchteten Fenster saß und mir entgegensah.

Also gut. Er wartete auf mich.

Auch wenn ich es gewollt hätte, ich konnte unserem Gespräch nicht ausweichen. Ich atmete durch, wischte meine vor Nervosität schweißnassen Hände an meinen Shorts ab und hielt vor seinem Haus.

»Hey, Ben. Können wir reden?«, rief ich zu ihm hinauf.

»Klar.« Doch er bewegte sich keinen Millimeter. Lässig saß er, ein Bein angewinkelt, auf dem Fensterbrett.

Abwartend sah ich ihn an. Aber er machte keine Anstalten aufzustehen, um mir die Tür zu öffnen.

»Ben. Bitte.«

Gespielt erstaunt blickte er auf mich herunter. »Ach, ich dachte, du würdest herauffliegen. Klemmt die Magie?«

»Bitte!« (Nicht wütend werden, Julie! Du musst zu Kreuze kriechen, nicht er. Lass ihn wütend sein. Er hat alles Recht dazu.)

Schließlich erhob er sich wie in Zeitlupe, und es dauerte eine Ewigkeit, bis er endlich die Haustür öffnete. Schweigend ließ er mich hinein, und ich ging hinauf in sein Zimmer.

Einen kurzen Augenblick zögerte ich, bevor ich eintrat. Es fühlte sich seltsam an, mit ihm hier alleine zu sein, und Röte schoss mir in die Wangen, als die Erinnerung an meinen letzten Besuch und den nackten Ben aufblitzte.

Aber nun war er ja angezogen. Und zwar den Temperaturen angemessen. Er schloss die Tür hinter sich, lehnte sich dagegen und verschränkte die Arme.

»Und?«, fragte er scharf.

»Entschuldigung.« Ich schaffte es kaum, ihm in die Augen zu sehen. Nicht nur weil er so fürchterlich wütend und enttäuscht aussah. Sondern weil mein Herz so verrückte Hüpfer vollführte, wenn ich in seine wunderbar braunen Augen blickte.

»*Entschuldigung? Das ist alles?*«

»Es soll ein Anfang sein. Mir ist klar, dass es kaum zu entschuldigen ist. Ich habe alles falsch gemacht.«

Wütend starrte er mich an. »Ich kann es einfach nicht verstehen, Julie. Ich begreife es nicht.«

Tränen füllten meine Augen, und ich sah beschämt zu Boden.

»Warum? Kannst du mir das erklären? Warum hast du diesen Zauber auf mich losgelassen?«

Der Geruch von Strand umwehte mich. Kurz schloss ich die Augen und träumte, wie ich in seine Arme fiel und seine Wärme und Zuneigung mich umfing. »Es … ich …« Meine Stimme versagte.

Er sprang vor und packte mich, zwang mich, ihm in die Augen zu sehen. »Ich habe versucht, dir zu sagen, wie sehr ich mich in dich verliebt habe, Julie!«

Ich weiß.

»Ich bin immer für dich da …«

Ich weiß, und ich liebe dich dafür.

»Ich habe Noah ausgehalten, weil du gesagt hast, er macht dich glücklich.«

Und da habe ich verstanden, dass uns mehr verbindet als Freundschaft. Aber ich habe zu lange gebraucht. Zu viele andere unverzeihliche Fehler begangen.

»Und du ... Du lässt mich *verschwinden*?«

Nein! Ich versuche, dich zu halten. Und Merle. Ich kann doch nicht zwischen ihrer Freundschaft und deiner Liebe wählen!

»Es tut mir leid.«

»Du wiederholst dich.« Er stieß mich zurück und wandte sich ab. »Geh einfach.«

»Ben! Glaub mir. Es hat mir auch das Herz gebrochen, aber ...« Ich musste mich zusammennehmen, um ihm nicht um den Hals zu fallen und ihm mit einem Kuss meine Liebe zu gestehen. »Ich weiß, dass du mich liebst. Ich weiß, dass du mich wirklich und wahrhaftig liebst –« Ich stockte.

Langsam wandte er sich wieder mir zu. Ich sah die Hoffnung in seinem Blick, und Tränen schossen wie eine Sturzflut über meine Wangen. »Aber *ich* liebe dich nicht. Ich wollte, dass du mich vergisst. Dein Herz von mir befreist«, stieß ich hastig hervor.

Er erstarrte.

Sein Blick wurde leer.

Mein Herz brach.

Und ich rannte davon, die Treppe hinunter und hinaus.

31

Mom saß auf dem Sofa und sah mich mit diesem wissenden Mütterlächeln an, als ich tränenüberströmt zu ihr kam. »XXL extra cremiges Schoko-Chips-Eis?« Sie hielt einen Familienbecher Eiscreme hoch, in dem ein Löffel steckte.

Mit einem weltzerberstenden Seufzer warf ich mich in ihre Umarmung und schob mir einen großen Löffel Eis in den Mund.

Es kühlte wunderbar die Hitze meiner Tränen, und nach einem halben Becher ging es mir schon etwas besser.

»Ich habe gesehen, dass du bei Ben warst.«

Stumm nickte ich und löffelte weiter.

»Habt ihr euch ausgesprochen?«

»Ja. Irgendwie schon. Aber ich habe ihn angelogen.«

Sie rückte ein Stück von mir weg, um mir einen skeptischen Blick zuzuwerfen. »Angelogen?«

»Ich habe ihm gesagt, ich hätte ihn unsichtbar gezaubert. Weil ich wollte, dass er mich nicht liebt.« Schnell stopfte ich noch einen Löffel Eis nach, um die aufsteigende Tränenglut im Keim zu ersticken. »Weil ich ihn nicht liebe.«

»Das sind zwei Lügen.«

Ich warf ihr einen strafenden Blick zu. »Er wird es überleben. Merle würde es nicht überleben, wenn …« Ich wollte es gar nicht aussprechen. All meine Gefühle für Ben, die mir in den letzten Tagen bewusst geworden waren, wollte ich nicht aussprechen. Ich wollte sie wegschließen. Vergessen.

»Julie …«

Dieser geduldige Müttertonfall. Wenn sie ihrem Kleinkind zum hundertsten Mal erklären, dass der Apfel auf den Boden fallen wird. Dass man gar nichts daran ändern kann.

»Nein. Ich bin *nicht* egoistisch. Ich missachte nicht die Gefühle meiner besten Freundin. Ich bin nicht wie Daria!«

Entschuldigend hob Mom die Hände. »Okay. Ich sag ja schon gar nichts mehr.« Schweigend sah sie mir zu, wie ich noch mehr Eis in mich hineinstopfte. »Ich bin sehr stolz auf dich«, meinte sie plötzlich.

»Weil ich Ben anlüge?«

»Nein. Weil du Daria die Stirn geboten hast.« Sie tippte auf das Amulett. »Weil du so unglaublich stark und mutig bist, wie ich es nie sein konnte. Ich bin stolz, dass *du* nun das Familienerbe weiterführst.«

»Danke.« Ich war etwas überrascht, aber auch erleichtert. Ich hatte noch gar nicht darüber nachgedacht, was es wohl bedeuten mochte, dass ich das Amulett trug. »Es schien mir einfach das absolut Notwendige und Richtige zu sein.« Ich zog den silbernen Baum hervor und betrachtete ihn. »Und wird

298

jetzt irgendwas passieren? Wird es farbige Nebelexplosionen geben, irgendein greiser Rat appariert vor mir, und ich muss denen Rede und Antwort stehen?«

Mom lächelte amüsiert. »Wir sind hier doch nicht in einem deiner Abenteuerromane. Sie werden dir vermutlich eine Nachricht aufs Handy schicken.«

»Echt jetzt?« Völlig verdattert starrte ich Mom an.

Sie lachte laut los.

»Nee, jetzt mal ... wirklich? Krieg ich Ärger? Vom Hohen Rat der Schmuckmagier?«

»Nein. Natürlich nicht. Aber sicher wird der eine oder andere hallo sagen, wenn sie mitbekommen, dass Daria ihre Magie abgegeben hat.«

»Und wie sind sie so? Sind es mehr *Darias* oder mehr so *Julies*?«

Mom zuckte mit den Schultern. »Keine Ahnung. Ich war nie offizielle Schmuckmagierin.«

»Aber du weißt, wie man magische Schmuckstücke auf Eis legt.«

»Ja, da habe ich ein bisschen Erfahrung.« Sie lächelte verschmitzt.

Ich zog den Ring von Merle aus meiner Hosentasche. »Kann ich den zerstören?«

Angewidert betrachtete sie ihn. Das Metall wirkte völlig verrußt, pechschwarz und stumpf. Von den Splittern war nichts mehr zu sehen, als wären sie verbrannt. »Du kannst ihn sicher gewaltsam zerstören. Doch die Magie bleibt in den Bruchstücken.«

»Gut. Dann zerschlage ich ihn und friere die Stücke anschließend ein.« Zufrieden steckte ich ihn wieder ein und löffelte weiter Eis. »Vielleicht brauchen wir eine größere Tiefkühltruhe.«

»Für mehr Eis?« Erneut lachte Mom.

Kurz musterte ich sie neugierig. Sie war so gutgelaunt. Selten hatte ich sie so fröhlich erlebt. Ob das etwas mit unserem grünen Wohnzimmer zu tun hatte?

»Ich weiß, dass dir noch etwas Wichtiges fehlt«, meinte sie, stand auf und ging in die Küche.

»Ein Hexenbesen?«, rief ich ihr hinterher und hörte sie erneut kichern.

Auf dem Sofa lag meine Tasche. Nach Moms Geständnis über Scott hatte ich sie hier vergessen. Aber da drin mussten noch die Kekse sein … Ich schüttete sie aus. Dabei rutschte auch das Wahrheitsarmband heraus. An das hatte ich ja gar nicht mehr gedacht! Daneben lag die Kekspackung, und ich bröselte die restlichen Kekse in mein Eis.

Mom kam mit einem Umschlag und einer kleinen rosa Schachtel zurück, die mit Strasssteinchen beklebt war.

»Was ist das?«

»Mach doch auf.«

Neugierig öffnete ich den Umschlag. Es war ein Gutschein des örtlichen Baumarkts. »Muss ich das jetzt verstehen?«

300

Sie deutete lächelnd auf die Schachtel. Also hob ich den Deckel an. Darin lagen die beiden Schlüssel für Moms Wohnwagen. »Du wirst eine Werkstatt brauchen, dachte ich mir. Und eine Heckenschere«, fügte sie mit todernstem Gesicht an.

»O danke, Mom!« Lachend fiel ich ihr um den Hals. »Das ist der Wahnsinn.« Meine eigene Werkstatt! Ohne staubsaugende Brüder. »Und all deine Stücke?«

»Wir fahren gemeinsam hin, und ich erkläre dir zu jedem Schmuckstück, was ich noch darüber weiß.«

Noch einmal drückte ich sie. »Vielen, vielen Dank, Mom.«

In diesem Augenblick ging die Terrassentür auf, und Paps stolperte herein. Er sah ... fürchterlich aus. Mom stand auf und ging zu ihm. »Geht es wieder?«, fragte sie unsicher.

Ich wusste sofort, dass zwischen den beiden etwas vorgefallen war. Mom schien unentschlossen, ob sie ihn umarmen oder lieber in Ruhe lassen sollte.

Paps schien so etwas wie: *Hilfe! Ich fall gleich tot um!* zu denken. Er krallte sich vornübergebeugt in den Türrahmen und schnaufte wie eine Dampflok, die bergauf soll.

Sein Kopf war knallrot, und die Klamotten klebten ihm am Körper, als wäre er in den Pool gefallen. (Wir haben aber keinen.)

Das Allerschlimmste an Paps' Anblick war nicht, dass das Shirt und die Shorts ihm so unvorteilhaft am Körper pappten, sondern die Sachen an sich.

Paps musste eine Wette verloren haben.

Die Shorts blendeten mich mit einem neonfarbenen Ich-bin-Flash-der-Superheld-Blitz-Design, das von einem schrill leuchtenden Muskelshirt (!) noch übertrumpft wurde. Gekrönt wurde das Ensemble von einem Frotteestirnband in Blau. Es war ihm leider nach oben gerutscht, so dass seine nassen Haare darüberhingen wie welkes Gras über einen Blumentopfrand.

»Was hast du denn angestellt?«, fragte ich fast ebenso atemlos wie er.

»Ich war joggen. Und schwimmen. Und dann noch mal joggen.«

Während Mom sehr mitleidig dreinsah, schüttelte ich fassungslos den Kopf. »Es hatte heute gute dreißig Grad da draußen, findest du nicht, dass du bei solchen Temperaturen in deinem Alter lieber keinen Extremsport betreiben solltest?«

Er sah mich beleidigt an. »Fräulein. Was soll das heißen *in meinem Alter.*« Doch der vorwurfsvolle Tonfall kostete ihn zu viel Atem, und er musste husten.

»Du bist offensichtlich nicht zurechnungsfähig. Die Wahl deiner Klamotten ist Zeuge der Anklage!«

Jetzt warf Mom mir einen mahnenden Blick zu. »Das fällt unter Sammlerstücke, Julie. Es ist ein Original-Outfit. Und es ist toll, dass dein Vater da noch reinpasst, als wäre es gestern gewesen.« Sie lächelte ihn verliebt an, doch er hatte keine Energie dafür.

»Ehrlich gesagt, Julie«, japste er, »ist mir das ziemlich egal.

Es war mir auch egal, als ich mich angezogen ins Meer geworfen hab.« Sein Blick glitt zu Mom.

Ihr Blick bat um Entschuldigung.

»Zuerst bin ich gelaufen, um es zu verstehen«, sagte er zu Mom. »Dann bin ich in die Wellen, um die Angst zu ertränken, und schließlich bin ich gerannt, um die Wut loszuwerden.«

»Und jetzt?«, fragte Mom vorsichtig.

Ich verstand nur Alarmstufe rot. Paps tat ja fast so, als hätte Mom ihm gestanden, dass ...»O mein Gott!«, schrie ich und sprang auf. Dabei katapultierte es die Tasche samt meinem Kram vom Sofa auf den Boden, Lipgloss, Stifte, Kaugummi, Münzen – alles Mögliche verteilte sich über den Boden, kullerte bis zur Wohnzimmertür. Doch das war unwichtig. Fassungslos sah ich zu Paps, zu Mom, zu Paps.

Paps' Augenbrauen wanderten langsam nach oben, während er mich ansah, als wäre ich gerade aus dem Himmel gefallen.

»Das wäre dann die zweite Sache, die ich dir sagen muss«, murmelte Mom. »Julie ist wie ich.«

Sie hatte ihm von der Magie erzählt! Von ihrer und nun auch von meiner.

»Julie?«, fragte Paps, und seine Stimme klang wie ein Keuchen.

»Ähm. Ja. Ganz offiziell. Befördert. Sozusagen.« Ich hielt das Amulett hoch.

Erschöpft rubbelte er sich über die Wangen. »Für heute bin

ich weit genug gelaufen, Caroline. Ich kann nicht mehr.« Mit schweren Schritten tapste er zum Sofa, stieg über meine Sachen und ließ sich in die Polster fallen.

»Ihr könnt den Wasserfleck ja dann weghexen, oder?«, fragte er matt.

Synchron schüttelten Mom und ich den Kopf. Paps seufzte.

»Und mein Fernseher? Kommt der zurückgehext?«

»Nur wenn du ihn aus der Garage herschleppst«, meinte Mom.

Da nickte Paps langsam. »Das ist gut. Ich finde es gut, wenn euer« – er wedelte fahrig mit den Händen in der Luft – »wenn euer Trallala weiterhin keine Bedeutung in unserer Familie hat.«

»Frau Weidmann?« Wir hörten Lulu die Treppe herunterspringen. »Wir brauchen dringend noch was zu knabbern.« Lulu kam ins Wohnzimmer und trat fast auf mein Handy, das mitten unter all dem anderen Kram vor der Tür lag.

All dem anderen Kram!

Ich erstarrte.

Mom erstarrte.

Lulu erstarrte ebenfalls, weil sie Paps sah. Inzwischen hatte er die Polster und den Grasteppich unter Wasser gesetzt. Aber vor allem hatte er mit diesen Klamotten in unserem Avantgarde-Wäldchen die gleiche Wirkung wie Fingernägel auf einer Schiefertafel.

»Mike hat eben ein Amulett gemacht«, murmelte Lulu, »mit

dem man die Illusion erschafft, dass man total gut und edel gekleidet ist … Ich hab ja echt nicht begriffen, wie er auf diese abgedrehten Ideen kommt. Und dass die Leute das auch noch kaufen!« Noch immer starrte sie Paps an. »Sie sind wirklich 'ne ziemlich durchgeknallte Familie.«

Erst jetzt bemerkte sie das blaue Funkeln zu ihren Füßen. (Mom und ich hatten es schon längst bemerkt.) Zwischen Handy, Stiften, Kaugummis, Einkaufsquittungen, Muscheln und Kekskrümeln schimmerte es magisch.

Tu es nicht! Mein Blick bohrte sich in Lulus Kopf, doch sie hörte meine Warnung nicht.

»Wow. Das ist ja richtig schön!« Lulu bückte sich, um das Wahrheitsarmband aufzuheben – da sprangen Mom und ich mit einem grellen Panikschrei auf sie zu. Geschockt wich Lulu unserem vermeintlichen Angriff aus, gleichzeitig schnappten wir nach dem Armband, aber ich war eine Sekunde schneller.

»Meins«, schrie ich. Ziemlich schrill.

Sprachlos sah Lulu uns an.

Mom versuchte, Haltung zu wahren, und zuckte nur mit den Schultern. »Schon gut, Julie. Ist ein schönes Armband.«

»Ich weiß.« Verschwörerisch beugte ich mich zu Lulu vor und flüsterte: »Deshalb hab ich da 'nen Fluch draufgelegt. Nicht, dass es in die falschen Hände fällt.«

Für einen Moment wirkte sie unsicher, dann lachte sie und klatschte sich mit mir ab. »Coole Nummer, Jewels! Kommst du mit hoch zum Zocken?«

Ich verstaute das Armband in meiner Hosentasche und sah Mom und Paps an.

Sie hatte sich neben ihn auf das durchnässte Sofa fallen lassen. Die beiden wirkten wie ein frisch verliebtes Paar, wenn auch etwas blass um die Nase. Ob Moms Fröhlichkeit damit zu tun hatte, dass sie über Scott gesprochen hatte? Dass sie endlich nichts mehr verheimlichen musste?

»Klar bin ich dabei. Ich muss mir ja mal ansehen, was ihr für Magie verkauft.«

»Super. Und äh ... Knabberzeug?«

Wir holten noch Chips, und dann zockte ich bis spät in die Nacht mit Mike und Lulu an der Konsole. Wir zogen als Magiersippe durchs Land und boten auf Märkten verzauberte Amulette feil. Es war der beste Abend seit langem – und der beste, den ich je zusammen mit Mike verbracht hatte.

32

In dieser Nacht träumte ich, ich würde schwerelos wie eine Wolke durch den Himmel schweben. Ich durchquerte die Nacht und zog an den Sternen vorbei, tauchte in die glühenden Farben des Sonnenaufgangs und trieb weiter, durch helles Blau, bis es sich wieder in samtiges Nachtblau wandelte. Sonst passierte nichts. Ich war einfach nur da und fühlte mich richtig. Und mit genau diesem Gefühl sprang ich auch beim ersten Weckerklingeln aus dem Bett.

Dann huschte mein Blick zu Bens Fenster.

Ein Stich bohrte sich in meine Brust. Dennoch stand ich zu meiner Entscheidung, ihn angelogen zu haben. Für Merles Freundschaft. Für Bens Freundschaft. Denn irgendwann würde er mir vergeben. Ganz sicher. Dieses Mantra murmelte ich wieder und wieder vor mich hin.

Außerdem: Heute war der letzte Schultag. Endlich. Ich sollte also wirklich gutgelaunt sein!

Im Übrigen baumelte nun ein hübsches Amulett um meinen Hals. Zwei gute Gründe für strahlende, aber auch ein wenig mysteriöse (unmagische) Ohrringe. Deshalb blitzte es violett unter meinen Haaren hervor, als ich mich zur Schule aufmachte.

Die summte heute vor guter Laune und Ferienstimmung. Dennoch ballte sich ein kleiner Klumpen mieses Gefühl in mir zusammen, als ich an das Aufeinandertreffen mit Ben dachte. Am Fahrradschuppen wartete ich auf Merle – und suchte gleichzeitig nach Ben, um mich notfalls zu ducken. (Wird das dein neues Hobby, Julie? Vor Jungs verstecken?) Irgendwann war es fünf vor acht, und ich gab auf. Weder Merle noch Ben waren aufgetaucht. Wer schwänzt denn die Zeugnisausgabe?

Als ich das Klassenzimmer betrat, saßen die beiden zusammen und tuschelten.

»Ich hab … gewartet«, stammelte ich. Es tat weh, die zwei so vertraut flüstern zu sehen. Ich straffte die Schultern und setzte mich. (Denk an dein Mantra, Julie. Genau das wolltest du doch!)

Kichernd über etwas, das Ben ihr zugeflüstert hatte, kam Merle zu mir. Sie sah endlich wieder glücklich aus.

»Was ist mit dir?«, fragte sie und ließ sich neben mir auf ihren Platz fallen. »Du bist etwas blass.«

»Das sind vielleicht noch Auswirkungen von gestern«, log ich. »Und ich bin zu spät ins Bett.« Mein Blick glitt zu Ben, der drehte mir jedoch die kalte Schulter zu. »Bei dir ist aber alles gut, oder? Du hast mit Ben geredet?«

Etwas unsicher sah sie mich an. »Was meinst du?«

»Na, was wohl! Gerade habt ihr doch wie zwei Turteltäubchen getuschelt.«

»Nein! Haben wir gar nicht!«, empörte Merle sich.

Leicht genervt verdrehte ich die Augen. »Es ist okay, Merle. Also: Habt ihr euch verabredet?«

Nach einem kurzen Zögern nickte sie (und mein Herz quietschte schmerzhaft auf).

»Das ist super!«, log ich und drückte ihre Hand. »Siehst du. Alles wird gut.«

»Julie …« Sie holte tief Luft, als wolle sie irgendetwas ansprechen, von dem sie wusste, dass es mich aufregen würde. Sie kam jedoch nicht dazu, denn Herr Fuchs betrat den Klassenraum.

»Guten Morgen zusammen!«

»Morgen, Herr Fuchs«, gaben wir alle zurück. Wie immer konnte unserem Mathelehrer die Sommerhitze nichts anhaben. Wie jeden Tag trug er seine Mathelehrer-Uniform (blaues Hemd, brauner Pullunder). Allerdings bemerkte ich, dass der oberste Knopf des Hemdes offen war. Wow!

Er sah ziemlich zufrieden, fast erleichtert aus, als er uns der Reihe nach musterte. (Vermutlich, weil er uns nun los war.)

»Dieser Tag ist doch immer der schönste, nicht wahr?«

»Jetzt rücken Sie die Teile schon raus«, meinte Jason. »Dann können wir alle endlich abhauen.«

»Das dachte ich mir, dass es heute schnell gehen soll. Aber –

leider habt ihr erst noch die Aufgabe, eure Spuren in diesem Raum verschwinden zu lassen.«

Trotz Protesten mussten wir unter seiner Aufsicht das Klassenzimmer in einen *besenreinen* Zustand versetzen.

Die Topfpflanzen, die ein Jahr lang auf den Fensterbrettern um ihr Überleben gerungen hatten, wurden an Lucy und Pauline in die Ferienbetreuung übergeben. Unsere Kunstwerke, die die Wände geschmückt hatten, kamen zu ihren Verursachern zurück, und schließlich hatte jeder noch die Ablage unter seinem Tisch auszuräumen, was bei einigen ungläubiges Staunen und kindisches Gekicher auslöste. Es war schon interessant, was so mancher von uns in diesem Geheimfach über ein Schuljahr an Pausenbroten und Liebesbriefchen anhäufte.

Ich entdeckte nicht nur einen mumifizierten Muffin (Hatte Merle ihn bemerkt? Es war einer aus ihrer Produktion, und ich hatte ihn damals heimlich verschwinden lassen), sondern auch einen Flohmarkt-Ring, den ich vor Werken dort abgelegt hatte, und jede Menge Briefchen. Von Ben. *Wollen wir ins Kino? Bist du heute im Lorenzo? Bock auf Binge-Watching (Stranger Things?) bei mir?* Mit einem Seufzer wickelte ich die Zettel um den Muffin und beförderte alles in den Müll.

»Wunderbar«, bewertete Herr Fuchs das Ergebnis unserer Aufräumaktion. »Dann nehmt bitte wieder Platz.« Er stellte die Tasche auf das Pult und öffnete sie. »Keiner dürfte besonders überrascht sein, was in seinem Zeugnis steht – ihr habt ja ein Jahr lang darauf hingearbeitet.«

Von Lasse kam ein unwilliges Grummeln. (Vermutlich war er seine Fünf in Französisch nicht losgeworden.)

»Ich verteile in alphabetischer Reihenfolge«, verkündete Fuchs und rief jeden zu sich vor.

Vorerst konnte ich mich entspannt zurücklehnen, denn wie immer kam ich als Letzte an die Reihe.

Merle rückte mit dem Stuhl neben mich. »Hast du schon alles für unsere Ferienbeginn-Pool-Party vorbereitet?«

»Aber sicher!« Am liebsten hätte ich sie umarmt. Dass Merle wieder meine Freundin war, übertönte den ziehenden Schmerz wegen Ben in meinem Herzen.

Obwohl er direkt vor mir saß, vermisste ich ihn.

Fuchs rief Merle auf, und sie holte sich ihr Zeugnis ab. Breit grinsend wedelte sie sich damit Luft zu und hielt es mir schließlich hin. »Da, guck. Eine Zwei in Sport. Danke schön.«

Schmunzelnd nickte ich. Sie war so happy, und das machte mich happy.

Auch Ben hatte sein Zeugnis bereits. Doch er hatte es gleich in der Tasche verschwinden lassen. Kein Blick zu mir. Kein Grinsen ob seiner super verbesserten Note in Chemie. Stattdessen quatschte er mit Tim über die Wetterprognose fürs Surfen.

Mit einem Seufzer stand ich auf, als Herr Fuchs mich aufrief. Während ich nach vorne ging, schielte ich abermals zu Ben, doch er drehte mir sogar noch mehr den Rücken zu, als er meinen Blick bemerkte.

Wie lange würde es wohl dauern, bis er mir verzeihen konnte?

Herr Fuchs reichte mir das Zeugnis und musterte mich dabei argwöhnisch. Seit meinem Magie-Test an ihm war er immer sehr misstrauisch. Ich schenkte ihm ein Lächeln, und er erwiderte es zögerlich. Die Ferienaufbruchstimmung schien ihm die Sicherheit zu geben, dass ich in wenigen Minuten aus seinem Leben verschwinden würde.

»Danke«, murmelte ich und zupfte Herrn Fuchs das Zeugnis aus der Hand.

Sogar er verzieh mir.

Dann würde es Ben wohl auch tun.

Irgendwann.

(Bitte noch in der ersten Ferienwoche!)

»Dann bleibt mir jetzt nichts weiter zu tun, als euch allen schöne Ferien zu wünschen!« Herr Fuchs hatte den Satz noch nicht beendet, da war bereits die Hälfte der Klasse aus dem Raum gestürzt.

Als wären wir Erstklässler, rannten auch Merle und ich johlend aus dem Gebäude.

Es gab ein gigantisches Gedränge bei den Fahrrädern, denn alle hatten den grandiosen Plan, das Ende des Schuljahres im *Lorenzo* zu feiern. Der riesige Pulk wälzte sich lachend und klingelnd durch die Straße.

Merle und ich ließen uns zurückfallen. Wir hatten unsere eigene Tradition. Sollten sich doch die anderen um Plätze im

Lorenzo streiten. Um den Beginn der Ferien gebührend zu feiern, schufen wir uns eine private Oase.

In aller Ruhe fuhren wir zu mir nach Hause. Dort mixte ich zwei erfrischende Cocktails, während Merle mein altes Babyplanschbecken vor die Hollywoodschaukel zog. Zusammen füllten wir es mit kühlem Gartenwasser.

»Auf das Ende des Schuljahrs.« Merle ließ sich in die Schaukel fallen und streckte die Füße ins Wasser.

»Auf den Beginn des Sommers.« Wir stießen an und tranken den ersten Schluck.

»Der ist gut«, stellte Merle beeindruckt fest.

»Mike hat mir sein Rezeptbuch geliehen.« Genüsslich paddelte ich mit den Füßen im Planschbecken, dass es spritzte. Ein lauer Wind strich durch die Birke, und das Sonnenlicht tanzte auf dem Wasser. Es war perfekt. Mit glückseligem Lächeln musterte ich Merle. Meine beste Freundin.

»Ach. Du hast Mike also gefunden? War er im Bad?« Sie grinste.

Ich stupste die Schaukel an, und wir patschten bei jedem Vorschwingen ins Wasser. »Nein. Er hat 'ne Freundin.« Kaum hatte ich das gesagt, hätte ich mich dafür ohrfeigen können. Merle würde sicher gleich wieder ausrasten. *Was? Mike hat 'ne Freundin? Und ich bin immer noch alleine?*

»Oh! Wer hätte das gedacht. Ist sie nett?«, fragte sie erstaunt.

Misstrauisch beobachtete ich sie, wie sie verträumt an ihrem Cocktail nippte.

»Ja, ist sie«, antwortete ich vorsichtig. Wieso regte sie sich nicht auf? Bahnte sich wirklich etwas zwischen ihr und Ben an? In der Klasse hatten sie getuschelt. Zwar hatte der Liebeszauber nicht auf Ben gewirkt, aber … na ja, ich hatte ihm sein Herz gebrochen. Vielleicht … Nein. Oder doch? Merle sah jedenfalls unglaublich zufrieden aus.

»Du wolltest mir vorhin etwas sagen«, begann ich zögernd. Ich war mir absolut sicher, dass sie mir eine entscheidende Sache verheimlichte, und zwar den Grund, weshalb sie so selig in sich hineinlächelte. »Geht es um dich und Ben? Geht er mit dir auf ein Date?« Ich versuchte, möglichst neutral zu klingen. Obwohl ich das Gefühl hatte, mir troffen Eifersucht und Zickigkeit aus jeder Pore.

»Ach ja, richtig.« Sie schlürfte auf einen Zug den Cocktail aus. »Er kommt direkt zum Hafenfest. Dort treffen wir uns dann. Weißt du, wo der *Krabbenkutter* ist?«

Ich nickte. Der *Krabbenkutter* war eine Imbissbude, die die fangfrischen Tiere verkaufte. Alle kannten den.

»Wunderbar.« Merle warf mir einen mahnenden Blick zu. »Julie, ich weiß, dass du Ben gesagt hast, der Zauber wäre von dir gekommen.«

»Natürlich. Jetzt ist er auf mich sauer. Und du – «

Sie stoppte mich mit einer entschiedenen Handbewegung. »Nein. Mir ist klar, dass du wirklich die beste Freundin bist, die man sich wünschen kann. Und es tut mir unglaublich leid, wie blöd ich war. Es hätte auch alles ganz anders enden können.«

Erneut wollte ich etwas sagen – doch ihr Blick ließ mich meinen Mund wieder zuklappen.

»Ich glaube, mir ging es nicht wirklich um Ben. Ich wollte nur wie du, wie alle anderen, endlich einen Freund.« Ich kniff die Augen zusammen, um besser hören zu können. Irgendwie hatte ich das Gefühl, dass so ein seltsames Rauschen ihre Worte verzerrte. *Nicht wirklich um Ben?* Ich verstand die Bedeutung ihrer Worte nicht.

»Und Ben war greifbar«, plapperte sie weiter. »Er ist toll. Ich mag ihn sehr. Aber … ich hab gesehen, wie er dich ansieht.«

Nicht wirklich um Ben …

»Du liebst ihn gar nicht?« Mir fiel fast das Glas aus der Hand.

»Ähm … nicht so richtig. Ich wollte einfach nicht mehr allein sein, verstehst du? Koste es, was es wolle. Ich war völlig verblendet. Deshalb hab ich dich auch so mit Noah genervt.« Sie rollte mit den Augen, als würde sie ihr eigenes Verhalten als absolut daneben und nervig einstufen. »Weil ich dachte, dass Ben aufhört, dich anzuhimmeln, wenn du wieder mit Noah zusammen bist.« Sie zuckte salopp mit den Schultern und lächelte unschuldig.

Mit aufeinandergepressten Lippen saß ich neben ihr und wusste nicht, was ich sagen sollte. Sie war gar nicht in ihn verknallt? Vermaledeites Liebeskuddelmuddel!

»Ich hab ihm alles erklärt.« Ihr Blick kam dem eines bettelnden Dackels sehr nah.

Sie wollte mich dadurch milde stimmen. Damit ich jetzt

nicht aufsprang und sie so sehr anbrüllte, dass das Laub von der Birke wehte.

»Du hast wem was erklärt?«, fragte ich stotternd. Mein Herz jedoch regte sich total auf. (Zu Recht!) Es pumpte wie wild Blut, dass es mir in den Ohren nur so rauschte. Ich konnte gar nicht verstehen, was Merle mir sagen wollte.

»Ben. Ich hab ihm von meinem Ring erzählt. Mich entschuldigt.« Sie wurde rot und beugte sich ein wenig zu mir heran. »Er hat gelacht und mich geküsst.« Sie deutete auf ihre Wange. »Das war irgendwie seltsam.«

Verständnislos starrte ich sie an. Hatte Merle mir gerade erklärt, dass sie gar nicht in Ben verliebt war? Dass es ihr nicht das Herz brechen würde, wenn Ben und ich …

Mir wurde schwindlig. Das Blut rauschte in mir wie ein tosender Wasserfall.

»Äh …« In einem Zug trank ich mein Glas aus. Ich war unterzuckert! Mein Kreislauf gab nach. Sie liebte Ben gar nicht?

»Gott! Ich bin so froh, dass du nicht explodierst!« Sie fiel mir um den Hals. »Wirklich, ich hatte solchen Schiss, dass du mich in Fetzen reißt. Aber jetzt wird alles gut. Es wird der beste Sommer unseres Lebens!«

Sie stand auf und sah auf die Uhr. »Ich muss gleich los.«

»Warum hat er gelacht?« Meine Datenverarbeitung war völlig überlastet. Es brauchte eine Ewigkeit, bis Merles Worte endlich inhaltlich erfasst wurden.

Geheimnisvoll lächelnd zwinkerte sie mir zu. »Was glaubst du wohl? Wir sehen uns in einer Stunde beim Hafenfest?«

»Beim Hafenfest?«

»Jepp.« Sie grinste von einem bis zum anderen Ohr. »Ich werde mir Krabben kaufen.«

»Du magst keine Krabben.« Diese Information hatte ich verstanden – allerdings nicht kapiert.

»Ich hab ja auch nicht gesagt, dass ich sie *essen* werde.« Und damit winkte sie mir keck zu und ging zu ihrem Rad.

»Was? Aber ... hey! Und unsere Ferienbeginn-Pool-Party? Merle! Sekunde! Und was ist mit Ben?«

»Wir sehen uns alle auf dem Hafenfest!«, rief sie noch und fuhr davon.

Es dauerte einige Augenblicke, bis Bewegung in mich kam. Merle hatte Ben ihren Wahnsinn gestanden. Und er hatte gelacht! Wie konnte er da lachen? Merle hätte ihn fast in die ewige Nicht-Existenz geschickt!

Außerdem wollte sie Krabben kaufen ...

Meine Freundin war nicht zurechnungsfähig. Sie hasste Krabben. Konnte Daria etwa immer noch Zauber wirken?

Und dann machte es *klick*!

Ich wollte aufspringen, doch in mir drehte sich alles, und ich rutschte im Planschbecken aus.

Endlich war der Groschen gefallen.

Das Wasser kühlte meinen Puls ab.

Ben hatte gelacht.

Und sie geküsst (auf die Wange), weil ihr Geständnis mich der Lüge überführte!

Mein *Ich liebe dich nicht* – es war eine Lüge gewesen, und Ben wusste das jetzt.

Und hatte gelacht.

Hastig stand ich auf.

In einer Stunde würden wir uns am Hafen treffen!

33

Bens Flohmarktring glitzerte an meinem Finger, als ich zum Hafen fuhr. Ich hatte ihn extra angesteckt. Ein Zeichen, das Ben sicher verstehen würde. Mein Herz schlug mir vor Aufregung bis zum Hals. Was sollte ich ihm sagen, wenn wir uns trafen?

Eine Sekunde hatte ich überlegt, bei ihm zu klingeln – wir hätten gemeinsam fahren können. Aber was, wenn ich sein Lachen, von dem mir Merle berichtet hatte, falsch deutete? Wenn er mir noch lange nicht verzeihen konnte? Weil er nur die grässliche Magie in mir sah? Mir fehlte der Mut, ihm allein gegenüberzutreten.

Das Hafenfest zog Menschen aus der gesamten Umgebung an und Hunderte von Touristen. Je näher ich dem Hafen kam, desto mehr Leute spazierten auf den Straßen. Alle Geschäfte und Cafés lockten mit Preisaktionen. Und mitten auf dem freien Platz, vor den Liegeplätzen der Fischerboote, war eine Bühne aufgebaut. Ein Radiosender übertrug seine Sendung und verteilte Luftballons an Kinder.

In zwei Stunden würden die *Drunken Seagulls* dort ihren ersten echten Auftritt haben. Ich musterte die Bühne. Sie kam mir riesig vor und furchtbar professionell, mit all den Boxen und Bühnenlichtern. Dies war sicher kein Schulband-Event mehr. Ich freute mich für Noah und hoffte, dass ihn kein Lampenfieber heimsuchte.

Nachdem ich mein Fahrrad angeschlossen hatte, tauchte ich in die Besuchermenge ein, die sich den Kai entlangschob. Ein Wunder, dass nicht ständig Leute ins Hafenbecken plumpsten, weil sie von den übervollen Stegen gedrängt wurden. Kinder wuselten umher, an einem Glücksrad konnte man Hafenrundfahrten gewinnen, überall wurden Eis und Fischbrötchen feilgeboten.

Ich versuchte, mich zum *Krabbenkutter* durchzuschieben, und wurde vor einen bunten Stand gespült, an dem Kinder sich schminken lassen konnten.

Auf einem Tisch waren Farben und Wasserbehälter aufgestellt, Fotobücher mit Schminkideen und eine Schale mit Süßigkeiten. Daneben saßen Kinder kerzengerade auf Stühlen und ließen sich bemalen. Eine der Schminkkünstlerinnen war Leonie.

Neugierig ging ich zu ihr und beobachtete, wie sie mit sicherer Hand feuerrote Linien über die Wange des Jungen zog.

Als sie kurz aufblickte und mich bemerkte, winkte sie mich begeistert zu sich. »Julie! Komm doch her.«

Der Junge vor ihr musterte mich mit ernstem Blick.

»Na, was meinst du?«, wollte Leonie von mir wissen.

Prüfend betrachtete ich das Gesicht des Jungen. Seine Nase hatte sich in eine breite Drachenschnauze verwandelt, und sein Mund glich einem Maul, das sich von einem Ohr zum anderen zog. Spitze Zähne lugten zwischen den Lippen hervor.

»Wow«, meinte ich. »Kein Feuerspucken am Hafen, das weißt du, oder?«

Zufrieden nickte der Junge, und Leonie setzte noch mal den Pinsel an, um den Hautschuppen den letzten Schliff zu geben.

Es hatte sich bereits eine lange Schlange auf Leonies Seite gebildet, die quer durch den Flanier-Strom der Besucher schnitt und für einige Verwirbelungen sorgte.

»Hinten anstellen«, maulte mich ein Kind an und versuchte, mich mit seinem Blick zu erdolchen.

»Ich guck doch nur«, blaffte ich zurück.

Leonie gab dem letzten Drachenbarthaar den perfekten Schwung und reichte dem Jungen einen Handspiegel.

»Boah! Das ist ja der Hammer!«, kommentierte er lautstark Leonies Werk, betrachtete seine Schuppen und Schnauze staunend von allen Seiten und lief dann fauchend auf seinen Vater zu.

Leonie stand auf und streckte sich. »Das war schon der Zehnte. Ich mach 'ne Pause«, meinte sie zu ihrer Kollegin, die gerade einen farbenprächtigen, aber sehr einfachen Schmetterling in das Gesicht eines Mädchens malte.

»Wo sind die anderen?«, fragte Leonie und zog sich aus einem Wasserkasten eine Flasche heraus.

»Merle und Ben?« Ich beobachtete, wie der Drachenjunge einen Heidenspaß daran hatte, fauchend die Kaimauer entlangzubalancieren und Besucher zu erschrecken.

»Hast du noch andere Schatten?« Sie nahm einen langen Schluck aus der Wasserflasche und schien die Reihe der wartenden Kinder durchzuzählen.

»Ich treff sie gleich. Wir wollen nachher die *Seagulls* hören.«

»Na, Chrissys Rockröhre wird sicher bis hierher zu mir schallen«, meinte sie vergnügt. »Es wird noch 'ne Weile dauern, bis ich hier wegkann.« In ihrem Blick lag ein begeistertes Funkeln. Das konnte wohl kaum von der Schar Kinder herrühren, die ungeduldig auf ihre Schminksession warteten.

»Dir macht das hier Spaß, oder?« Ich deutete auf die wartenden Kinder.

»Und wie. Ich hab schon einen Hund, ein Einhorn, zwei Hexen und einen Zombie erschaffen dürfen.« Sie lachte. »Okay, beim Zombie musste ich mich echt zurückhalten. Der Junge war acht. Und seine Schwester gerade mal drei. Die Augen mussten normal bleiben.« *Ihre* Augen leuchteten vor Begeisterung. »Julie?«

»Was denn?«

Sie klang plötzlich ganz ernst und geheimnisvoll. »Es tut mir total leid, aber deine Brosche …«

Fragend sah ich sie an. Was war damit?

»Ich habe keine Ahnung, wie das passieren konnte, aber sie ist kaputtgegangen.«

»Oh …« Ich musste mich beherrschen, um nicht begeistert aufzulachen. »Hat dein Vater hier einen Job gefunden?«

»Mein Vater?«, fragte sie irritiert. »Nein. Übermorgen kommt die Spedition. Dann geht es für uns nach Berlin.«

»Oh«, murmelte ich. Mein Zauber hatte also nicht geholfen. Warum war die Brosche dann zerfallen? Und wieso sah Leonie so vergnügt aus, wenn sie über den Umzug sprach? »Aber du scheinst jetzt doch ganz glücklich damit zu sein.«

Leonie rückte ein Stück an mich ran und flüsterte. »Es ist etwas Unglaubliches passiert!«

Dein Herzenswunsch hat sich erfüllt?

»Es war fast ein bisschen unheimlich mit deiner Brosche. Denn gestern hat der Postbote mir einen dicken Umschlag gebracht.« Sie kam noch einen Schritt an mich heran. »Und ich les den Absender – Julie! Die Maskenbildnerschule aus Berlin! Die beste Schule überhaupt! Meine Mutter hat heimlich meine Unterlagen dort eingereicht! Und sie nehmen mich!«

Die Brosche hatte gewirkt! Ein herrliches Gefühl durchflutete mich. Es hatte geklappt, Leonies Herzenswunsch war in Erfüllung gegangen. Meine Magie hatte ihr geholfen. Ich liebte es, Schmuckmagierin zu sein! »Das ist ja großartig! Ich freu mich für dich.«

»Danke!« Sie strahlte überglücklich, doch dann wurde sie

ernst. »Aber, also das war wirklich spooky – in dem Moment, als ich lese, dass ich an der Schule angenommen bin, da macht es *plumps*, und deine Brosche fällt ab. Der Draht war ganz bröselig.«

Ich nickte bestätigend, und Leonie zog verwundert die Augenbrauen hoch. »Wieso wundert dich das nicht? Wusstest du, dass der Draht kaputtgehen würde?«

»Oh … ähm … nein … also …« Verlegen suchte ich nach einer Erklärung. »Na ja, du weißt doch, ich hab da so einen Spleen mit Feen. Und manchmal stelle ich mir vor, dass ich, wenn ich mir etwas stark genug wünsche, diesen Wunsch an so eine Brosche kleben kann. Und verschenken. Und dann … na ja, das war wohl Zufall.« Ob mein schiefes Lächeln sie überzeugte?

Leonie runzelte die Stirn. Dann lachte sie wieder. »Mir egal, ob es Zufall war oder nicht. Vielen Dank, dass du mir die Brosche geschenkt hast. Ich glaube wirklich, dass du ganz besonderen Schmuck machen kannst.«

Prompt wurde ich rot und stammelte ein Danke. Instinktiv fühlte ich nach dem Familienbaum. Mir war, als spürte ich ein leichtes angenehmes Summen, das von ihm ausging. Ob er immer so wohlig schnurrte, wenn ein Zauber einen Menschen glücklich machte?

»Schickst du mir Fotos von deinen ersten Bühnen-Makeups?«

»Aber klar doch!«

Ein Mädchen hatte inzwischen auf dem Stuhl Platz genommen und sah Leonie skeptisch an.

»Na? Wer willst du sein?«, fragte Leonie die Kleine.

»Mach eine Fee aus mir!«, forderte die.

Leonie kicherte und zwinkerte mir zu. »Kein Problem. Ich hab neulich erst eine getroffen.«

Der Blick der Kleinen blieb unsicher, wanderte kurz zu mir, doch offensichtlich war ich keine Fee, und sie schnaufte verächtlich.

Schmunzelnd tippte ich mir als Abschiedsgruß an die Stirn.

»Mach's gut, und schreib mir mal.«

»Auf jeden Fall! Und danke noch mal.«

Ich nickte und wandte mich zum Gehen. Merle wartete sicher schon am *Krabbenkutter* auf mich. Aber ich kam nicht weit, denn direkt hinter mir stand Ben und starrte mich an.

»Oh!« Fast hätte ich ihn umgerannt. »Du – ähm …« *Atmen.* (Tu so, als sei alles wie immer. Es ist nur Ben … Ben … Ben, der gelacht hat.)

Er stand da und musterte mich. Verzweifelt versuchte ich, in seinen Augen zu lesen, ob er mich hasste oder … liebte? Doch er wich meinem Blick aus und bemerkte seinen Ring an meiner Hand. Überrascht hob er die Augenbrauen. (Natürlich leuchtete ich sofort mit dem Glasstein in allen Rotschattierungen um die Wette.)

»Also …«, kiekste ich.

»Du hast mich angelogen«, schnitt er mir das Wort ab.

Wie in Zeitlupe nickte ich. Und mein Herz erhöhte ganz beiläufig seine Frequenz.

Ben trat einen Schritt auf mich zu, beugte sich zu mir. Ich konnte die Wellen und den Strand riechen.

»Tu das nie wieder, Jewels! Keine Lügen mehr, verstanden?«

Ich konnte nur erneut nicken. Diesmal jedoch schnell und entschieden.

Seine Lippen kamen immer näher.

Die Leute blieben im Kaugummi der Zeit stecken. Die Möwen verstummten. Der Radiomoderator drehte den Sound ab. Da war nur noch Ben.

Und ...

Unsere Lippen berührten sich.

Wow!

Ein Kuss ... ein ... Feuerwerk, ja, aber noch so viel mehr! Ich versank mit allen Sinnen in ihm. In Wärme und Vertrautheit ... in Liebe. Es war ein Gefühl, das die ganze Welt umarmte und vor Glück so laut schrie, dass alles um mich herum zu strahlen begann.

Keine Ahnung, wie lange wir wie ein Wellenbrecher mitten in den Besucherscharen in diesem unglaublichen Kuss verharrten – Stunden?

Bens Umarmung, sein leidenschaftlicher, wunderbarer Kuss sprengte die Grenzen von Raum und Zeit. Und gleichzeitig fügten sich plötzlich alle Teile in mir an seinen Platz. Ich fühlte mich allumfassend vollständig.

Erst ein angeekeltes »Iiihhh!«, ließ uns auseinanderfahren. Das Feenmädchen – von Leonie schon zur Hälfte in ein magisches Wesen verwandelt – starrte uns angewidert an. »Das ist ekelig!«, verkündete sie mit gekräuselter Nase.

Leonie grinste von einem Ohr zum anderen und zwinkerte mir zu.

Lachend zog Ben mich fort, hinein in den Strom der Leute. Ich musste seine Hand ganz, ganz festhalten, damit wir nicht auseinandergerissen wurden. Mir war schwindelig von seinem Kuss. Um ehrlich zu sein, war ich mir nicht sicher, ob meine Füße tatsächlich den Boden berührten. Meine ganze Welt hatte sich durch diese zarte Berührung auf den Kopf gestellt. Und gleichzeitig schien mir alles richtig. So wie es schon immer hätte sein müssen – und ich barst vor Glück.

»Meine Güte!« Merle stürzte aus der Menschenflut auf uns zu. »Wo wart ihr denn so lange! Ich hatte schon Angst, ihr kommt zu spät.« Hektisch schob sie uns aus dem Malstrom zum *Krabbenkutter*.

»Zu spät wozu?«, fragte ich irritiert.

Nervös sah sie sich um. Die Haare hatte sie hochgesteckt, die rustikale Bluse mit Blumenmotiv bauschte sich leicht im Wind.

»Bist du mit jemandem verabredet?«, fragte ich, als ich den Lippenstift bemerkte.

»Nein. Also nicht im klassischen Sinn.« Angestrengt musterte Merle die Kunden des *Krabbenkutters*.

Ben legte seinen Arm um mich. Endlich.

Merle registrierte diese Geste und warf mir einen fragenden Blick zu. Ich grinste, und sie quittierte es mit einem zufriedenen Nicken.

»Wunderbar. Wir sind im Plan.«

»Im Plan?« Verwirrt sah ich zu Ben, der jedoch nur die Augen verdrehte.

»Frag besser nicht, Jewels.«

Plötzlich quiekte Merle aufgeregt. »Daumen drücken!« Und dann – aus welchen Gründen auch immer – stolperte sie und prallte in einem klassischen Frontalzusammenstoß in einen Passanten. Genauer gesagt, fiel sie in einen Typen hinein, der sich Krabben gekauft hatte. Die Krabben spritzten aus der Papiertüte und verteilten sich um ihn herum – also auf uns und vorrangig auf Merle, die vor ihm zu Boden gegangen war.

Fassungslos sah ich auf sie herunter. Wie hatte sie denn das angestellt?

»O mein Gott! Entschuldige! Ich hab nicht aufgepasst.« Er reichte ihr die Hand und half ihr auf die Beine.

Merle schüttelte sich die rosa Tierchen aus den Locken und murmelte »Oh, nichts passiert. Ich hab ja auch nicht hingesehen.«

Nicht hingesehen? Sie hatte sich mit voller Absicht in ihn hineingeworfen!

Dann trafen sich ihre Blicke, und – wirklich! – man konnte die Funken anfassen, die zwischen den beiden aufstoben.

Mir fiel die Kinnlade runter.

»Hey, ich bin Rouven.« Er sprach mit einem hübschen Akzent, und ich merkte, dass Merle ein verzücktes Quieken unterdrückte.

»Ich bin Merle«, hauchte sie.

Da umspielte ein Lächeln seine Lippen, und er zupfte ihr etwas Rosafarbenes aus den dunklen Locken. »Eine kleine Amsel hat sich meine Krabben gemopst.«

Merle strahlte. Der Kerl kannte die Bedeutung ihres Namens! Fassungslos warf ich Ben einen Blick zu. »Das … wie …«

Ben grinste und zog mich von Merle weg, die Rouven gerade vorschlug, neue Krabben zu kaufen.

»Das war doch Absicht!«, sprudelte ich los. »Als ob sie gewusst hätte, dass –«

»Du meinst, sie hat Rouven vorausgesehen?«, meinte er spitz.

Seufzend verdrehte ich die Augen. »Natürlich. Wie konnte ich so blöd sein. Merle hat den Hellsichtszauber benutzt!« Und der hatte ihr Rouven gezeigt. Deshalb war sie die ganze Zeit so vergnügt gewesen. Sie wusste, dass ihr Märchen endlich auch ein Happy End haben würde.

Ben drehte mich an der Hüfte zu sich. »Du hast keine Ahnung, was du mit deiner Magie anrichtest, oder, Julie?«

Ich lehnte mich gegen ihn und spürte sein Herz. Es schlug im selben Takt wie meines. »Du bist doch derjenige, der gerade meine Welt völlig verzaubert hat.«

»Ich?« In seinen Augen blitzte es schelmisch. »Bin ich etwa auch magisch?«

»Und wie!«, flüsterte ich, zog Ben zu mir und küsste ihn.

An diesem Abend küsste ich ihn noch unzählige Male. Und er küsste mich ebenso unzählige Male, während wir den großartigen Auftritt der *Seagulls* verfolgten. Chrissy rockte die Bühne und erntete tosenden Applaus.

Irgendwann fand ich mich mit Ben am Strand wieder. Lange nach Sonnenuntergang spazierten wir im Mondschein die Wellen entlang.

»Da!«, meinte Ben und zeigte zu den Sternen. »Da war eine Sternschnuppe.«

Ich lehnte mich an ihn und lächelte. »Sternschnuppen sind magisch. Es stimmt, was die Leute sagen. Der Wunsch geht in Erfüllung.«

Jedenfalls hatte sich meiner erfüllt: Wir alle waren glücklich!

»Das ist gut«, murmelte Ben.

Und wieder küssten wir uns, während immer mehr Sternschnuppen über uns verglühten.

Es waren die besten Sommerferien ever.

Jeden Abend kolorierte ich meinen Tag strahlend lila. Rouven und Merle schwebten auf Wolke sieben. Er kam aus Frankreich und würde das nächste Jahr unsere Schule besuchen. Merle war überglücklich.

Das Stirnband gab sie mir zurück. »Ich will nicht wissen, wann es endet«, meinte sie. »Das Hier und Jetzt ist viel zu gut, als dass ich wissen muss, was morgen ist.«

Ben half mir beim Renovieren des Wohnwagens, und Mom erklärte mir, was sie noch über ihre alten Schmuckstücke wusste.

Außerdem hatte sie sich endlich getraut, Nachforschungen anzustellen. Scott wohnte noch immer in dem Örtchen. Er hatte Maggy geheiratet und zwei Töchter. Offensichtlich hatte er Moms Ring benutzt. Er hatte sie und die Magie vergessen. Ich konnte sehen, welche Last Mom von der Seele fiel. Sie hatte sein Leben nicht zerstört. Der Ring des Vergessens hatte ihn gerettet.

Merles Liebesring zerschlug ich und fror die Bruchstücke (in getrennten Tüten) ein.

Als Paps uns mal am Wagen besuchte, war er anschließend ein paar Tage lang beleidigt, weil er insgeheim auf Camping stand und zu gerne selbst den Wohnwagen genutzt hätte.

Lulu überredete Mike, einen Online-Shop für Gamer und LARP-Spieler zu eröffnen und seine magischen Amulette zu verkaufen. Zuerst schien es, als würde Mom wieder zur Schmuckmagie greifen, um Mike von diesem Plan abzubringen. Aber ich fand es eine gute Idee und überzeugte sie, ihn zu unterstützen. Außerdem zeigte ich ihm, wie man mit einer Schmuckzange umging, und musste gestehen, dass er ziemlich kreativ war.

Schließlich begann ich, mein eigenes Handbuch der Schmuckmagie zu schreiben. Mit dem dicken Vermerk, gleich auf der ersten Seite, dass Magie nie den Willen eines Menschen manipulieren darf.

Denn Liebe – wahre, echte Liebe –, die kommt ganz von alleine. Und meist, wenn man es gar nicht erwartet.

Danksagung

Eine Geschichte ist wie eine Reise, ebenso wie die Liebe.

Manchmal beginnt sie an einem Abend auf einem roten Sofa und führt durch viele, viele Geschichten und Länder, und die Liebe wird mit jedem Schritt größer. Vielen Dank, Derek, dass du mit mir auf jede Reise gehst, dass wir Geschichten erzählen und leben und kein Abenteuer scheuen.

Alle Bücher von Marion Meister

Habe ich   *Wünsche ich mir*

	›Julie Jewels – Perlenschein & Wahrheitszauber‹ (Band 1)	
	›Julie Jewels – Silberglanz & Liebesbann‹ (Band 2)	
	›Julie Jewels – Mondsteinlicht & Glücksmagie‹ (Band 3)	

Deine Wunschliste bitte hier ausschneiden.

Das gesamte Programm gibt es unter
www.fischerverlage.de